光文社文庫

長編推理小説

教室の亡霊

内田康夫

KOBUNSHA

光　文　社

目次

プロローグ　5
第一章　白い鎧窓の家　9
第二章　危険な男　36
第三章　家族会議　73
第四章　名探偵登場　99
第五章　名誉と真実と　138
第六章　不安な夏休み　169
第七章　飛べない白鳥　191

第八章　報　復　227
第九章　恐喝者　262
第十章　現場検証　284
第十一章　対　決　312
第十二章　人脈と血脈　335
第十三章　不器用な求愛　373
エピローグ　402

自作解説　409
解説　山前　譲《やままえゆずる》　414

プロローグ

教室に一歩入っただけで、私の精神は解放される。重く閉ざされていた胸の扉が跡形もなく消えて、清々《すがすが》しい風が通り抜けるような思いだ。壁や床や天井に染みついた、教室特有の匂いの何と心地よいことか。教室こそが私の居場所であることを実感できる。

いまは深夜。教室どころか、学校中から人影が消えている。だからこそ、私はこの場所に安らいだ気分でいられるのだ。月の光が射《さ》し込んで、かすかな明るさが、三十ばかりの机を、闇《やみ》の中にぼんやりと浮かび上がらせている。机の主たち——絶え間ない喧騒《けんそう》を作りだす、あの悪魔のようなガキどもはここにはいない。

かつて、私はこの空間の支配者であり権威者だった。私が教壇に立つと、「起立、礼」の掛け声とともに、生徒たちがいっせいに敬意を送ってきたものである。私は君臨し、自在に彼らを操った。彼らは畏怖《いふ》し、時には哀訴して私の歓心を買うことに努めた。私は彼らに温情をもって接し、学問に対する情熱を掻《か》き立てるよう精魂傾けることで、彼らの尊敬を一身に集めた。そうすることが、私と彼らとのあいだで交わされた黙契であると、たがいに信じていた。そういう日々が、この空間には確かにあった。

いつの頃からだろう。十年前、いや二十年以上も前から、彼らの中に異変が生じた。もはや私の威令は届かず、教室の秩序すら失われた。彼らは野放図に動き、わめき、時にはあからさまに反抗した。我慢の限界を超え、思わず体罰にはしると、教室を飛び出し、その日のうちに親が怒鳴り込んできた。あるいは直接、教育委員会に訴える親もいた。

そうして私は、教室を去った。しかし、教室それ自体の魅力が失われたわけではない。いや、魔力と言ってもいい。その証拠に、教室の中に身を置くことの幸福感は、いま、この瞬間も確かにあって、私を囚《とら》えて放さない。違っているのは、そこに生徒たちが存在しないということだけである。もともと私の愛着は、生徒たちにあるわけでなく、教壇という立ち位置にあったのかもしれない。黒板を背に、生徒たちを睥睨《へいげい》して教室を経営するという、圧倒的な優越感にあったのかもしれない。それが失われたことで、私の存在意義そのものが失われた。

こうしていると、教室で過ごした三十数年間の記憶が、魑魅魍魎《ちみもうりょう》のように、薄闇の空間を彷徨《さまよ》い巡る。私はひたすら誠実に、教室に存在することにすべてを捧《ささ》げ尽くし、そして挫折した。もはや失うものはない。恐れもない。ただ、私の内にある妄執《もうしゅう》の命じるまま、正義の復讐《ふくしゅう》を遂げることのみである。

おお、廊下に足音が響く。私の頼れる相棒がやって来る。ドアが開かれ、淡いシルエットが浮かぶ。無言の挨拶《あいさつ》を交わし、教室に入ってきた。耳元近くに顔を寄せて、「遅くなりました」と、囁《ささや》く。

「いやいや、それほどでもありません」

「いよいよ機は熟しましたね」

「そうですな。材料は揃《そろ》ったし、明日は実行に移そうと思っています」

「僕もご一緒しますよ。生々しい証拠がゴマンとあります」

「それはありがたい」

「ひとつ乾杯といきましょう。冷たいコーヒーを仕入れてきました」

「いいですなあ。今夜はことのほか蒸して、喉《のど》が渇いていたところです」

相棒は缶コーヒーのプルトップを引き開けて、私に差し出した。缶の肌が僅《わず》かに結露していて、その冷たさが、喉を通る清涼感を予感させる。

「では、乾杯」

「乾杯」

囁き声で言い交わして、私は思い切りコーヒーをあおった。苦みのある刺激が、喉を駆け抜けた。少し刺激が強過ぎるような気がしたが、飲み込むことに躊躇《ためら》いはなかった。次の瞬間、猛烈な激痛が胃の中で爆発した。

(何だ、これは？……)

反射的に相棒の顔を見た。薄闇の中に、白い歯だけが笑っていた。

第一章　白い鎧窓の家

1

国道を右折すると、百メートル先に学校のベージュ色の建物が見えてくる。毎日のことながら、梅原彩《うめはらあや》にとって、この瞬間が一日で最もブルーな心理状態の時である。頭が重くなるばかりではない。胸がつかえるような圧迫感に襲われるのは、心臓の鼓動が正常でなくなっている証拠にちがいない。

（さあ、行くぞーっ！）と心の中で自分にエールを送りながら、斜め右手上方に視線を移し、学校の向かいにある二階家の、白い鎧窓《よろいまど》を確かめる。

（開いてるわ！——）

ツイてるかも——と安堵《あんど》する。他愛ないことだけれど、白い鎧窓が開いている日は、何かしらいいことがあるような気がする。かりにいいことが無くても、目立ったトラブルは起きていない。考えてみると、それは初めてこの学校に来た時からのジンクスだったのかもしれない。

群馬県の高崎《たかさき》市立春日《かすが》中学校は、彩にとって三校目の勤務先である。

三年前、東京の大学に在学していた時、彩は教員の採用試験を受けた。実家が渋川《しぶかわ》市だから、なるべくなら通勤可能なところ……と思って、群馬県を選んだ。結果は不合格。自信があっただけに、不採用通知が送られてきた時はかなりのショックだった。

ただ、通知書の中に「臨時職員採用のお知らせ」という書類が同封されていた。不合格者の中から、一定の成績以上の者を対象に、臨時職員として登録される道があるというのである。

産休や病休などで職員の数が足りなくなる場合に備えて、あらかじめ臨時の人員を確保しておくのが目的だそうだ。

（どうしようかな――）

彩は悩んだ。臨時職員に登録した場合、ほかの職業に就くことはむろん、できない。いつ脱《ぬ》けてもいいアルバイト程度ならいいが、継続的な仕事は選べない。教育委員会側からの呼び出しが、いつ来るか、予測がつかないからである。

その不安定な状態をいつまでも続けるわけにもいかないだろう。それに、臨時職員としての稼働日数は、契約内容にもよるが、彩の場合は年間百四十日までと限定される。一日一万円、年収は百四十万円ということになる。

「臨時職員をしながら、本採用の試験を受けることもできますよ。梅原さんは成績もかなり上位だったのだから、諦《あきら》めないで教員を目指したらいかがですか」

面接試験の際、悩みを打ち明けた教育委員会の職員にそう勧められて、浪人したつもりで臨時職員を受けることに決めた。

「では、早速ですが、四月の新学期から九月まで、N中学校で勤務していただけますか」

その場でそう言われた。産休で二年間休職している女性教師の代わりを務める臨時職員も、また産休に入り、そのまた代わりに半年間限りの臨時代行を務めてもらいたい――というのである。何のことはない、面接試験がそのまま配属の伝達の場でもあったというわけだ。

面接が行われたのが二月末で、まだはっきりした就職先が決まっていなかったことも、タイミングがよかった。それに、N中学校のあるN町は渋川市の二つ隣の町で、自宅から車で三十分もかからない近さであることも幸運だった。

N中学は榛名山麓《はるなさんろく》の田園にある。生徒数は全校で二百名に満たず、一学年二クラス、一クラスが三十名台という、比較的小規模な学校だった。生徒の家庭環境は農業者とサラリーマンがほとんど。それに自営業者が少しといったところだ。都会の学校に比べると、まだまだ素朴さが残っている。

とはいえ大学を出たばかりの女性教師は、生徒たちの好奇の的だったろう。佐藤《さとう》という産休する臨時職員は三十代なかば。見るからにおばさん然とした女性だ。始業式直後に、体育館の壇上で、六ヵ月間、自分の代わりに授業を受け持つ「先生」として佐藤自身が彩を紹介した。その瞬間、生徒全員から期せずして拍手が沸き起こったのには、彩はもちろんだが、ほかの教師たちも驚いたそうだ。

職員室に戻ってから、「やっぱり、若い美人先生にはかないませんね」と佐藤がため息まじりに言い、教師連中がどっと笑った。

こんな具合で、梅原彩の教師人生は幸先《さいさき》のよいスタートであった。教室に入った時も、生徒たちの好感度の高さは空気を和ませていたし、授業に向かう態度も、まずまず真面目《まじめ》そうに思えた。

彩の担当する科目は英語である。小学生段階でできる子とできない子の差がついてしまう数学などと違って、英語はまだしも、教える側の負担の少ない教科といえる。とはいっても、近頃は幼稚園から英会話を教えるところもあるし、英語塾に通わせている家庭も少なくない。佐藤からの申し伝えの中にも、そのことがあった。

「けっこう、レベルの高い子がいるから、嘗《な》められないように気をつけてください」

そう言われたが、彩にもそれなりの自信はあった。大学での成績も悪くなかったし、英会話スクールにも通い、アメリカ人のビジネスマンとの会話にも、支障がない程度の英語力はついている。

その実力の程は、最初の授業で明らかになった。その授業には佐藤もオブザーバーとして付き合ったのだが、職員室に戻ると、「梅原さんは発音がいいわねえ」と、またため息を漏らした。

N中学では一年生二クラスと二年生の一クラスを教えた。英語教師はもう一人、男性教師がいて、二年生の一クラスと三年生を担当する。彼の授業を覗《のぞ》いたわけではないので、実力の程は定かではないが、生徒の噂《うわさ》を漏れ聞いた感じでは、彩のほうが評判がよさそうだ。もっとも、それは授業のテクニックが上という意味ではなく、見た目や人柄のよさや、とっつきやすさからきているらしい。

佐藤教諭から引き継ぎを受けていたので、カリキュラムの進め方は佐藤のそれを見習うように心掛けた。生徒に違和感を与えないことが、「臨時」として、最も留意しなければならない点である——と教頭に言い含められていた。どのみち臨時である以上、意欲的な授業を試みてもしようがない。それに、どういう方法があるのかも、試行錯誤の状態のまま、日にちだけが流れていった。

学校は荒れている——という話を聞いていたから、家族もずいぶん心配していたが、そんなことはなかった。確かに、どのクラスの中にも二、三人、授業に身の入らない生徒がいたけれど、いわゆる学級崩壊のような大事にはいたらなかった。むしろ生徒全体の雰囲気は彩に対して好意的だったといえる。

七月に本採用の試験があって、受けたが、今回も失敗に終わった。採用人員の少ない狭き門だったことはあるが、それなりに成績はよかったはずだ。何が悪かったのか分からない。（だめかな――）と退嬰《たいえい》的な気分になったが、途中でやめるわけにもいかず、なかば惰性のように勤めを続けた。

N中学には予定どおり半年だけの勤務だった。しかも夏休み期間はほとんどが休日で、事実上日給制の臨時職員としては、財政的に言っても、学生時代のように遊び呆《ほう》けてばかりはいられない辛《つら》い夏になった。

休みが明けて、九月の新学期が始まる日の朝、車を学校の駐車場に停《と》めていると、女生徒が走ってきて「ああよかった、梅原先生、来てくれたんですね」と言った。クラスではあまり目立たない、名前もようやく覚えたような子だった。

「九月になったら、もう来ないのかと思っていたんです」

半分、べそをかいたような顔で、上背のある彩を見上げていた。目にはいっぱい、涙が浮かんでいる。彩も危うくもらい泣きしそうになった。

そのことがあって、彩は何が何でも教師になるんだ――という決心がついた。九月の終わりに学校を去る時、校門の所に大勢の生徒たちが群がって、見送ってくれた。その中の数人が「また帰ってきてね！」と叫んで、全員がそれに和した。彩も「きっと帰ってくるわ」と叫び返した。この時はもう、涙を抑えられなくて、フロントガラスの向こうが見えなくて困った。

2

その年の十二月、またお声がかかって、渋川の北隣の沼田《ぬまた》市立Q中学で、今度は病休する教師の代理を務めた。期間は未定だという。何の病気ですかと訊いたが、教育委員会の担当職員ははっきり答えたくないような様子を見せた。どうやら心的な疾患——早くいえばノイローゼによるものらしい。五十四歳というベテランの、しかも男性教師だという。

「そのくらいの年代の人が、いちばんやられやすいんですよ」と担当職員は言っていた。

「やられやすいって、どういうことですか?」

「うーん、一概には説明しにくいのですが、教室経営に自信が持てなくなるみたいな悩みで落ち込むのでしょうなあ。どうしてそうなるのか、これは現場の先生でなければ分からないことかもしれません」

彩はN中学で臨時職員を務めていた佐藤の嘆《なげ》きを思い出した。旧《ふる》いタイプの英語教師は、アクセントなど、実践的でない教育しか受けていない。塾などによる進んだ英語教育を受けた、生意気盛りの生徒たちに、露骨な軽侮《けいぶ》の目で見られたということはあり得るのかもしれない。

「あなたもいずれ、そういう体験をすることになるでしょう。まあひとつ、頑張ってみてください」

職員の何となく、修羅場に送り出すような口ぶりが気にはなった。

ここはN町より人口も多く、一学年が百人程度と、学校の規模も大きい。しかし、学内の雰囲気は一歩、足を踏み入れた瞬間から、あまり芳しいものではなかった。どことなくざわついた感じだし、玄関を通りかかった生徒たちが彩を見る目の、値踏みするような印象がよくなかった。

ちょうど受験シーズンに差しかかろうとしている時期で、とくに三年生が荒《すさ》んでいたせいかもしれない。学校全体がどことなくギスギスした感じで、どのクラスへ行っても、授業に身の入らない生徒が必ず十人以上はいた。彩は二年生の英語を受け持ったが、授業中に私語を交わして、彩の声が後ろのほうの席まで届かない状態さえ生じた。

「静かにしなさい！」

彩は初めて大声で怒鳴った。

一瞬、ビクッとしたように会話が途絶えたが、それも束の間。「うっせえなー」と、甲《かん》高《だか》い声がした。門脇《かどわき》という、このクラスで随一のワルと聞いている生徒だ。背丈ばかり大きく、頭の中は小学校にそのまま置いてきたような幼稚さだ。

「どうせ先生はよォ、春になればいなくなっちゃうんだろ。だったら適当にやってりゃいいんでねえの。適当にやって、給料もらって、後は野となれ山となれってか。マジにやんなくたって、おれたちは黙っといてやるよ。教育委員会にサシたりしねえって」

幼稚なくせに、妙な部分ではおとなたちの知恵を借りている。この学校の保護者は、何かといえば教育委員会に直訴するのだそうだ。校長はその点を注意するように言っていた。保護者はもちろんだが、生徒たちを刺激するような言動は控えるように——と。

そうはいっても、このまま放置していたのでは授業にならない。

「きみはそう言うけれど、私はタダで給料をもらうような真似はしたくないの。それに、きみのおかげで迷惑している生徒が大勢いるでしょう。みんなの学力が低下する責任を、きみは取れると言うの？」

「いいんだよ。みんなだって、英語の授業なんかマジで受けたくねえんだ。そうだろ、みんなよ？　誰か、そうじゃねえってやつ、いるんかよ」

驚いたことに、クラス中がシーンと静まり返って、自ら進んでワルに反論しようとする者は一人もいなかった。

「きみたちはみんな、門脇君の意見に賛成なの？　そんなはずないでしょう。彼が怖くて、何も言えないいんじゃないの？　それじゃいいわ、私が決を採ってあげる。いいわね、英語の授業なんか受けたくないと思っている人、手を挙げて」

ワルとその一味、六、七人がサッと手を挙げた。ほかの者たちは俯《うつむ》いている。

「それじゃ、私の英語の授業を受けたいと思っている人、手を挙げて」

オズオズと、周囲の様子を窺《うかが》いながら、二人、五人、そしてクラスの半数近い生徒が手を挙げた。しかし、その数は半分には達しなかった。

「ほら見ろよ。やっぱ、半分以下しかいねえじゃねえか」

ワルは勝ち誇ったように言った。

「半分以下でも、授業を受けたい人がいる以上、私には授業を続ける義務があるし、その人たちには授業を受ける権利があるのよ。それを妨害する権利はきみにはないわ。この学校もこの授業も、国民の税金によって成り立っているんですからね。それを妨害しようとするのは、一種の公務執行妨害よ」

これにはワルも少し怯《ひる》んだ表情を見せた。しかし、すぐに虚勢を張って、「へえーっ、公務執行妨害だったらどうするんだよ」と開き直った。

「逮捕して、警察に突き出すんかよ」

「ここは教育現場ですから、警察を呼ぶようなことはしないわ。学校の秩序を守るのは、あくまでも私たち教師ときみたち生徒なの。そのことを自覚して、責任ある行動をしなさい」

「責任て、どうすりゃいいのさ」

「そのくらい自分で考えなさい。きみはもう小学生じゃないんだから」

「おれ、頭悪いから分かんねえよ。どうすりゃいいのか、教えてくれよ」

「何もしなくていいから、とりあえず静かにしていなさい」

「静かになんかしてらんねえよ。喋《しゃべ》るのは自由だろ。言論の自由って言うじゃん」

「言論の自由も時と場合によりけりよ。コンサートでお喋りしてたら、摘《つま》み出されるでしょう」

「おれ、コンサートなんか行かないもん」

「学校の授業もそれと同じこと。他人の迷惑になるようなことをしたら、摘み出されて当然なのよ。そしてコンサートと違って、中学は義務教育の場。授業を受ける権利だけじゃなくて、きみたちには義務もあるってこと。それが決まりなの」

「そんな決まり、おれが作ったわけじゃねえし、関係ねえよ」

「関係なくないわよ。日本人として生きている以上、そういう社会の決まりには従わなければならないの。じゃあ訊くけど、きみは将来、車を運転したりしないの？」

「車？　運転するよ」

「車は道路の左側を走るって決まっているでしょう。車に乗るのは権利だけれど、左側を走るのは義務なの。それを守らなければ道路は混乱して、事故だらけになっちゃう。それが社会のルールっていうものね。きみたちが学校に通う権利は国が保障しているけれど、それは同時に、授業を受ける義務を果たすことを要求してもいるのよ。それが学校のルール。交通規則を守らない人が免停になるように、授業を受ける権利をストップさせられたら困るでしょう」

「おれは困んねえよ」

「ふーん、それじゃきみは、学校に何をしに来てるの？」

「べつに」

「べつにって、きみは何の目的もなしに学校に来てるってわけ？　そんなはずないでしょう。勉強をしに来ているんでしょう」

「おれは勉強は嫌いだ。おやじが学校へ行けってうざいから、仕方なく来ているだけ」

「お父さんはきみに、学校へ何をしに行けとおっしゃってるの？　勉強をするために行くようにとおっしゃっているんじゃないの？　それとも、授業中にお喋りをして、授業の妨害をしろとでも？」

「何も言わねえよ。ただ学校へ行けって言ってるだけさ」

「つまり、きみはお父さんのおっしゃることだと、素直に言うことをきくのね。それじゃ、私がお父さんにお会いして、お願いすることにするわ」

「やめろよ。おやじは関係ねえだろ。分かったよ。おれが邪魔をしなきゃいいんだろ。出て行くよ」

言うなり、教室を飛び出した。「待ちなさい」の声は無視された。

その「事件」は次の時限が終わる頃には、職員室中の話題になっていた。教頭から「梅原先生、ちょっと校長室へ」と呼ばれ、教師たちの視線を背中に感じながら校長室に入ると、校長が苦虫を嚙《か》みつぶしたような顔で、「まずいですねえ」と言った。

どういう状況だったのか、説明を求められるまま、彩はその時の一部始終を語った。誰が考えてもワルのほうが不当なのであって、校長から叱責《しっせき》されるいわれはないと思っていた。実際、校長も教頭も、彩の非をあげつらうことはできなかったようだ。

「しかしまずい。厄介なことにならなければいいですがねえ」

校長はしきりにそう言って、ぼやいた。

その「厄介なこと」は、翌日、早々に現実のものとなった。ワルの父親がいきなり、息子を連れて学校に乗り込んで来たのである。授業中であるにもかかわらず、「英語の教師を出せ」と校長に談判した。廊下まで響くほど声高にわめくので、校長も父親の言うなりになるほかはなかった。

彩は教頭に呼び出され、始まったばかりの授業を自習に変えて、校長室に入った。

父親は傲岸《ごうがん》に構え、その脇でワルが小さくなっていた。彩が挨拶をすると、父親は立ち上がって、「あんたかね、息子を教室から追い出したのは」と怒鳴った。

「とんでもありません。教室を飛び出したのはご子息のほうで、私は引き止めました」

「だけどよ、息子が飛び出すように仕向けたのはあんたのほうだろ。息子には授業を受ける権利があるし、そのためにおれは税金を払っているんだ。それとも何かい、この学校ではヤクザの息子は教えられないとでも言うのかね？」

そのひと言で、ワルの父親の「職業」が分かった。クラスメイトや職員たちがビビる理由も理解できた。

それから父親は一方的にまくし立てた。彩がどう反論しようと、聞く耳を持たない。とにかく悪いのは教師であり、そういう教師を雇っている学校側に非がある——と決めつけるのだ。

「だいたい、病休だか何だか知らねえが、勝手に休んじまって、こんなひよっ子みたいな女先生に代理させるっていうのが間違っているんじゃねえのかね」

ことはそこまで遡《さかのぼ》った。頼みの校長はといえば、少しも頼りにならず、「まあまあ」と父親の怒りを宥《なだ》めるほかに能がない。

「おっしゃるとおり、なにぶん梅原はまだ不慣れなもので、授業の進め方にも不備があったものと思います。とはいえ、教育熱心から発した、若さゆえの失敗でありまして、本人も今後はこういうことのないよう、あらためると申しておりますので……」

彩が驚いて、「失敗だなんて……」と言い返そうとするのを、教頭が慌てて制した。

「まあ、ひとつ、ここは穏便に」

校長も彩を睨《にら》みつけて口を封じた。

この日はこれで済んだが、彩の憤懣《ふんまん》は収まらなかった。校長や教頭だけの問題ではない。学校そのものの体質が腐っていると思った。あんな授業妨害を野放しにしている学校側の弱腰が情けない。五十四歳の男性ベテラン教師がノイローゼになるのも、学校側のバックアップがなかったためなのではないか――と思い当たった。

その病休していた教師が四月から復帰することになり、三月の年度末で、彩は馴染《なじ》めないままQ中学の勤務を終えた。ただし、奇妙なことに、例のワルはその日以来、人間が変わったようにおとなしくなった。父親が怒鳴り込んだ翌日、廊下ですれ違いざま、彩の前に歩み寄って、小声で「すんませんでした」と言い、ペコリと頭を下げた。彩がびっくりして、思わず「いいのよ」と言ったのが、彼と彩が交わした、平和的な唯一の会話になった。

3

車を停めてから、もう一度白い鎧窓をふり仰いだ。鎧窓は開いているが、ガラス窓とカーテンは閉ざされている。窓の中の主がどういう人なのか、春日中学に勤めて三ヵ月を経過したが、いまだに姿を見たことがない。

建物自体は築五十年は経っていそうな、切妻《きりづま》屋根の家である。この学校が建ったのもたぶん同じくらいだろう。この辺りは高崎市内でも新開地に属すほうで、戦後、急速に開けたと聞いている。

全体としては慎《つつ》ましやかな洋風の建物だが、あの白い鎧窓だけが突出して存在感を示している。どんな人が住んでいるのだろう――と興味をそそられる。道路に面して人の背丈を越える塀が視線を遮《さえぎ》る。門は屋根付きの引き戸で、その脇にガレージが設《しつら》えられている。彩はずいぶん気にかけているつもりだが、まだガレージのシャッターが開く瞬間に出くわしたことがない。

車を離れようとした時、「おはよう」と声をかけて、髙畑《こうはた》育子《いくこ》が追いついてきた。英語教師四人の中の最古参で、主任を務める。確か五十代のはずだが、見た目には四十そこそこと若々しい。若い頃、東京の出版社で、主に翻訳物の編集に携わっていたというだけあって、英語の知識は豊富だ。しかし、実践的な会話となると、「梅原先生にはかなわない」と嘆く。

「先生って、まったく時間が正確ね」

車なのに――と感心する。確かに、その点だけは彩の特技かもしれない。渋川から学校まで、およそ四十分。途中、よほどの渋滞でもないかぎり、所要時間は一定している。むろん、ある程度は余裕をもって出掛けるのだが、学校が近くなったところで、微妙に時間調整をする。あまり早過ぎても、学校に着いた時の「風景」に馴染みがなくて、一日中、何となく違和感を引きずってしまう。

高畑は徒歩で通勤する。こっちのほうは彩よりもさらに時間が正確なのだが、それでもこんなふうに彩の出勤と絡むことが多い。

春日中の出勤時刻は八時十五分、朝の職員会議に間に合わなければならない。職員会議といっても、ほんの打ち合わせ程度で、八時三十分には始業のチャイムが鳴る。十分間そこそこでする打ち合わせは、その日の確認事項。放課後、グラウンドの一部を美術部の部活で使用するので、よろしくご協力を——といった申し合わせをする。

彩は着任早々、教頭から「陸上競技部の顧問をお願いします」と言われて面食らった。身長が百七十三センチと堂々たるものだから、会う人ごとに「学生時代はバレーボールかバスケット、それとも走り高跳びでもやってましたか？」と訊かれるのだが、これがほんの見かけ倒し。スポーツと名のつくものは、生まれてこのかた、何一つやっていない。中学高校大学を通じて吹奏楽部にいて、クラリネットを吹いていた。

「陸上部の顧問なんて、とても無理です」

そう言って断ると、教頭はにこにこ笑って首を振った。

「なに、顧問といったって、コーチは、ちゃんといるから大丈夫ですよ。せいぜい、生徒と一緒にランニングしてくれればいいのです」

「そのランニングが苦手なんです。小学校の時から、運動会ではいつもビリでした」

「ははは、生徒と競走するわけじゃない。練習始めと終わりの合図をしたり、選手選考で発言したり。要するに部活の管理をする責任者ということですよ」

言いくるめられた恰好で引き受けたが、部活に立ち会うたびに憂鬱《ゆううつ》になる。

春日中は野球、サッカー、バレーボール、バスケットボールと、それぞれの競技で高崎市の大会で優勝するなどして、玄関ホールの壁に賞状がズラッと掲げられている。陸上競技部もかつては市内で一、二を争う実力校だったのだが、ここ数年、停滞ぎみだそうだ。原因は前任者の顧問があまり熱心でなかったためと言われる。

同僚の教師たちは言いたがらないが、前任者は国語の教師で、年度の末に五十六歳で早期勧奨退職をしている。その原因の一つに陸上競技部顧問が重荷だったのではないかという噂があるらしい。

過去の栄光があるだけに、OBや保護者の、競技成績への期待が過重で、成績不振を顧問の指導のせいにされた。小学校の時には才能があったのに、中学に入ってから、少しも伸びていないと言うのである。

「もっと厳しい練習をしなければだめだ」

保護者たちは異口同音にそう言う。前任者はその点、じつに生ぬるかったと指摘する。

去年の夏の大会では、本校始まって以来の惨憺《さんたん》たる結果に終わったが、その原因は大会前の練習が、まるでなっていなかったため——と、猛烈なクレームがついた。

梅雨期、雨の日にはグラウンドでの練習はやらず、屋内の階段を使った昇り降りランニングでお茶を濁した。顧問の言い分は、大会を控えて風邪を引いてはいけないから……というものだった。たぶん、その配慮は妥当なものといえる。もし、雨中の練習を行って、一人でも風邪を発病するようなことがあったなら、たちまちクレームがついたにちがいない。しかし、このことが物議を醸《かも》した。

大会後、緊急保護者会が招集され、顧問教師はつるし上げを食らった。

「雨が降ったぐらいで、屋外練習をやらないなどは、顧問本人が怠けたいからだろう」

「そんな甘っちょろい練習で、上位入賞を目指せるはずがない」

「二年半、この大会を目標にして頑張ってきた選手たちの努力を無にした。その責任をどう取るつもりか」

もともと痩《や》せ型だった顧問教師は、憔悴《しょうすい》しきった。保護者ばかりでなく、その尻馬《しりうま》に乗ったように、部員たちも露骨な反抗心を示すようになった。グラウンドでの指示を無視したり、廊下で出会ってもソッポを向いたり、時には窓に向かって「死ね」と呟《つぶや》いたりもした。

結局、その教師は心身症に罹《かか》り、秋から病欠をしたまま、年度末に退職した。

彩は直接彼に会ってはいないが、話を聞いただけでも、とても他人事《ひとごと》とは思えなかった。

いままさに、彩自身がそれと同じ状況に置かれているのである。その夏の大会は目前に迫っていて、しかも梅雨の真っ只中だ。幸いというべきか、今年はどちらかというと空梅雨《から》で、豪雨の日はほとんどない。雨中練習を行うのにも、それほど支障をきたすことはなかった。

かといって、指導方法も知らない自分に、選手たちの能力を向上させることができるとは思えない。もっとも、選手たちもダメ顧問の指導などあてにしてないから、外部コーチのトレーニングメニューや三年生の大木貴《おおきたかし》というキャプテンの指示のもと、それぞれトレーニングに励んでいる。

「こんなことでいいのでしょうか」

職員会議で不安を述べると、古賀浩美《こがひろみ》という柔道部の顧問教師が「大丈夫よ」と慰めてくれた。彩より五年先輩の数学の教師で、やや小柄といっていい女性だ。

「私だって、柔道なんかやったこともないのに、何とか務まっているんだから」

彼女の指導法は、柔道場の隅で腕組みをして突っ立って、選手がだらけたりしたら「こらっ」と怒鳴りつけ、「真面目にやれっ」と両手で煽《あお》るだけなのだそうだ。

素人の彩の目にも、この学校のレベルは高そうに見えた。もし自分に指導力があれば、相当なところまで活躍できるのではないだろうか。そのことを大木に言って、適切なアドバイスができないことを詫《わ》びた。

大木はびっくりした目を彩に向けて、しばらくキョトンとしていた。教師からそんなふうに率直に謝られるとは、思ってもいなかったらしい。

「いいんだよ先生。走るのは僕たちなんだからさ。先生は見ててくれればいいんです」

まるで慰めるような言い方であった。彩はジーンときた。彼らも、まんざら悪ガキばかりではないのかもしれない。

とはいえ、保護者たちの目は甘くない。練習が始まると、必ず様子を見に来る親がいる。千五百メートル走の選手の父親で、周回の最後のほうになると「ラスト！」と叫ぶ。彩の背中から飛んでくるから、そのたびに「顧問のおまえは何をやっているんだ！」と言われたようで、ドキッとする。

いろいろ問題はあるけれど、彩の教師生活もそれなりに、少しずつ板についてきたようだ。そうして梅雨が明け、夏本番を迎えようとしていたある日、異変の兆候らしき出来事が起きた。その日は白い鎧窓は閉じていた。

4

英語の授業は四人の正規教師がシフトを組んで、一日平均、三時限を受け持つ。他にALT（アシスタント・ランゲージ・ティーチャー）が三回に一度の割合で補助につく。現在のALTは昨年来日したグリーンというアメリカ人の青年で、正規教師とタッグを組み、主として発音と会話の指導に当たる。

彩は一年生と二年生を教える。多くの学校で生徒の社会性や学習態度に問題があると言われ、ひどいケースでは「学級崩壊」などという事態も発生しているが、そんな中、春日中学は高崎市内の公立校の中では一、二を争うほどの優秀校で、生徒の資質もよく、教室の経営は概《おおむ》ねスムーズに運ぶ。新米教師の彩にとって、この学校に配属されたのは、何よりの幸運だった。

この日はグリーンが補助についた。授業の形式は前日のうちに計画を立て、グリーンと打ち合わせしておく。グリーンは彩よりも三つ年上だが、正規教師である彩を立てて、二人の呼吸は間然するところがない。学習の雰囲気作りに始まって、生徒とのやり取りを通じ、動詞の活用形や疑問文の構成などを実践方式で覚えさせる——という彩のプランも、よく理解してくれた。

生徒側も通常の授業の時より、外国人教師が参加していることがいい刺激になるのか、積極的な学習態度を見せてくれる。

とはいえ、赴任してから三ヵ月を超えるというのに、彩はいまだに緊張感から抜け出すことができずにいる。毎時間、全力投球だ。生徒の興味を授業時間内、常に繋《つな》ぎ止めておく必要があるから、三十五人いる生徒の全体に気配りをしながら授業を進めなければならない。これが精神的にも肉体的にも、なかなかエネルギーを要する。

終わり近く、「コミュニケーション活動」と称する、ゲーム感覚の会話実習を行う。生徒はいっせいに席を離れ、たがいに相手を選んで簡単な疑問文を投げかけ、回答し、意思の疎通を図って成功した者から順次、着席していい――という方法だ。このやり方は、かつて英語教師だった校長に教わったのだが、最初ははたして収拾がつくものかどうか、不安だった。

最初に、授業の残り時間を見て、制限時間を宣言しておくのだが、席を離れた生徒たちは、必要以上に大声でわめき立てるように話す。もしかすると、収拾のつかない状態になって、隣の教室から文句がくるのではないかと心配なほど騒然とする。しかし、よくしたもので、時間がきて「はい、ストップ」と号令すると、潮が引くように静粛を取り戻す。そういう時の生徒は、心底、かわいいと思う。

こういった授業のテクニックを会得《えとく》してゆくと、教師稼業もなかなか面白い――と思う反面、エネルギーを消耗して、心身ともに疲弊することもある。

初めて教壇に立った時は、産休代理の臨時教師だし、二度めも病休の代理だった。無意識のうちに、仮の姿、「腰掛け」のような気持ちがあっただろうし、だめならいつ辞めてもいいという気安さがあった。

だが、本採用が決まってこの学校に来ると、やはり心構えが違った。早い話、短期決戦と長期戦との差である。何があろうと、そう簡単に辞めるわけにはいかない。責任感と同時に闘志のようなものが湧いていた。

教壇から見渡す生徒たちは、時には好意的な聴衆のように見えるし、時には敵意剝《む》き出しの野獣のようにも思える。たぶん、生徒たちにはその両方の素質が備わっているにちがいない。彼らにとって、教師という存在は指導者として、あるいは司会者として、タレントのように輝いて見えることもあるだろうし、逆に、彼らが内に秘めている残忍な攻撃本能を満足させる、恰好な餌食《えじき》のように見えることだってあるだろう。

いまのところ、生徒たちの資質のよさに恵まれているのか、それとも彩のタレント性が好感を呼ぶのか、生徒の反応は良好なものだが、だからといって気を緩《ゆる》め、授業内容が疎《おろそ》かになったり、失態を見せたりすれば、いつ状況が変わるか、知れたものではない。そうやって生徒や、それに保護者たちの反逆に遭って、教壇から撤退した教師を見てきた。

六時間目の授業を終えると、生徒と一緒に掃除を済ませ、職員間の打ち合わせをしてから、部活の監督業務に入る。ジャージに着替えて、陸上競技部がトレーニングに励むグラウンドに立つ。

といっても、特段の指導を行うわけではないが、練習風景から片時も目を離すことはできない。何か事故でもあれば、全面的に学校の責任問題になるのだ。現に、横浜《よこはま》の中学校で、生徒が不用意に投げた砲丸が、近くにいたほかの生徒に当たり重傷を負わせるという事故が発生している。

そんな事故ではなくても、炎天下、練習のし過ぎで脱水状態に陥《おちい》ったり、上級生の下級生に対するシゴキのようなことが発生しないように、目を光らせる必要もある。

その点、陸上競技部は大木キャプテンを中心に、よくまとまっている。大木は大柄でがっちりしたタイプの少年だ。大柄のわりに瞬発力があり、短距離から中距離走、走り幅跳び、投擲《とうてき》とそつなくこなす。将来は十種競技をやりたいと抱負を語る。頼りにならない顧問教師の代わりに、外部コーチを補佐し、部員たちへの目配りもよく、人望もあった。大木がいるので、彩もなんとか顧問が務まっていた。

終了を告げるチャイムが鳴って、ようやく一日の業務が終わる。着替えて、職員室で残務を整理したり、明日の授業の準備をしたりして、学校を出るのは午後七時近くである。

車に乗って外界の空気から遮断されると、ほっとすると同時に、ドッと疲れが出る。これは毎日変わらない。先輩教師の髙畑育子に訊くと、「そのうち慣れますよ」と言う。

髙畑は五十二歳。彩とは母子ほどの年齢差があり、実際、すでに独立した息子がいるのだそうだが、見るからに若々しい。若い彩が音をあげたくなるのに、いつも溌剌《はつらつ》として、羨《うらや》ましい。その秘訣は？　と訊くと、「子どもたちを相手に、老《ふ》けてはいられないでしょう」と笑う。

「教室は戦場、教師は戦士よ。敵は大勢。弱気になったり弱みを見せたりしたら、撤退しなきゃならなくなるわよ」

（すごい――）と彩は感心した。髙畑のような信念や積極性のある教師がいるから、この学校の教室経営はうまくいっているにちがいない。そう言うと、髙畑は苦笑した。

「ここも私が来た頃はけっこう、荒れていたのよ。その頃の先生は私なんかと違って、優しい、物分かりのいい方々が多かったのね。戦うどころか、厳しい言葉で叱《しか》ることもしなかったみたい。叱ると、それっきり登校拒否されたりして、親が怒鳴り込んで来る騒ぎになって、結局、学校側が謝るしかないっていうわけ」

「そんな時、毅然《きぜん》として、お宅のお子さんに問題があるって反論することはできなかったのでしょうか」

「できなかったってことでしょうね。保護者は何かというと教育委員会に提訴すると言い、それに屈すると、生徒までがそれを真似て、ほんの些細《ささい》なことまで教育委員会に持ち込む習慣がつくらしいの。その頃の校長先生がまた弱腰で、とくに教委には弱かったのね。そこへゆくといまの校長先生は立派よ。教委はおれに任せろみたいな姿勢を貫いているから、私たちは安心できるわ」

確かに校長は頼りになる。授業のアドバイスはもちろんだが、彩の慣れない陸上競技部顧問も、それとなくバックアップしてくれる。練習中、少し離れたところに佇《たたず》んでいて、時折、彩の気づかない辺りでサボっている生徒がいたりすると発破《はっぱ》をかける。出しゃばりの保護者がわが子の練習に余計な干渉をして、目に余るようだと、近づいていって、やんわりと窘《たしな》めて止めさせる。

「少なくとも、校長先生のいる今年一年は安心していいわ」

それは裏を返せば、来年から先は分からないということになる。いまの校長は今年いっぱいで定年退職する。

「それまでに、あなたも体力をつけておくことね」

高畑は慰めとも励ましともつかない口ぶりで言っていた。

第二章　危険な男

1

　校門を出る時にふと見上げると、向かいの家の白い鎧窓が開いていた。朝見た時は確か閉まっていたはずだから、誰かが窓を開けたことは間違いない。当たり前のことだが、そこに住む人間がいるのを実感して、何となくほっとできる。

　そういえば、この辺りは住宅街であるにもかかわらず、人の往来がごく少ない。日中は校舎内にいるから気づかないけれど、通勤の時間帯にも歩行者に会うことは珍しい。核家族化が進んでいる地域なのだろうか。実際、春日中学に隣接する家からは、通学する生徒が一人もいないそうだ。少子化の波はひたひたと迫ってくるということか。

　それにしても、街から子どもたちの姿が消えてしまった風景に、彩のような若い者でも不安になる。子どもがいない家庭ばかりではないだろうに——と思う。彼らはいったい、どこへ行ってしまったのだろう。

学校から高崎駅の方角へ少し行ったところに「スーパーユリー」という、スーパーマーケットがある。店の規模はあまり大きくないが、高崎市内では高級な品揃えで知られている。高崎は新幹線に乗れば東京まで一時間もかからない。いわば通勤圏になって、ここから東京へ通うサラリーマンも年々、増えているのだそうだ。その人たちの高級志向に応えて、店の品揃えを心掛けていると聞いた。

彩は時折、帰りにここで買い物をする。両親は夕食を待っていてくれるのだが、その代わり、頼まれ物もある。この時季、ここだけで扱っている「おでんセット」が父親のお気に入りだ。世間一般では、真夏におでんでもないと思うのだが、父親も母親も、なぜか彩自身もおでんが好きなのである。それに彩の好きなブランドのアイスクリームも、この店で売っている。

この時刻は夕方の買い物ラッシュも一段落ついて、駐車場の空きスペースが多い。車を置いて、食品売り場へ向かって店内を歩きながら、彩はふと視線を感じて振り向いた。

男がこっちを向いていた。籠《かご》を載せたカートを押している。彩に気づかれたのを知って、白い歯を見せて笑い、ペコリと頭を下げた。つられて彩もお辞儀を返したが、見知らぬ男であった。

男は近づいてきて「やあ、いつもどうも」と言った。三十歳をいくつか過ぎたといった感じだ。女としては大柄なほうの彩が、見上げるほどの長身である。それに、かなりのイケメンと言っていい。襟のある、白地に青いストライプのスポーツシャツはイタリアのブランド物だ。それをいとも無造作に着こなしているところが憎い。

「どうも、こちらこそ」

仕方なく、彩も挨拶した。彩の記憶にはないのだが、「いつも」という彼の口ぶりから察すると、どうやら初対面ではないらしい。ひょっとすると生徒の保護者かもしれない。だとすると、無下《むげ》な素振りを見せるわけにはいかない。

「お買い物ですか？」

言ってから、ばかな質問だ——と彩は反省した。マーケットに来て買い物が目的でなければ、万引きだ。もっとも、彩のほうは通勤用のバッグを提《さ》げているだけで、買い物の証明である籠もカートも手にしていない。

「ええ、あなたも？」

男は調子を合わせてくれた。

「ええ、夕食のおかずとアイスクリームを買いに来ました」

そう言ってすぐにまた反省した。夕食のおかずはまだしも、アイスクリームなど言う必要のないことではないか。

「ああ、僕も同じです。アイスクリームは何にするんですか？　僕は断然バニラです。抹茶アイスなんかは邪道ですよね」

「そうですね。私もバニラ一辺倒です」

これは嘘《うそ》である。最初から抹茶アイスを買うつもりで来た。「でも、父が抹茶、好きなんです」と付け加えた。

「そう、お年寄りは抹茶かな」

男は笑って、「じゃ、失礼します」と、あっさり挨拶してカートを押して行った。

向かう方角が同じなので、彩は脇に逸《そ》れて、予定になかったオリーブオイルを取り、そこで時間調整をしてから、食品売り場でビニール袋入りのおでんセットを取り、アイスクリーム売り場に向かった。籠を取って来なかったから、両手が塞《ふさ》がっている状態でアイスクリームを仕入れるのに苦労しそうだ——と、つまらないことで悩んでいたら、そこでまたバッタリ、男と会った。

「やあ、どうも」と、男は照れくさそうに手を上げた。

「大変でしょう。それ、ここに置いてください」

察しよく、カートの上の籠を示した。肉や野菜や豆腐やら、すき焼きでもしそうな材料が入っている。奥さんに頼まれて買い物に来たというところか——と思った。

「すみません」

厚意に甘えることにして、籠の隙間《すきま》にオイルとおでんセットを載せた。それから男と並んでアイスクリームを籠に入れた。そこまでは何も考えなかった。

通りすがりの女性が男に「今晩は」と声をかけて、「おや」というように意味ありげな笑顔を見せた。その時になって、彩はふと気がついた。一つのカートで一緒に買い物をしている姿は、知らない人には夫婦か、ひょっとすると、同棲《どうせい》している恋人同士に見えるかもしれない——そう思ったとたん、カーッと頭に血が上った。

「お先に失礼します」

自分が買う品物を急いで抱えると、レジ台にぶちまけるように置いた。それっきり男のほうを振り返らなかった。会計を済ませ、レジ袋に品物と保冷剤を放り込むと、一目散に出口を目指した。

車に乗り込んでからも、まだ上気が収まらなかった。心臓のドキドキしている音が聞こえるほどだ。

(何なのよ、これ——)

むしょうに腹が立った。むろん、あの男にではなく、自分に対してである。どうしてこんなに動揺するのか分からない。こんなことは二十五年の人生の中で初めてだ。

(ひと目惚《ぼ》れ？　ばか言わないでよ——)

ミラーの中の自分に苦笑して見せて、腹立ち紛れにイグニッション・キーを回した。

ひと目惚れには五年も前、まだ学生だった頃に苦い経験をしている。吹奏楽サークルの二年先輩の男に、後で考えれば、いいように誑《たぶら》かされたといったところだ。その男には、半同棲みたいにしている水商売の女性がいて、そのことは周囲の連中の多くが知っていたというのに、彩は丸一年ものあいだ、何も知らずに付き合っていた。

見かねた友人が、「騙《だま》されないほうがいいわよ」と言ってくれたのにも、何のことやら分からず、むしろ誹謗中傷《ひぼうちゅうしょう》のたぐいかと思ったくらいだから、よっぽどおめでたくできていたにちがいない。

それ以来、彩は男性不信——というより人間不信に陥って、しばらくは立ち直れなかった。何度か接近してくる男どももいたのだが、見向きもしなかった。教授が東京に条件のいい就職先を世話してくれると言っていたのも振り切って、郷里で教職につくことを選んだのも、それが原因の一つだ。

二度にわたる臨時職員の仕事は、彩にとっては試練といっていいほどの経験だったが、生き甲斐《がい》発見という点では大きな収穫になった。それと、人間にはいろいろなタイプのあることも学んだりして、人生もまんざら捨てたものではないことを知った。

とくにこの学校に来てからは、自分なりに充実した日々を送っていると思う。もう男などどうでもいい。結婚なんかするものか——と、妙に突っ張った気分にもなった。その矢先の今日の「出来事」であった。

帰宅すると、おでんを除く食卓の準備は整っていて、父親はとっくにテーブルについて、母親の手作りのワカサギの佃煮《つくだに》を肴《さかな》に、ビールを飲んでいた。彩の顔を見るなり「おい、抹茶アイス、買ってきてくれたか」と言った。

「ちゃんと買ってきました。だけど、ビールを飲みながら、よくアイスクリームのことを考えられるわね」

保冷剤の効果が消えないうちに、アイスクリームを冷凍庫に収めてから、おでんをビニール袋から鍋に移し、火にかけた。父親が覗きにきて、「いいね、おでんか」と、すぐにテーブルについた。母親が「お父さん、まだ温まりませんよ。彩が着替えてくるまで、お待ちなさいよ」と窘めている。

父親の雄一朗《ゆういちろう》は渋川市役所の商工産業課長で、来年辺りは部長に昇格するのではないかと言われている。一人娘の彩を私大に送り出して、学費を捻出《ねんしゅつ》するのに苦労したはずなのだが、一度たりとも恩着せがましいことを口にしたことがない。

母親の千鶴子《ちづこ》は、「かかあ天下」で知られる上州の女には珍しく控えめで、万事につけ夫を立て、時にはアルバイトもどきの仕事に出掛けたりして家計を扶《たす》けていた。平凡だけれど、娘の目から見ても、微笑ましいほど仲のいい夫婦だ。

彩が教員になったこともあって、梅原家の食卓での話題は、もっぱら教育問題がらみになりやすい。雄一朗が「どうだ、近頃はうまくいっているのか」と切り出すのをきっかけに、彩の学校での様子などが話題になる。

三ヵ月も同じテーマとなると、代わり映えもしなくなりそうなものだが、雄一朗にとってはいつも興味津々《しんしん》なのだそうだ。とくに、最近の学校の荒れ方には心を痛めているらしい。ふた言めには「おれが子どもの頃は」と嘆かわしそうに言う。

十年ばかり前、NHKで大阪の小学校での「学級崩壊」の実状を放送したことがある。子どもたちが教室の中を走り回ったり、大声で喋りまくったり、殴り合いが始まったり、教師を馬鹿にしたり——といった様子だ。彩が教師を志望していると知った時、その話をして、猛反対した。

「ベテランの先生がノイローゼになって、どんどん辞めたり、若い女の先生が自殺に追い込まれたりしているというじゃないか。そんな地獄みたいなところ、やめとけ」

それでも結局、彩は「地獄への道」を選んだ。危うく人間嫌いに陥ろうとしていた頃だから、進むも地獄、退くも地獄——の観があったことも確かだ。しかし、結果として、彩の選択はよかったということになる。現在の学校の状態を知って、雄一朗もようやくひと安心したものの、いつまた「地獄」にならないともかぎらない。

「だいたい、いまどきの子どもたちは、先生に対する礼儀を弁《わきま》えないのが問題なんだ。まるで友だち同士の口のきき方じゃないか。おれたちの頃は、先生といえば神様の次ぐらいに絶対的な存在だった。親の言うことはきかなくても、先生の言うことには従った。親も子にそう教えていた。それがいまはどうだ。親が自ら先生を馬鹿にするように仕向けているそうじゃないか。親の学歴が上がって、中には東大卒なんていうのもいるから、先生を見下したくなるかもしれんが、子どもを任せた以上、先生の絶対性を子どもに言い聞かせるべきだ。悪いことをしたら、叱られるのが当然だし、時には殴られてもいいくらいな覚悟を持つがいい」

「体罰はだめよ」

彩は慌てて制した。

「そんなこと余所《よそ》へ行って話したりしないでね。仮にもお父さんは公務員なんだから、立場上、まずいことになりかねないわ。たとえどんなに正当な理由があっても、教師が生徒に体罰を与えれば、必ず大問題になるに決まっているもの」

「まあ、殴るのはだめだとしても、ほかにもいろいろ、罰の与え方はあるだろう。廊下に立たすとか、両手に水の入ったバケツをぶら下げさせるとか、グラウンド十周とか、便所掃除とか……」

「だめだめ、だめに決まってるわ」

彩は呆《あき》れて笑いだした。

「いまはお父さんや私たちの時代とは違うの。どんな方法でも、罰を与えるのは差別だと非難されるか、子どもの人権を踏みにじるものとして訴えられかねないんだから」

「そんなものをおっかながっているから、生徒も親もますますつけ上がるんだ。家庭での躾《しつけ》ができないのなら、学校に躾けてもらうことに感謝こそすれ、文句を言う筋合いのものじゃないだろう」

「まあまあ、お父さん、ごはんを頂きましょう」

千鶴子が割って入らなければ、雄一朗のヒートアップはやむことがない。

2

荒れる学校の鎮静化にある程度の目処《めど》がついたいま、むしろ問題なのは学力の低下だと彩は心配している。彩自身が学んだ頃にも、そのことが不安でならなかったが、最近の世界との比較で、日本の生徒の学力低下は歴然としたものであるらしい。

(そうなって、当然よねえ——)と彩でさえそう思っていた。

「ゆとり教育」という名目で、週五日制になったり、教科の時間が少なくなったりして、子ども心に(これでいいのかなあ——)と心配したものだ。

彩は渋川市内の公立中学を卒業、東京の大学の高崎にある付属高校に入ったのだが、幸いなことに、どちらの学校でも「荒れる」状態を経験することはなかった。しかし高校の同級生などに聞くと、群馬県内の中学でも、かなりひどいところがあったのだそうだ。

「授業が成立しないから、学校で勉強なんかできない。仕方がないから塾へ行くしかなくて、その結果、できるやつとできないやつの格差が広がるばかりだった」

ゆとり教育のおかげで、塾へ行く時間は潤沢《じゅんたく》になったというのである。

「ゆとり教育っていうのは、経済的にゆとりのあるやつが恩恵を受けるシステムさ」

そう嘯《うそぶ》いていた男子生徒は、高校をトップで卒業して、さっさと東大に合格した。

そういう体験があるから、ゆとり教育下でも、自分の生徒にはできるだけ充実した授業を行いたい——と彩は思っている。少なくとも、塾に行ける子と行けない子とのあいだに格差が生じるようなことにはしたくない。

翌日、最初の授業は二年A組だった。教室に入って、いつもどおりに「グッドモーニング」と言ったが、返ってきた挨拶はバラバラで、中にはピーッと口笛を吹く者もいた。

教壇に立とうとして、黒板の絵に気がついた。カートを押す男と、それに寄り添う女が、マンガチックに描かれている。なかなか達者なものだ。怒るより先に、そのことに感心してしまった。

犯人はすぐに分かった。橋本逸人《はしもとはやと》というマンガ好きの子だ。してみると昨日、スーパーユリーで、あの場面を目撃していたのか。

「上手ねえ、きみが描いたの？」

指さすと、仕方なさそうに「はい」と頷《うなず》いた。ふだんはおとなしい少年なのだが、友だちの尻馬に乗る軽薄な面もある。

「あのひと、きみのお兄さん？」

「違います」

「あら、そうなの。きみに似て、けっこうハンサムだったから、てっきりきみん家《ち》のお兄さんかと思った」

橋本はニヤニヤ笑って、頭を掻いた。

「先生、結婚するんですか？」

女生徒の声が飛んできた。及川愛結《おいかわあゆ》というクラス一の美少女で、自ら将来は女優志望だと言いふらしている。

「ははは、昨日初めて会った人と結婚？　それはないんじゃないの」

「じゃあ、将来は結婚するかもしれないってことですか？」

「ばかねえ……」と、彩が手を振ると、誰かが「結婚、結婚」と囃《はや》したて、それに乗っかって、いっせいに「結婚、結婚……」のシュプレヒコールが始まった。彩も負けずに、教鞭《きょうべん》をタクトのように振って、「結婚、結婚」と彼らに合わせた。みんながいいかげん草臥《くたび》れた頃を見計らって、タクトを横に開いて終止符を打つと、呆れたことに、大合唱はピタッと収まった。昼のテレビ番組で、タモリが会場の拍手をそうやって指揮するのに、影響されているにちがいない。

「せっかく英語の授業なんだから、英語で言ってもらいたかったわね。及川さん、結婚は英語で何て言うの？」

「ウェディングです」

及川が立って、得意そうに答えると、反対の方角から「違うよ」と声が上がった。

「そうね、ウェディングはどちらかというと結婚式っていう意味のほうが強いかな。ウェディングケーキって言うくらいだしね。それじゃ渡邊《わたなべ》君、きみの正解は？」

発言した渡邊清隆《きよたか》を指名した。渡邊は立ち上がって「マリッジ」と、口をしっかり動かして答えた。

「そう、それが正しいわね。たとえばこんなふうに使うの。『アイ　プロポーズ　マリッジ　トゥ　ハー』。私は彼女に結婚を申し込むっていう意味ね」

彩は黒板に向き直って、英語のスペルを書いた。

「これ、覚えておくと、役に立つことがあるかもしれないわよ。最後の『トゥ　ハー』っていうところを『トゥ　ユー』にすればいいんだから」

これはウケた。危うく混乱に陥りそうだった教室の雰囲気が、どうやら授業を進める方向にまとまった。

授業を終えて教室を出ると、橋本が追いかけてきた。階段の踊り場で「先生」と呼び止められて、詫びを言うのかと思ったら、「あいつ、気をつけたほうがいいです」と、それだけ言って、階段を駆け上がった。

周りに生徒たちがいたし、問い返すひまもなかった。

（何なのよ、それって――）

しかし橋本の言いたかったことは察しがつく。昨日の男のことを言っているのだ。気をつけろ――とは、危険な男だからという意味なのだろう。どういう意味で危険なのかも想像がつきそうだ。「女たらし」「ナンパ」という言葉が浮かんだ。

（だからって、どういう関係があるの？　会ったのも初めてだし、これから先、会うことだってありそうにないんだから――）

とはいえ、男が「いつもどうも」と言っていたのが気にかかる。初対面だったら「いつも」はないはずだ。それとも、こっちが気づいていなかっただけで、スーパーユリーで時々、すれ違ってでもいたのだろうか。

不快な気分を引きずりながら職員室に入ると、教頭が待ち構えていたように「あ、梅原先生」と声をかけた。

「二時間目は空きでしたね。ちょっと、校長室まで来てくれませんか」

先に立って、ドアを出て行った。何となく深刻そうな気配を感じて、彩は急いでその後を追った。

校長室は渡り廊下を隔てた別棟の校舎にあって、賓客《ひんきやく》を迎えた際には応接室として使われるし、少人数の会議にも使用されるので、かなり広い。そこに校長と二人の「客」が待っていた。

「あ、梅原君、こちら、沼田署の刑事さん。あなたにちょっと、訊きたいことがあるそうだから、ここに坐ってください」

応接セットのひじ掛け椅子を勧めた。向かい合うソファーには、「刑事」が並んで坐っていて、彩を迎えるのに立ち上がった。三十五、六歳ぐらいと二十五、六歳ぐらいか。

「梅原彩さんですね？」

手帳のメモを見ながら、年長のほうの刑事が確かめた。校長が名前を呼んでいるのだし、いまさら確かめる必要もなさそうなものだが、そういう決まりなのだろう。彩も神妙に
「はい、梅原です」と名乗った。

「梅原さんは澤吉博《さわよしひろ》さんという方をご存じですか？」

「さあ……聞いたことがあるような気がしますけど、その方、どうかなさったんですか？」

「亡くなられましてね」

刑事は彩の表情を読み取るように見つめながら、そう言った。

3

話はもっぱら年長の刑事が進めるらしく、名刺もくれた。彼は「井波利治《いなみとしはる》」で肩書は刑事課捜査係巡査部長。若いほうは「関直人《せきなおと》」といい、肩書は巡査だった。警察や刑事と聞くと、彩などは何となく強面《こわもて》のようにイメージしているが、二人とも物腰は柔らかく、語り口調も穏やかなものだ。

それにしても、いきなり「亡くなった」と聞いて、彩はどう反応すればいいのか、困った。澤吉博という名前に聞き覚えがあるような気はするけれど、親しい人物でないことは確かだ。

「あの、それで、その方、どういう方なのでしょうか？」

「梅原さんは知らないんですか？」

「ええ、存じ上げません」

「妙ですなあ……」

井波はしきりに首をひねっている。

「妙って、どうしてですか？」

「この写真、覚えていませんか」

井波は徐《おもむろ》に、胸の内ポケットに手を突っ込み、手札サイズの写真を取り出して、テーブルの上を滑らせた。

「亡くなった澤さんの服のポケットに入っていたのですがね」

目の前に置かれた写真を覗き込んで、彩は思わず「あらっ」と小さく叫んでしまった。

そこに写っているのはまぎれもなく彩自身。パンツルックに長袖のスポーツTシャツは、今年の春先に買って、学校でも着ていたものだ。その隣には、見知らぬ中年男性が並んで佇《たたず》んでいる。

「これ、私ですよね」

我ながら間抜けな質問だと思ったが、彩はそう訊くよりほかはなかった。

「まあ、そのように見えますけどね」

井波は言い、校長と教頭にも「どうですか?」と水を向けた。

「はあ、確かに梅原君のようですなあ」

校長はそう言った。教頭もそれに和して頷いている。

「でも、この写真、見覚えがありません。それに、隣に写っている男の人も……もしかして、この方がその澤さんていう、亡くなられた方なのでしょうか?」

「そういうことです。それで、この写真ですが、いつ頃撮られたものですか?」

「いつ頃って……ですから、私はこんな写真を撮った記憶がありません。もちろん撮られた記憶もないですよ」

「しかし、実際、ここに写っているのは間違いなくあなた、梅原彩さんでしょう」

「そうみたいですけど……じゃあ、あれじゃないでしょうか。隠し撮りとか、そういう、勝手に撮られたものじゃないでしょうか」

「それにしても、澤さんには会っているわけですが」

「会ってませんて。そもそもその澤さんという方はどういう方なんですか？」

「澤さんは沼田市のQ中学で英語の先生をしておられた方です。Q中学へ行って写真を見せて聞いたところ、澤先生の後任をこの写真の女性、つまり梅原先生が務めたということでしたが」

「ああ……」

思い当たった。病休して、彩が代わりに臨時職員を務めた、その英語教師だ。その経緯を話すと、井波は（ほら、知ってるじゃないか——）という顔をした。

「後任といっても、臨時職員を務めさせていただいただけですよ。この方、澤先生は確か、ノイローゼが原因でお休みしていると聞いていましたが、亡くなったのは、何か別の病気を併発でもしたのでしょうか」

そう言うと、井波刑事は無表情に首を振った。

「いや、一応、自死ということになっています」

「えっ、自死というと、自殺ですか？」

彩は自分の耳を疑うほど驚いて、思わず言い換えたが、最近は自殺とは言わないものらしい。考えてみると、自分を殺すという言い方はおかしいのかもしれない。

「いま、刑事さんが一応――とおっしゃったのは、そうではない可能性もあるという意味ですか？」

「まあ、そういうふうに受け取ってもらっても構いません」

「じゃあ、殺されたのかもしれないっていうことですか？」

いっそう驚いて確かめたが、井波は黙って頷いた。

「そうなんですか……それで、私に何か？　その方のことは、あまり存じ上げないのですけど。直接お会いしたことは、一度もありませんし」

「本当に会ったことはないのですか？」

「ええ、私がQ中学に勤めた時には、すでに休職なさっていましたから」

「学校の外で会ったこともありませんか」

「ええ、ありません」

「しかし、現にこうして、写真に写っているんですけどねえ」

「それだって、私は知りませんよ。さっきも言いましたけど、澤さんという方をまったく知らないんですから。たまたま同じ場所にいたところを、誰かが撮影したってことじゃないんですか」

「誰が何のためにそんなことをするんですかね」

「さあ、それは私のほうが刑事さんにお訊きしたいくらいです。まったく分かりませんけど……気味が悪いですね。第一、この場所はいったいどこなのかしら？」

背景はコンクリート打ちっぱなしの壁か塀のような、無機質なグレーが広がっている。人物は膝《ひざ》から上で、足元の様子がどうなっているのかは分からない。「壁」は上端も両端も写っていないから、周辺の状況を判断する材料もなかった。

「もしかして、この写真、合成っていうことはないんですか？」

彩は気がついて、言った。そう思ってよく見ると、何となく二つの「被写体」には微妙な違和感がある。最近の合成技術は進んでいるから、パソコンを使えば、こういう単調な背景の中に、どこからか切り取った写真を組み込むことぐらい、簡単にできてしまうのかもしれない。

「えっ？……」

二人の刑事も、それに校長も教頭も、弾《はじ》かれたように驚いて、いっせいに写真の上に頭を突き出した。鉢合わせしなかったのが奇跡のようだ。

「合成ねえ……」と、井波が信じられないように言った。彩が指摘するまで、まったく考えてもいなかったらしい。いや、二人の刑事どころではない、こうやってコピーした写真を持ち歩いているくらいだから、警察では何人もの警察官がこの写真を目にしているはずである。それなのに誰一人として、合成を疑おうとしなかったのか、そっちのほうがよほど信じられない――と彩は思った。

「そう言われてみると、確かにそんな気がしないでもないですなあ」

さんざん、矯《た》めつ眇《すが》めつしてから、井波はようやく認めた。

「これは早速、帰って鑑識に訊いてみないといけないが、仮に合成写真だとすると、いったいぜんたい、何の目的でこんな手のこんだことをするのか、それが問題ですね。どうなんでしょう。梅原さんには、何か心当たりはないんですかね？」

「ありませんて」

「そうですかねえ。よく考えてみてくださいよ。この澤さんか、あるいは他の誰かから、恨まれるようなことはなかったですか。澤さん以外の誰かがやったにしても、何の理由もなしにこんなことをするはずがないんですからね」

刑事のしつこさには、この写真に対するのとは別の不快感がある。

「何度訊かれても同じです。恨んだり恨まれたりするなんて、私にはまったく思い当たることがないんです」

「しかしですよ。少なくともこの澤さん本人からすれば、自分の職場を梅原さんに奪われたというような意識はあったかもしれないじゃないですか」

「そんなの……」

　彩は呆れて一瞬、絶句した。

「私がその人、澤さんを追い出したわけじゃないですよ。澤さんが休職するので、代わりに私が呼ばれたにすぎないんですから。順序が逆でしょう。それに、私がQ中学に勤務したのはその年度の終わりまでで、その後はまた澤さんが復帰されたんでしょう。そこから先のことは知りませんけど」

「そう、確かに教室に復帰はしたのだが、じきに辞めてしまったみたいですよ」

「それじゃあ、またノイローゼが再発したんですか？」

「まあ、そういうことですかね。前の時よりさらに深刻な悩みだったらしい。いうなれば自信喪失というわけです。つまりですね、前任者の先生と実力を比較されて、生徒や保護者からブーイングが起こった。それを苦にして、ひどく落ち込んでしまったというのです」

「前任者って……私のことですか？」

「そのようですね」

「まさか……そんなはずありません。私はその学校が二校目の、それも臨時の教員ですよ。そりゃ、大学の時に教育実習はしましたけど、本格的に教壇に立つ経験は浅くて、ろくな授業ができたとは思えません」

「その辺りのことは自分には分かりませんがね。とにかくそれは事実のようですよ。澤さんが退職する際に、校長さんに話した退職理由の中に、あなたの名前が出て、ずいぶん屈辱的だったと零《こぼ》していたそうです」

「そんなこと言われたって……私に責任があるとでもおっしゃるんですか？」

「いや、責任というわけではないですが、ノイローゼの原因の一つがそれだったことは事実なのでしょうね。大学を出たばかりの小娘……これは自分が言うのではなく、澤さんが校長さんに言った文句ですから、気を悪くしないでください。その小娘に負けたというのが、よほどこたえたんでしょうなあ」

「そうなんですか……」

彩は言うべき言葉が見つからない。

「でも、たとえそうだったとしても、私には関係のないことです」

「それがですね、必ずしもそうとばかりは言えないのです」

「どうしてですか？」

「澤さんに、あなたに対する怨恨《えんこん》があったことは否定できませんからね」

「そんなこと言われたって……第一、恨まれてるのが私なら、殺されるのは私のほうっていうことじゃないですか」

「怨恨は相対的なものだから、恨まれれば恨み返すってこともあるでしょう」

井波刑事はニヤリと不敵に笑って、「ところで」と警察手帳を開いた。

「一昨日《おととい》の午後九時から十時頃のあいだ、梅原さんはどこにいましたか？」

井波は尋問《じんもん》口調になっている。

「一昨日ですか……えっ、それって事情聴取ってことですか？」

「まあ、そんな堅苦しいものでなく、一応の手続きみたいなものですから、あまり気にしないで正直に答えてくれればいいのです」

「気にしないわけにいきませんよ。まるで澤さんが亡くなったことに、私が関係しているみたいじゃないですか」

「そうは言ってません。ただ単に、一昨日のその時刻、どこにいたのかという、それだけの話です。どうです、話してもらえませんかね」

彩は呆れて、救いを求める目を校長と教頭に向けたが、二人は気の毒そうな顔で、黙って頷くばかりだ。（正直に答えなさい――）と言っているつもりだろう。部下が困っているといっても、こういう場合は手の打ちようがないのか、まったく頼りにならない。

「いいですよ。べつに隠さなければならないことでもありませんしね。一昨日は月曜日ですよね。午後八時頃からずっと、自宅にいましたけど」

「間違いありませんか。確認しなくても大丈夫ですか」

「確認も何も、学校が終われば大抵、どこへも寄り道しないで帰宅しますから」

「どなたか、そのことを証明してくれる人はいますか？」

「父と母がいますよ」

「できれば、ご家族以外の第三者がいると具合がいいのですがね」

「第三者って、ひどいわ、完全に容疑者扱いしてるんですね」

「いや、ですから、単なる手続きですよ。こうやって、関係者の一人一人を消去していくのが、警察のやり方なんです」

「分かりました。でも第三者なんていませんよ。うちには父と母しかいないんです」

「いいでしょう。どうも長いことと失礼しました。この写真のことも含めて、また何かあったらお邪魔するかもしれませんが、その時はよろしくお願いします」

二人の刑事は立ち上がった。校長と教頭は厄介払いができる――という顔をしたが、彩は収まりがつかない。「あの、一つ訊いてもいいですか」と言った。

「その澤さんですけど、どこでどんなふうに亡くなっていらっしゃったのか、教えてくれませんか」

井波は部下の関刑事と顔を見合わせていたが、仕方なさそうに言った。

「Q中学の教室です。黒板の前で倒れ、死亡しているのを、昨日、出勤した校務員さんが発見しました。死因は缶コーヒーで飲んだ毒物による中毒死。場所が場所だけに、学校側と警察が箝口令《かんこうれい》をしいて、マスコミには出ないようにしていましたが、それも間もなく解除になるでしょう。しかし、自分の口から聞いたと言わないでください」

念を押して、引き上げて行った。

教頭は刑事を玄関まで送ってから引き返してきて、校長と彩と三人で善後策を講じることになった。もっとも、善後策といっても、彩としてはまるで関係のない話だ。しかし校長と教頭はそうもいかないらしい。

「こういう噂はたちまち広がりやすいですからな。用心しないといけません」

教頭は声をひそめて言った。

「でも、用心するって、何を用心すればいいんでしょうか」

「梅原先生が殺人事件に関係しているといった噂が流れないようにすることです」

「そんな!……関係なんかしてませんよ」

「いや、ですからね、そういう噂が流れては困るということです」

「どうしてですか。どうしてそんな噂が流れるとお思いになるのですか」

「だってそうでしょう。刑事が二人も来たのですぞ。それだけでも噂の材料になります。まして被害者の方と梅原先生が一緒に写った写真があるなんてことが知れたら、たちまち大騒ぎですよ。マスコミだって大挙してやって来るにちがいない」

「ちょっとちょっと教頭先生」と、校長が窘《たしな》めるような口調で言った。

「被害者と言われたが、亡くなった澤さんという方は、自殺の疑いが濃厚なのでしょう。

軽々に被害者などと言わないほうがいい。とにかく、今回のことは、われわれ三人だけの胸の内に仕舞って、外部には絶対に漏らさないようにすること。当面はそれだけに専念するほかはありません」

しかし、校長の言うようには収まりがつかないことは、間もなく分かった。

三時間目に彩が担任を務める二年B組の教室に行くと、教室内は何となくざわついた雰囲気だった。「グッドモーニング」の挨拶が終わるやいなや、陸上競技部の部員である、竹内一記《たけうちかずのり》という生徒が手を挙げた。

「先生、何かあったんですか？」

「何かって、何のこと？」

彩は当然、とぼけるつもりだ。

「だってさっき、刑事が二人来て、梅原先生も校長室に行ったじゃないですか」

彩は驚いた。むろん、校長室でのやり取りなど、誰にも聞かれるはずがない。それなのになぜ竹内が刑事だと知っているのか。ひょっとして、カマをかけているのだろうか。

「あの人たちのことなら、刑事なんかじゃないわよ。教育委員会の方。ゆとり教育の見直しを軌道に乗せるにあたって、学校側の心構えなどについて、確認しに見えたの」

「ふーん……」

竹内は眉をひそめ、不信感を露《あらわ》にして、しかし着席した。ほかの生徒たちも、興味深そうにしていたが、竹内が黙ってしまうと、急速に静かになった。

そんなことがあったせいか、授業のノリが悪く、生徒とのやり取りが妙にぎくしゃくしたまま、終業のベルを聞くことになった。

教室を出ると後ろのドアから竹内が飛び出して、追いかけて来るのが見えた。彩は立ち止まらず足早に歩いたが、竹内は階段に差しかかるところで追いついて肩を並べ、「どうしてですか？」と話しかけた。

「どうしてって？」

「先生が嘘をつくなんて、初めてだから、どうしちゃったのかと思って。すっごく心配なんです」

振り向くと、本心から心配している顔だ。陸上競技部の顧問をやっているせいなのか、竹内は絶対的な彩のシンパで、クラスの取りまとめ役を務めてくれている。

彩は無意識に周囲に気を配った。幸い、近くには誰もいない。

「竹内君、お昼休みにちょっと、相談室に来なさい」

それだけ言うと、竹内を置き去りにして、逃げ込むように職員室に入った。

席に坐ってからも、しばらく動悸《どうき》が収まらなかった。生徒に嘘つき呼ばわりされても、反論できなかったことに、猛烈なショックを感じていた。

しかし、見渡したところ、職員室の雰囲気はいつもと変わらない。教頭を除く誰一人として、あの事態に気づいていないのだ。それに比べて、竹内の勘のよさは驚くべきものがある。いや、どういう根拠かはともかく、竹内が知っているということは、ほかの生徒たちの何人かも察知した可能性がある。

（ばかみたい——）と自嘲《じちよう》したくもなる。そもそも、彩は澤吉博の死に何の関係もないのだ。それなのに、なんで私が余計な心配をしなければならないのよ——と思う。

四時間目が終わり、給食を済ませると、彩はそそくさと相談室に入った。ここはふだんは生徒の進路相談や、カウンセリングなどに使用される部屋で、この時期はあまり利用されることがない。

ドアが軽くノックされた。彩が答える間もなく、竹内が顔を覗かせた。日焼けして、いかにも俊敏そうだ。彩の姿を確認すると、素早く部屋に入り、後ろ手にドアを閉めた。

どういう理由で、竹内が「刑事」のことを察知したのかは分からないが、彩はこの子には事実を打ち明けるしかないと思っていた。彼との信頼関係を失うことは、これからの教室経営に悪い影響を与えそうだ。

「さっきのことだけど」と、竹内が向かい合う椅子に坐ると同時に、彩は切り出した。

「きみはなぜ、あんなことを言ったの？」

「すみません、先生を嘘つきみたいに言ったこと、謝ります」

「ううん、それはいいのよ。皆がいるところであの話をするのは、ちょっとばかし問題があっただけ。それより、あの二人のお客さんを、どうして刑事だなんて思ったのか、それを知りたいの」

「僕、知ってるんです。去年、うちの自転車が盗まれた時、沼田市内で見つかって、警察に受け取りに行ったことがあって、あの刑事さんと話をしたんです。だから、校長室に入っていくのを見て、あれって思っていたら、その後、梅原先生も入っていったから、それで、何があったんだろうって」

「そうだったの。そう、きみの言ったとおり、あの二人は沼田署の刑事さんよ。沼田署管内である事件があって、参考意見を求めに来たの。でも、この学校には関係のないことが分かって、引き上げていったっていう、ただそれだけのこと。きみは何も心配しなくていいのよ」

「ほんとですか？　ほんとに心配しなくてもいいんですか？」

竹内は繰り返して訊いた。彩の話を信用しないというより、心の底から心配して、本当のことを知りたがっているのが分かる。

「大丈夫よ。きみが何を気にしているのか知らないけど、私には警察と関わるようなことは、何もないんですからね」

「だったらいいんですけど……」

竹内は不安を払拭《ふっしょく》できない様子で、仕方なさそうに立ち上がったが、ドアに向かいかけて、振り向いた。

「しつこいみたいですけど、もし先生に何か心配なことが生じたら教えてください。僕の知ってる人にそういうの相談できる頼りになる人がいますから」

「そう、ありがとう。でも何もありませんからね。それよりそろそろ昼休みも終わる時間でしょ。急いで教室に戻りなさい」

竹内は「はい」と頭を下げて部屋を出て行った。素直ないい子だ。

4

その日の夕刊に澤吉博の「事件」は載っていた。

元中学校教師　教室で自殺／ノイローゼが原因か

七月八日朝、沼田市の市立Q中学校の教室で、昨年夏まで同校の英語教師だった澤吉博さん(56)が死亡しているのを、出勤してきた職員が発見した。死因は缶入りコーヒーで毒物を服用したことによるもの。沼田警察署の調べでは、澤さんは極度のノイローゼが原因で退職しており、それを苦にしての自殺ではないかと見られる。

ずいぶんあっさりした内容である。井波刑事が言っていたような「殺された可能性」があるようには、とても思えない。警察と学校がよほど事実をひた隠しにしているということなのだろうか。それとも、殺人を疑っているのは井波だけで、警察の大勢としては、自殺で片付けようとしているのか。

いずれにしても、もともと彩には関係のないことだから構わないといえば構わないが、後味の悪さは尾を引きそうだ。

帰りがけに、夕刊を読んだという校長が声をかけてきた。

「やっぱり自殺だったようだね。よかったじゃないか」

「はあ、でも、何だかすっきりしません」

「まったくね。刑事に訪問されるなんていうのは、気分のいいものじゃないからね。しかしまあ、気にしないことだよ」

慰められ、それで済んだと思ったのだが、そうはいかなかった。

翌日の朝刊に澤の「事件」がらみの特集記事が載っていた。G大学教育学部教授の談話として、ここ数年の傾向として、ベテラン教師の早期退職や、若い教師の自殺が増えていることが指摘されていた。少し前に発生した、東京郊外の小学校教師の自殺もその典型で、年齢がまさに彩と同じ二十五歳だったことで、他人事とは思えなかったものだ。

〈いまの教育現場はとにかく忙し過ぎます。昔なら、先輩教師が若い教師をサポートするなどしていたものが、他人のことまで手が回らなくなっている。学級崩壊とまで言われるような現状にある中、大学を出たての若い教師にとって、孤立無援の状態で、難しい状況に立ち向かうというのは酷ですよ。それはベテランと言われる年配の教師の場合も同じで、生徒側、とくに保護者の一方的な厳しい要望に押しつぶされて自信を喪失、職場を離れざるをえない状況に追い込まれるというケースが続出しています。」

　これを読むかぎり、澤の「自殺」はそのまま自殺として収束したように見えるのだが、警察はそれで済ませるつもりはなさそうだ。この新聞記事が出た数日後、例の井波と関、二人の刑事が渋川の梅原家を訪ねてきた。夕食が済んだ、午後八時過ぎのことである。チャイムが鳴った時、母親の千鶴子がキッチンの片付けで手が放せなかったので、たまたま彩が玄関に出た。ドアの外に二人の男が佇んでいるのを見た瞬間、彩はドキッとした。

「夜分、申し訳ありませんが、学校にお邪魔するのは、何かと差し障りがあるといけないと思いましてね」

　井波はそう言った。それなりに配慮しているつもりなのだろうが、近所の手前、差し障りがあるのは、梅原家だって同じことだ。

　玄関先で応対するわけにもいかず、応接間に通した。気配を察して雄一朗が顔を出したのに、彩は「私に用事だから」と、父親を押し戻した。

「どういうお話でしょうか」

彩に促されて、井波は用件を切り出した。

「じつはですね、あの写真ですが、梅原さんが指摘したとおり、合成されたものであることが分かりました。どこかのコンクリート壁をバックに澤さんが写っている写真に、梅原さんの写真を嵌《は》め込んだものでした」

「ほら、やっぱりそうでしょう」

自分の炯眼《けいがん》が証明されて、彩は少し気をよくしたが、反面、腹立たしくもあった。

「それ以外にまだ何かあるんですか？　澤さんのことは自殺だって、新聞に書いてありましたけど」

「そうですね、そう書いていましたね。しかし警察としては、簡単に処理するわけにはいかないのです。はたしてあれは間違いなく自殺だったのかどうか、なお念を入れて調べる必要があるのですよ。たとえばですね、缶コーヒーで服用した毒物ですが、いったいその毒物はどこから入手したのか、説明がつかないのです」

「はあ、そうなんですか。でも、だからといって私のところに来られても、困ってしまいますよ。ぜんぜん関係ないんですから」

「確かに、確かに、あなたがご迷惑なのはよく分かります。ただですね、もう一つ興味深い事実がありましてね、これはいったいどういう巡り合わせか――と不思議に思うようなことなのですがね」

なのです」
「じつは、亡くなった澤さんが、梅原さんとまんざら関係がないというわけではなさそう
「私がですか？　どういうことですか。何度も言いますけど、澤さんという方のことは、
まったく知りませんよ」
「まあ、これも単なる偶然と言ってしまえばそれまでなんですがね。澤さんの経歴を調べ
ていたところ、澤さんは二十八歳までの五年間、春日中学に在職していたことが分かりま
してね。大学を卒業したばかりの最初の勤務先が春日中学。つまり、いまの梅原さんと同
じようなコースを辿《たど》っていたというわけですな」
「えーっ……」
彩は思わず悲鳴のような声を発してしまった。一瞬、彩が毎日立っている教壇に、若い
男の教師が佇んでいる姿が、幻のように脳裏に浮かんだ。あの黒板にチョークで英語のス
ペルを走り書きしていたであろう姿さえ、思い浮かぶ。
二人の刑事は予想以上に彩が反応したことに気をよくしたのか、笑顔を見せた。
「だからといって、そのことが直接、本事件に関係するというのではありませんがね」
「そうですよ。私には関係ありませんよ。ただそれだけのことでわざわざこんな時間に事
情聴取に来たんですか？」

非難の言葉が口をついて出た。こんな気味の悪い話を聞かせるために——と付け加えたかった。まったく、いやがらせとしか思えないではないか。

「ですからね、警察というところは、たとえつまらないことでも、一応は当たってみるものだと言ったでしょう。それにですね、本当に関係がないかというと、そうとも言い切れない事実がありましてね」

井波は表情を引き締めて、言った。

「その後の調べで明らかになったことですが、じつは、澤さんは学校を退職した去年のいま頃から、自分が歴任した学校を訪ね歩いて、カメラに収めていたと考えられるのです。梅原さんが写っているあの写真……といっても、合成される前の写真ですが、それも澤さんがひそかに撮影した可能性があります」

「えーっ、でも、あの服装だからって、学校の傍《そば》とは限りませんよ。自宅近くで撮られたのかもしれないじゃないですか。だけど、何の目的で撮ったものかしら？」

「それをいま、調べているところです」

井波は事務的に答えた。刑事としては当然の対応なのだろう。しかし、彩にとっては、盗撮されただけでも気持ち悪いのに、写真を合成されたりしたあげく、一緒に写っている人物が殺されたなんて、背筋が寒くなるほど不気味だ。

「まあ、とにかく、どういう理由にせよ、澤さんがあなたと同じ写真に収まっているというのは、この事件があなたと無関係ではないということです。何か気がついたことがあったら、警察のほうに申し出てください。それと、しばらくのあいだ、遠くへ出掛けるような場合は教えてください」

二人の刑事は結局、そのことを言うために来たのではないかと思えるほど、事情聴取らしきこともしないで引き上げた。これこそ単なるいやがらせじゃないの――と、彩はますます警察が嫌いになった。

第三章　家族会議

1

夕食のテーブルで甥《おい》の雅人《まさと》が食事の手を休めて、深刻そうな顔で言い出した。

「叔父さん、今日、学校で、変なことがあったんです」

「ふーん、どんなこと？」

浅見《あさみ》も真顔で訊き返した。雅人が好物のメンチカツをフォークに突き刺したまま動きを止めるなどは、かなり「変なこと」として認識し、対応しなければならない。

「授業中に、突然、千田《ちだ》君ちのお母さんが教室に入ってきて、先生に『ああいう下手くそな絵を展示するのはやめてください』って、すごくきつい口調で言うんですよね」

「なんだい、それは？　まさか雅人の絵のことじゃないだろうね」

浅見は冗談のつもりで言ったのだが、雅人はニコリともしない。

「うん、教室の後ろに貼ってある絵の中には、僕の絵も入っていました」

「どういうこと？」

浅見家の食卓の関心がいっせいにメンチカツから雅人の口元に移った。テーブルには浅見光彦《みつひこ》と雅人、雅人の母の和子《かずこ》、雅人の姉の智美《さとみ》、そしてこの家の女王ともいうべき浅見の母の雪江《ゆきえ》未亡人まで、大黒柱・陽一郎《よういちろう》を除く浅見家全員が揃っている。キッチンとダイニングルームの仕切りのところでは、お手伝いの須美子《すみこ》も、一瞬、給仕の手を止めて、聞き耳を立てた。

浅見家は東京・北区西ヶ原《きたにしがはら》という、山の手の住宅街にある。この辺りは地名どおり東京の北の外れ近くにあり、地理的にも地形的にも発展性がないのか、バブル時代にも開発ブームの洗礼を受けなかった。戦災で広く焼けてしまったが、焼けなかったところが、斑《まだら》模様に残っていて、緑も豊かな街である。

雅人の通うA中学は、浅見家から歩いて五分ほど。大きくもなく小さくもなく、立派でもなく貧弱でもなく、ごく平凡な佇まいの四階建て校舎。学力も区内の中学の中では平均的だと言われている。姉の智美も雅人も、浅見の母校である滝野川《たきのがわ》小学校という、区内有数の名門校を出ているのだが、智美のほうは自ら望んで、市ヶ谷《いちがや》にあるJ学院に入った。

雅人はべつに希望がなかったこともあり、父親の陽一郎の、「男の子は荒波に揉《も》まれて育つのがいい」という、いささか逆差別的な主義に従い、区立A中学を選んだ。

学校が荒れている——という話は以前からあった。しかし、A中学はその荒波の洗礼も受けることなく、穏やかに、べつの言い方をすれば平々凡々として過ぎていた。おそらくそれは、周囲に歓楽街もない、東京二十三区内では比較的珍しい、緑豊かな住宅街に囲まれているという環境のせいであるにちがいない。

だから、雅人が「変なことがあった」と発言したのは、そのA中学にとって、ある意味で画期的な出来事が発生したことを物語るものといってよかった。

雅人の話によると「それ」が起こったのは三時間目の国語の授業が始まって間もなくのことだったという。教室の前方のドアがノックされて、先生が答える間も与えず、すぐにドアが引かれ、「おばさん」が現れた。教卓に歩み寄って、いきなり「ああいう下手くそな絵……」と言い出した。教室の後ろの壁には美術の時間に生徒たちが描いた作品がズラッと貼り出されてある。

「すごいきつい声で、絶対、怒っているとしか思えない言い方だったんですよね。だから先生もみんなもびっくりして、最初は何を言ってるのか分からなかった」

それはそうだろう。突如出現した女性が、教室の背後を指差して、教師を怒鳴りつけたのだから。

それが千田ユーキの母親だったという。

「ユーキって、勇気凛々《りんりん》の勇気って書くのかい？」

浅見が訊いた。

「ううん、そうじゃなくて、難しい字。祐子《ゆうこ》叔母さんの祐に、花のアオイを書いてユーキって読むんだって」

祐子叔母さんというのは、浅見のすぐ下の妹で、広島県尾道《おのみち》から島根県の隠岐《おき》へ行く旅の途中、奇禍《きか》に遭って亡くなった（『後鳥羽伝説殺人事件』参照）。

「ふーん、祐葵《ゆうき》か。確かに葵《あおい》の音は『キ』と読むね。そんな名前をつけるところをみると、きっとご両親は優秀な人なんだ」

「優秀かどうかは知らないけど、お母さんのほうが勇気凜々なのは、間違いないです」

雅人は洒落《しゃれ》たことを言って、和子に「失礼なことを言うものじゃありません」と叱られた。

「それで、そのおふくろさんは何が気に入らなかったんだい？」

「だから、つまり、そこに貼ってある絵が下手くそだからです」

「下手くそな絵だったのかい？」

「そりゃ、みんなは、僕だってそれなりによく描いたつもりだけど、ゴッホやセザンヌに比べれば下手くそでしょう」

「ははは、すごいのと比べるんだな。いや、そういう冗談でなくさ、ほんとのところはどうなんだい」

「冗談なんかじゃないんです。千田君のお母さんは本気で、ゴッホ、セザンヌ、モネ、ルノアール、フェルメール、レンブラントとか並べ立てて、そういう名画と比べて、下手くそだって言ってるんだから」

「そう言ったの？」

「そう言いました。先生に向かって、『ああいう下手くそな絵を飾っておくことが、子どもたちの情操教育上、どんなに悪影響を及ぼすか知れないでしょう』って」

雅人は身振りまで加えて、千田夫人の声色《こわいろ》を真似て見せた。

テーブルの周りの全員があぜんとした。

しばらく間を置いてから、和子が心配そうに言った。

「千田君のお母さん、本気で言ってらしたの？」

「あれは本気だよ。だって、本気でなかったら、国語の授業中の教室に入ってきて、そんなこと言ったりしないでしょう」

「確かに」と浅見は頷いた。

「しかしすごいねえ。まさに勇気凛々って感じだな。見たかったね」

「光彦！」

雪江が一喝した。

「そんなふうに茶化すものではありませんよ。雅人は真剣なんですから。そうでしょう、雅人」

「ええ、僕は真面目ですよ。あんなの、困っちゃうんですよね。先生はもっと困るでしょう。どうしたらいいか分からなくて、おろおろしてましたもん」

「国語の先生は女の先生？」

浅見が訊いた。

「うん、担任の大縄《おおなわ》香織《かおり》先生」

「若いの？」

「さあ、どうかな。叔父さんよりは若いと思うけど。でももう結婚してますよ」

「いや、そういう意味でなくさ。若い女の先生だと、保護者に嘗《な》められたりすることもあるんじゃないかと思ってね」

「大縄先生はすごくしっかりしてますよ。生徒が悪いことをするとびしびし叱るし、教え方だって上手だし、美人だし。叔父さんもモタモタしてないで、早くああいう女の人を見つけるといいんです」

「雅人、何てこと言うの」

今度は和子が叱って、モタモタしている義弟に「ごめんなさい」と謝った。

「ははは、そんなことはいいんですけど。それからどうなったの？　大縄先生は千田夫人のクレームに何て答えたの？」

「はい、分かりましたって」

「えっ、じゃあ、素直に言うことを聞いちゃったのかい？」

「だって、おばさんのあの剣幕だったら、そう答えるっきゃないんじゃないかな。叔父さんならどうしますか？」

「僕なら断固、拒否するね。『私は教育の専門家であって、これまで日本に培《つちか》われてきた教育文化と、その知識の上に立って、私なりに信じている教育方針で教室を運営しているのです。素人のあなたに指導されるいわれはありません』とね」

「素晴らしい！……」

それまで黙ってやり取りを聞いていた姪《めい》の智美が、パチパチと手を叩いた。J学院高等部一年。学業成績は学年全体でも群を抜いてトップ。しかも、本人はまだあまり気づいていないが、かなりの美少女だ。校則でそうなっているのかどうか知らないが、化粧水さえつけ忘れるほど、メーキャップに関心がない。子どもの頃から下瞼《したまぶた》にまでラインを入れるのが流行《はや》りの昨今、わが姪っ子ながら、浅見は誇りに思っている。

「そうですよね、叔父さんが言うとおり」

智美はキリッとした瞳を輝かせて言う。

「学校の先生は教育のプロなんですもの、そんなわけの分からないイチャモンにいちいち取り合ってたら、授業どころか、お仕事にならないじゃない。とんだ業務妨害だし、生徒にとっても授業を受ける権利を侵害されているってことになるわ。大縄先生は断然怒るべきよ。先生だけじゃなく、学校としてピシッと言ってやったらいい。だいたい、近頃は変なおとなが多過ぎるんです」

とたんに和子が「それは言い過ぎよ、智美」とピシッと言った。

「はい、すみません」

智美は肩をすくめた。そういう素直なところがまたいい。

「だけどさ、もしそこで大縄先生が言い返したりしたら、あのおばさん、絶対に喧嘩《けんか》になると思う。そしたら、ほんとに授業どころじゃなくなっちゃうじゃない。だから先生だって、仕方なく受け入れたんだよ」

雅人は彼なりに客観的に観察している。こんなふうに先生の苦衷を思いやってくれる生徒ばかりだったら、教師冥利《みょうり》に尽きるにちがいない。

「それで、千田夫人は納得して引き上げてくれたのかい?」

「ううん、まだまだ。『わたくしがお手伝いしますから、絵を取り外しましょう』って、先生を催促して……」

「えっ、その場ですぐかい? だって授業中なんだろ。それはすごいねえ」

浅見は驚くより感心した。そういう人種が我が物顔にこの社会を闊歩《かっぽ》していることに、である。

2

その思いは全員に共通したものだったようだ。あまりのことにシーンとして、ナイフとフォークを使うことさえ忘れている。

「さあさあ、お話はそのくらいにして、ご飯を頂きましょう」

雪江がみんなの気を引き立てるように言った。旧来の、それこそ日本に培われてきた道徳の権化みたいな女性だから、いまの千田夫人の話には思うところが多いはずだが、そういう感情はおくびにも出さない。

どうにかみんなが気を取り直して、食事を再開した。しかしそれからというものは会話も弾まない。それぞれがいまの話のその後の成り行きに思いを馳《は》せて、黙々とメンチカツを咀嚼《そしゃく》している。

デザートに完熟マンゴーが出た。熟してネットに落ちるまで収穫しないという、宮崎名産の傑作だ。

「瀬戸《せと》長恵子《ながけいこ》さんからの頂き物よ」

雪江が生け花のお弟子さんの名を言った。マンゴーは大歓迎だが、わが次男坊の嫁に──とひそかに心づもりをしているから、浅見としては手放しで喜べない。

「ひとつ気になるんだけど」と、話題を無理やり元に戻した。

「その下手くそな絵の中に千田君の絵は、当然なかったんだろうね」

「うん、貼り出されませんでした」

「やっぱりね。つまりもっと下手くそだったわけだ。それでその時、肝心の千田君はどうしてたの？　お母さんを制止するとか、困って泣きだすとか。彼にしたって、相当ショックだったんじゃないかな」

「さあ、どうかなあ。だって千田君は休んでいたもん」

「えっ、休んじゃってたのか。ということは、千田夫人は、自分の絵が貼り出されなかったことがいかに不当な扱いであるか――という息子の讒言《ざんげん》に唆《そその》かされて、怒鳴り込んで来たっていうわけか」

「ザンゲンて、何ですか？」

「あることないこと、でっち上げて悪口を言うことさ」

「ふーん、どういう字、書くんですか？」

「そんなの書けっこないけど、パソコンで叩けば出てくる。いや、そんなことはどうでもいい。それより、そういう事件があった後では、千田君も学校に来にくくなるんじゃないかな。みんなだって、どういう顔をして千田君を迎えるか、難しい問題だろうね」

「僕もそう思います」

雅人は深刻そうに頷いた。学級委員をやっているから、クラス全体のことを考えると、さぞかし憂鬱にちがいない。

「ある意味、自業自得だわ」

智美はそう言ったが、すぐに「でも……」と首を横に振った。

「千田君もかわいそうよねえ。そういうお母さんに育てられれば、誰だって畏縮《いしゅく》して、いい子のふりをしなきゃいけないって思っちゃうもの。その点、私たちは幸せ」

「智美、変なこと言わないの」

和子は窘《たしな》めたが、まんざらでもないらしい証拠に、頬が少し赤らんだ。

「智美の言うとおりだと思うな」

浅見は言った。

「千田君だって、一種の被害者と言えるのかもしれない。下手するとイジメに発展して、あげくの果て、登校拒否みたいな厄介なことになりかねないね。クラスのみんなが、よほどの自制心をもって迎えてあげないと……しかし、難しそうだな」

「どうしたらいいのかなあ。叔父さんはどうしたらいいと思いますか？　僕、困ってるんですよね」

「大縄先生は何て言ってるの？」

「何も」

「何もって、その後、クラスのみんなに何か話したりしなかったの？」

「うん、放課後の掃除の時間に教室に顔を出したけど、何だか寂しそうだった。みんなの前では毅然としていたけど、もしかすると、職員室では泣いてたんじゃないかな。だって、すごいショックだし、悔しかっただろうって思うもの」

「ほうっ……」と、浅見は感心した。この歳にしては女性心理の機微を理解している。

「それじゃ、生徒に善後策を話すなんて余裕はなかったのかもしれないね。だけど、雅人みたいないい生徒がいることを知ったら、先生も気を取り直すよ、きっと。そうだ、電話してあげたらいい」

「えっ、僕がですか？」

「そうだよ。きみ以外の誰が電話するんだ。きみしかいないだろう」

「そんな……お母さんとか、叔父さんとかのほうがいいと思うけど」

「だめだね。第三者が介入したりすれば、話はますますややこしくなる。きみ自身が思ったとおりのことを素直な気持ちで話すからこそ、聞く側の心を動かすんだ。そうして先生を支えることも学級委員の責務だろう」

「うーん……」

雅人は口を真一文字に結んで、しばらく考え込んでいたが、「はい、そうします」と立ち上がった。

「じゃあ、お祖母《ばあ》ちゃまの部屋の電話、使わせてね」

さすがにみんなの前で電話をするのは照れくさいのか、そう言い残すと、雪江の返事も待たずに足早に奥へ去った。

「あの子、大丈夫かしら」

和子が心配そうに、息子が消えた方角を目で追っている。

「大丈夫ですよ。雅人はしっかりしているから」

雪江が保証して、「だけど、優しい子だわねえ」としみじみ言った。

「最近の学校は、千田君の母親のようにモンスターペアレントっていうやつが、荒れ狂っているそうですね」

浅見は言った。些細なこと、あるいは自分勝手な思い込みから、学校に怒鳴り込んで来たり、いきなり教育委員会に「告発」したりする保護者が増えたという。

たとえばその典型的な例として、次のような「事件」が報じられている。生徒が教室でキレて、足でドアを蹴ったところ、壊れてしまった。そこで学校側が、全額とは言わないが、半額を弁償してもらいたい――と保護者に通知した。それに対して、保護者は怒り狂って学校にやって来て、「そんな、壊れるようなドアをつけておくほうが悪い。息子はそれによっていたく傷つけられた。学校は責任をどう取るつもりか」と逆《さか》ねじを食わせた
――というのである。

そういう保護者の身勝手さが、子どもにまで影響していることは間違いない。

「僕はおよそ学校に縁がないから、詳しいことは知らないけど、小学校でさえ学級崩壊なんてことが蔓延《まんえん》しているらしいじゃないですか」

「雅人のA中学はいいんですけど、北区内でもいくつか、そういう事例はあったみたいですよ」

和子が嘆かわしそうに言った。

「とくに小学校がひどくて、授業中に席を離れて走り回ったり、床に寝そべったり、大きな声で何か喋り始めたり、それが一人だけじゃなくて、伝染するみたいに広がって、授業ができなくなるんですって」

「ほんとですか？　昔は中学や高校で暴力教室みたいなやつがあったけど、小学校でそういうのって、どういうことなんですかね」

「子どもたちの自制がきかないのだそうです。一人っ子のお宅が多いから、何でもやりたい放題にさせておくのでしょうね。それをそのまま教室に持ち込んでしまう。先生が何を言ってもきかないみたいです」

「叱ってもだめなんですか」

「ぜんぜんだめですって。かえって反抗的になったり、すぐに泣きだしたり、収拾がつかなくなるんじゃないかしら」

「走り回るのを捕まえて、お尻ペンペンでもしてやればいいんです」

「だめですよ、そんなの。体罰だって、それこそ怒鳴り込んできて、大問題になっちゃいます。教育委員会やマスコミまで巻き込んで、大騒ぎでしょう」

「まったく、マスコミは体罰を受けた側にどんな理由があったのかには触れないで、一方的に学校や教師を叩きますからね。しかし、お尻ペンペンぐらいでは体罰とは言えないでしょう。むしろ親の代わりに躾《しつけ》をしてやっていると感謝されて然るべきです」

「まあ、常識のあるご家庭ならそれで済むでしょうけれど、もともとがそういう常識のないお宅の方なんじゃないのかしら」

「なるほど……」

妙に納得できてしまう。

雅人が戻ってきた。何だか意気消沈したようにぼんやりと浮かない顔である。

「どうだった、ちゃんと電話できたか？」

「うん、一応、電話したんだけど……」

煮え切らない口ぶりで、力なく椅子に腰を下ろした。目が虚《うつ》ろだ。

母親の和子が心配して、「どうしたの、先生に何かあったの？」と訊いた。

「ううん、そうじゃないけど……僕、悪いことしちゃったのかな……」

これではますます心配になる。浅見が励ますような口調で言った。

「どうした、叱られたのかい？」

「そうじゃないけど……叔父さんが言ったとおりに、思ったことを言ったんですけど、先生は何も言わずに、ずっと黙っていて、それから『ありがとう』って……なんだか泣かれちゃったみたい」

そういう雅人も、少しウルッときている様子だった。

3

食事を終えて、自分の部屋に戻ってワープロに向かったが、浅見はいまの出来事が頭から離れなかった。

自分でも言ったように、浅見はおよそ教育には縁のない人間だ。もともと勉強があまり好きな性質《たち》ではなかった。中学まではトップクラスの成績だったのだが、小説を読む習慣がついてからは、どうしても学業への身の入れ方が疎《おろそ》かになった。とくに数学や物理といった、浮世離れした科目が苦手。だいたい、読み書きそろばんや、電化製品の扱いに不自由を感じない程度の知識があれば、数学や物理なんて覚える必要はないだろう――ぐらい、投げやりな気分でもあった。

その姿勢はてきめん、成績に反映する。高校に入った時から試験の点数は急降下。語学を除くほとんどの学科で、赤点ぎりぎりのラインを何とかクリアしてきた。大学入試を迎えるとさらに悲劇的で、一浪した上で、ようやく二流大学に滑り込んだ。

かくて代々続く英才の家庭環境の中から、未曽有《みぞう》の落ちこぼれが誕生した。

浅見家は明治維新の頃から官僚を輩出してきた。父親の秀一《しゅういち》は大蔵省（現・財務省）の局長を務め、次官就任を目前に急逝した。浅見の兄・陽一郎は東大を首席で卒業。国家を動かすのは大蔵か内務——と父親に言われたので、警察畑を選んだ。日本の未来を正しく豊かにするためには、正義に基づいた秩序こそが求められる——という主義の人。現在は四十七歳の若さで警察庁刑事局長の位置にいる。

少年時代から、浅見は何かというとこの賢兄と比較されて評される。家の中では誰もそんなことを言う人間はいないのだが、隣近所や知人、とくにお節介な平林《ひらばやし》夫人あたりが、露骨に「お宅の陽一郎さんはとてもよくお出来になるのに、光彦さんはねえ」と、二十年来、言い続けている。

「光彦には光彦のよさがございますので」

雪江がきりっとした姿勢で答えるのだが、いっこうにあらためる気配がない。そのくせ取っ替え引っ替え、見合いのクチを持ってきて、「落ちこぼれ」と悪評してやまない浅見を悩ませるのだ。

浅見家では、先代のお手伝いの「キヨ」だけは、はっきり次男坊のファンだった。「陽一郎坊っちゃまはご立派ですけれど、光彦坊っちゃまだって負けてはいらっしゃいませんですよ」と、二人だけになると肩を持つようなことを言う。これはこれで「坊っちゃま」としては重荷だったのだが、こうして褒めてくれる人間がいてくれたのが、心の支えになって、それほどひどい曲がり方をせずに育ってきたらしい。教育の神髄なんてものは、存外、こういうところに潜んでいるものかもしれない——と、浅見は自らの経験から思うのである。

キヨの後を引き継いだ、同じ新潟出身の須美子が、「光彦坊っちゃま」贔屓《びいき》もそのまま受け継いでいる。それはいいのだが、先代が「ばあや」だったのに対して、須美子はお年頃の乙女だから、光彦坊っちゃまへの尊敬の念が、ほのかな恋心に発展する危険性は絶えずある。

そもそも雪江などの心づもりでは、次男坊はとっくに家を出て結婚している計算だったはずなのだ。それがいっこうに独立できず、定職にもつかず、フリーのルポライターなどという、まるではぐれ雲みたいな状態なのが誤算であった。

さすがの雪江も業を煮やし、「いつになったら独立できるのかしらねえ」と、折に触れてチクリと催促する。（そろそろ家を出なければいけないってことかな——）と思う、今日この頃なのだ。

ドアがノックされて、「坊っちゃま、お電話です」と須美子が呼んだ。この家には、リビングルームと雪江の部屋と、陽一郎の書斎にしか電話を置いていない。家族それぞれの部屋に電話があるのは、家族の断絶の原因になるのです——という、雪江の主張に基づいてそういうことになっている。したがって携帯電話もご法度《はつと》である。ルポライターという職業の浅見でさえ、いまのところ自動車電話しか許されていない。自動車電話は「あれは自動車というお部屋の中にあるものですから」と、妙な理屈なのだ。しかし、ルポライターの次男坊としては、そろそろ携帯の認可を申請しようと思っている。

「電話は藤田《ふじた》さん？」

浅見は部屋を出ながら、雑誌『旅と歴史』の編集長の名前を言った。

「いいえ、岡野《おかの》様とおっしゃる女性の方」

須美子のさり気ない口調で、相手の女性が若くないことが分かった。もし若ければ、無意識のうちにライバル意識が滲《にじ》み出るものである。しかし「岡野」という名前に心当たりはなかった。

「お待たせしました、浅見光彦です」

電話に出ると「あ、浅見さん」と、ほっとしたような声がした。確かにそう若くない、おばさんらしい女性の声だ。

「あの、私、岡野です。岡野松美《まつみ》。覚えておられますでしょうか、高崎の岡野松美ですが。池永《いけなが》先生のところでお世話になった」

「ああ、岡野さん、しばらくです。その節はどうも。こちらこそお世話になりました。池永さんはお元気ですか？」

浅見は思い出した。池永恵一郎《けいいちろう》という元県会議員で、群馬県内ではいまだに隠然たる力を持つ老人の介護をしている女性だ。以前、伊香保《いかほ》温泉で起きた事件を解決した時、重大な情報を得るきっかけを作ってくれたことがある（『伊香保殺人事件』参照）。

「はい、おかげさまで。あの、今日はちょっとお願いがあってお電話したのですけど」

「はあ、池永さんがどうかしたのですか」

「いえ、そうではなく、別の方から頼まれたことなのです。中学校の女の先生で、少し困ったことになっておいでだそうで」

「まさか、下手くそな絵のことで、文句をつけられたんじゃないでしょうね？」

「はあ？　いえ、絵のことではなく、写真のことなのです」

「へえっ、今度は写真ですか。文句を言って来たのは、やっぱり怖いおばさんですか」

「いいえ、それよりもっと怖い、警察の刑事さんです」

「警察？……驚きましたねえ。警察がクレームをつけて来たんですか。教育委員会ならまだしも、いきなり警察に持ち込むとはひどいなあ。いったいぜんたいどういう写真なんですか？　まさか、変なものが写っているんじゃないでしょうね？」

浅見は怪しげなヌードが写っている写真を想像した。

「変なものというかどうか……先生としてはぜんぜん身に覚えのないことだそうで」

「じゃあ、盗み撮りですか。それじゃ犯罪じゃありませんか。先生はその被害者なんですね？」

「まあ、そうなんですけど、被害者っていうか、亡くなられたのは先生でなく、もう一人の方のほうで……」

「はあ？　亡くなられたって、それはいったいどういうことですか？」

岡野松美の口調のせいもあるのだが、どうも話がまだるっこしい。しかもどうやら殺人事件が絡んでいるようなニュアンスだ。

「あの、じつは私も又聞きの又聞きみたいなもんで、はっきりしたことは分からないのです。それで、その子が、ぜひ浅見さんにお願いできないかって、とても熱心に頼むものですから……」

「そのコって、じゃあ、その先生はそんなに若い女性なんですか？」

「は？　はあ、先生はお若い女の先生ですけど、その子というのは中学生の男の子です。どうも申し訳ありません」

何となく、期待を裏切ったことを詫びているように聞こえなくもない。それにしても、話はますますこんがらがってきた。

「つまり要するに、殺人事件が起きて、若い女の先生が警察に疑いをかけられている――

そういうことですね？」

「あ、そう、そうなんです。やっぱり浅見さんは名探偵ですねえ。すぐ分かってしまうんですねえ」

べつに名探偵でなくても、それくらいは分かる。

「それで、僕にどうしろとおっしゃるんですか？」

「すみませんけれど、高崎までお越し願うわけにはいかないでしょうかという……あの、これはその子、いえ、先生でなくその中学生の子の希望ですけど、無理ですよねえ。私は無理だって言ったんですけどね……」

岡野松美はくどくどと弁解を続けた。

「いや、無理ということはありませんが、僕でお役に立てるかどうか分かりません。それに、いますぐに動くというのは……」

「そうですよね、やっぱり無理ですよね」

悲しげな声を聞くと、浅見は何とかしてあげたい衝動に駆られる。

岡野松美の「解説」では、到底、全体像の把握は不可能だが、とにかく、ある女性教師に殺人事件に関わる容疑が向けられているといったような話だ。

先方はすぐにでも高崎に来て、何とかしてほしい様子なのだが、だからといって、どうしてあげられるというものでもない。高崎は東京からそれほど遠くはないが、それでも出掛けるとなれば、諸々《もろもろ》の経費も馬鹿にならない。しがない居候《いそうろう》のルポライターとしては、気楽に引き受けられるはずもない。浅見は「前向きに善処します」みたいな、官僚のような答え方をして、何はともあれ電話を切った。

ただ、浅見の「出馬」を望んでいるのが、中学生であるということが、頭に引っかかった。ついさっき、雅人の学校の話が出たばかりだったのも、他人事《ひとごと》ではないものを感じさせる。

それともう一つ、どうやら話に出ている女性教師が若いらしい——という点も無関心ではいられない要因にちがいない。だからといって、浅見に倫理上、怪《け》しからん下心があるというわけではないが、母親から早く独立するようにと言われ続けている立場としては、意識せざるを得ない。少なくとも潜在的なモチベーションにはなりそうだ。

諸般の事情からいって、いますぐには無理だとしても、もし何かのきっかけがあれば、行動を起こしそうな状態が続いているところに、おあつらえ向きのような話が、雑誌『旅と歴史』から持ち込まれた。

『旅と歴史』は浅見が半分、専属のように記事を書かせてもらっている雑誌だ。名前のとおり、旅と歴史に関することなら何でも掲載する無定見な編集方針である。その無定見のシンボルのような編集長が藤田といい、浅見を酷使する天才でもあった。

「今度、うちの雑誌で、読者サービスの一環として、ミステリーツアーを主催することになったんだ。ついては浅見ちゃんに協力してもらわなければならない」

こういう、相手の都合を無視した断定的な物言いは藤田の癖のようなものだから、いまさら驚きはしない。しかし、ルポの取材や過酷な原稿締め切りならともかく、ツアー企画にまで駆り出されては、いかにひまな浅見といえども、たまったものではない。

「ミステリーツアーで、僕は何をするのですか?」

及び腰ながら一応、意向を確かめた。

「現地の下調べと根回し、それと全体の企画といったところかな」

「そんなの、僕にできっこありませんよ」

浅見は呆れて、即座に断るつもりだ。

「いや、浅見ちゃんなら絶対できる。というより、きみ以外の適任者は存在しないね」

「どうしてそんなことが言えるんですか。下調べや根回しといったまともな作業は、僕の最も苦手とするところですよ。編集長だって知っているじゃないですか」

「通常の場合ならそのとおりだが、今回にかぎり、浅見ちゃんの独擅場《どくせんじょう》なのだ。きみだって自信があるだろう」

「言ってる意味がよく分からないのですが。なぜ今回にかぎり僕なんですか?」

「おいおい、そこまでおれに説明させる気かよ。そもそもあの事件を解決したのは浅見ちゃんじゃないか」

「ちょっと待ってください。あの事件とはどの事件のことを指しているんですか？」

「決まってるだろ。伊香保で起きた……あ、伊香保って言わなかったっけ？」

「言ってませんよ。そうなんですか。伊香保へ行くミステリーツアーですか」

「そうだよ。だから浅見ちゃんでなければならないって言っただろう。土地勘だけじゃなく、あの事件の全容を知っているのは、浅見ちゃんしかいないんだから。よし、これで決まり。早速、上州へ飛んでくれ。ミステリーツアーのコンセプトはすぐにファックスで送る。よろしく」

言うだけ言うと、あっさり電話を切った。こっちの都合とか取材費とかについては、まるで聞く耳を持たない。

（何がよろしくだ――）と憤慨したが、正直なところ渡りに舟でないこともなかった。

藤田の言う「伊香保のあの事件」というのは、むろん、前述した事件のことである。岡野松美の懇願に対して態度を保留していた浅見は、即座に高崎行きを決断した。

間もなく藤田から送られてきたファックスには、ミステリーツアーの実施予定を十月に設定してあった。次号の『旅と歴史』に参加者募集の告知を出したいのだそうだ。となると、時日はいくらも余裕がない。まったく、思いつきだけで仕事をする人間との付き合いは、対応する側はたまったものではない。

岡野松美に電話して、高崎へ行くことになったと伝えると、大いに喜んだ。「すぐにカズノリちゃんに伝えなきゃ」と言っている。

「カズノリちゃんというのは？」

「竹内さんとこの坊やですよ。中学生で本当にいい子です」

カズノリは「一記」と書くのだそうだ。その少年が岡野松美の親戚で、松美が浅見の「武勇伝」を話したのを覚えていて、担任教師の苦境を救おうと思いついたという。少年ながら「義を見てせざるは勇なきなり」を実践しようというのだから、こっちも無視しているわけにはいかない。

「お役に立てるかどうか分かりませんよ」

浅見はそう言ったのだが、松美は「いいえ、浅見さんなら大丈夫です」と頭から信頼しきっている。

第四章　名探偵登場

1

高崎は伊香保へ行く途中である。国道18号と国道17号、それに上越新幹線と長野新幹線の分岐点で、昔から交通の要衝だった。群馬県の県庁所在地は隣の前橋《まえばし》市だが、地理に詳しくない浅見の友人の一人は、高崎がそうだと思い込んでいる。

七月二十日、浅見はソアラを駆って上州路へ向かった。青空が広がったと思ったら、いきなりの猛暑で、とくに埼玉県の北部から群馬県南部のこの辺りは、全国的にいっても気温の高いことで有名だ。

関越《かんえつ》自動車道を高崎インターで下りて、指定された「バーミヤン」という中華のファミリーレストランに入った。殺人事件がらみの話を交わすには、あまり適当とは思えないのだが、ちょうど昼時なので、そこにしましょうという岡野松美の注文である。

夏休み最初の日曜日とあって、店内は混んでいたが、松美は早めに来て、テーブルを確保していた。浅見の姿を見ると、大声で「こっちこっち」と手招きされたのには閉口した。

竹内一記少年は遅れて来るらしい。

「その前に浅見さんにお断りしておかなきゃいけないんですけど」

岡野松美は声をひそめるようにして言った。

「このあいだお話ししたおかしな写真のことは一記ちゃんには言ってないんです。うちの先生のツテで、知り合いの刑事さんからそっと聞いたことなんで、浅見さんも知らないことにしておいてください」

「はあ、分かりました」

不得要領のまま、浅見は了解した。

その直後に竹内少年は現れた。日焼けした顔とスリムな体型から、何かスポーツをやっていることを思わせる。自己紹介を交わしてから、浅見がそのことを言うと、「陸上競技部です」と答え、「じつは、相談したいのは、担任で部活の顧問の梅原先生のことなんです」と言った。

「まあまあ、ややこしいお話の前に、何か注文しましょう」

岡野松美の提案で、オーダーを聞きに来た女性に、それぞれの注文を告げた。こういうファミリーレストランには、ファミリーのいない浅見は滅多に入ることがないのだが、メニューを見ると驚くほど安い。支払いを引き受けるにしても、これなら安心だな――と、ひそかに思った。

「梅原先生の様子がおかしいんです」

春巻とシューマイなどの、いわゆる点心系に加えて、チャーハンやラーメンでしっかり腹ごしらえを進めながら、竹内はそう切り出した。

梅原彩という英語の先生は竹内のクラスの担任で、しかも竹内が所属する陸上競技部の顧問なのだから、彼としても男気を出さなければならなかったのだろう。

竹内の通う中学に二人の刑事が来たことから、その「異変」は始まったらしい。

「先生は何でもないって言ってるんだけど、絶対に何か深刻な問題が起きているにちがいないと思います」

授業中は、いつもどおりふるまっているが、部活の顧問でグラウンドにいる時、明らかに憂鬱そうな気配を感じ取れることがあるという。

「このままだと、梅原先生は学校を辞めちゃうんじゃないかと、心配なんです」

「ふーん。原因が何だか知らないけど、そんなに簡単に学校を辞めるものかな？」

浅見は常識的な疑問を投げかけた。

「分かりませんけど、心配です。小学校の時に、担任だった女の先生が、やっぱりそういう感じだった後、突然、辞めちゃったことがあるんです。僕が大好きだった先生だから、すっごく悲しかったんです。またそんなことにならなきゃいいと思って」

「なるほど。だけど、刑事が何をしに学校に来たのかも分からないんだろ？　梅原先生が何を悩んでいるのかはむろん分からない。そんな状況では、相談に乗りたくても、どうしようもないいんじゃないかな」

「ですから、浅見さんから先生に事情を訊いてもらいたいんです。まさか僕が訊くわけにもいかないでしょう。訊いても相手にしてくれないし」

「だからって、見ず知らずの僕がいきなり会いに行っても、警戒されて、追い返されるのが関の山だと思うけど」

「それは大丈夫です。僕が浅見さんを連れて行って、知り合いの名探偵だって紹介しますから」

「ははは、名探偵はないよ。僕はただのルポライターにすぎないんだから」

「浅見さんがそう言って誤魔化《ごまか》していることも知ってます」

「誤魔化すっていうのは人聞きが悪いな」

「でも事実でしょう。本当は名探偵なのに、違うって言ってるってことは、小説に書いてあるし、岡野さんからも聞いてます」

「そうですよ、浅見さん」

岡野松美が脇から応援した。

「伊香保の事件の時だって、浅見さんは警察よりもずっと優秀な探偵さんだったじゃありませんか。お願いですから、一記ちゃんの望みを叶《かな》えてやってくださいな」

「分かりました。ただし条件があります」

「条件って、あのー、探偵料ですか？」

竹内が不安そうに訊いた。

「ははは、だから、僕は探偵じゃないって言っただろ。お金の問題なんかじゃないよ。条件の一つはさっきも言ったように、梅原先生がすんなり僕に会ってくれて、まともに相手をしてくれること。これがだめなら、最初から話にならないからね」

「それは僕が絶対に話をつけます」

「いいでしょう。きみを信じますよ。もう一つの条件は、そうなったら、きみはもうこの事件とは関係しないことだな。それを約束してくれないと、僕は動かない。いいね」

「はい、約束します」

竹内は戦士のように右手を上げた。

「契約」が成立して、松美は肩の荷を下ろしたような顔になった。

「じゃあ、僕、梅原先生に電話します」

竹内は席を外して、携帯電話で梅原彩と連絡を取ってきた。

「先生は今日はずっとお宅にいるそうです。これから行くって言ったら、少し困ったような感じでしたけど、どうぞって」

「僕も行くことは言ったのかい？」

「いいえ、それはまだです」

「なるほど。おかしな男が行くと言えば、たぶん断られるという判断か」

「そういうわけじゃないですけど」

「ははは、まあいいさ。どっちみち招かれざる客が押しかけて行くことには変わりないんだから。門前払いを食らう覚悟で行こう」

「絶対に先生のためになることなんだから、分かってくれると思います」

「そう祈るよ」

バーミヤンの支払いは浅見が済ませた。岡野松美より早く、浅見の手が伝票をキャッチしていた。「すみませんねえ」と松美はしきりに恐縮している。

「ところで、梅原先生のお宅は近いの？」

「いいえ、渋川です」

「えっ、そうなの、渋川なのか」

渋川は前橋市の先だ。てっきり高崎市内だと思っていたから、あてが外れた。

竹内を助手席に乗せ、梅原家の住所をカーナビにセットすると、松美に見送られて出発した。高速を利用するほどの距離でもないので、一般道を行くことにして、途中、竹内の学校である春日中学の前を通過した。住宅街の中にある典型的な公立中学校——という印象だ。グラウンドでは生徒たちがサッカーなどの練習に励んでいる。

「陸上部は今日休み？」

「今日は朝から十時までが陸上部、その後はサッカー部と野球部がグラウンドを使用します」

「じゃあ、ひと汗かいてきたんだ」

「はい、家に帰ってシャワーを浴びてから来ました」

「ご両親は？」

「今日は二人とも家にいます。もうすぐ土用の丑《うし》の日だから、昼は鰻重《うなじゅう》を取るって言ってたんですけど、逃げ出してきました。どこへ行くのかって、しつこく訊かれて参っちゃった」

「きみは一人っ子か」

「はい、よく分かりますね」

「そりゃ、息子を大事にしている家庭だってことが分かるからさ。僕なんか、糸の切れた凧《たこ》みたいにどこかへ行っても、ほとんど気にしてもらったことがない」

「そういうの、羨ましいなあ」

「そうかなあ。僕の目から見れば、きみみたいに大事に育てられるほうが、はるかに恵まれていると思うけどね」

「それは違いますよ。けっこう、重荷です。期待されているって感じると、責任はあるし、親を安心させるようにいい成績を取らなければならないし、先生に褒められるような演技もしなくちゃいけないでしょう。それなりに気を遣うんです」

「えらいなあ。そんなふうに考えることのできるやつばかりだったら、親も学校も苦労しなくて済むだろうね」

「えらくなんかないですよ。ときどき、自分でもいやなやつだって思うことがあるんですから」

「いいね、いいね。自己分析までできているんだ。この先もずっと、その精神でいってくれることを願うよ」

「ええ、なるべくそうします」

「ところで」

と、浅見はぜひとも訊いておきたいことを持ち出した。

「きみのご両親はそんなことはないと思うけれど、学校にクレームをつけに行く保護者なんているかい？」

「ああ、浅見さんが言ってるのは、モンスターペアレントのことですね」

竹内はちゃんと承知していた。

「ふーん、そういう話題は学校でも出ているんだ」

「いいえ、学校では聞いたことはないけど、ニュースとか、新聞にも出ていることがあるし、うちでも親が話してます」

「ご両親は何て言ってるの？」

「そうはならないようにしようって」

「ほうっ、立派な親御さんだな。お父さんは何をしている人？」

「うちはハンコ屋です」

「ハンコ屋さんか。わりと珍しい職業だね」

「一応、会社組織になっていて、祖父が二代目、父が三代目で、高崎と藤岡《ふじおか》に店がありま す。祖父は藤岡の店、父は高崎の店のほうを仕切っていて、母は事務関係をしてます。共働きみたいなもんです」

「じゃあ、きみは四代目を継ぐんだね」

「それはまだ分かりません。一日中、仕事台に向かってコツコツ働いたり、お得意さん回りをして注文を取ったり、あんまりかっこいい職業じゃないんです。父は自分の好きな道へ進んでいいって言ってます」

「ふーん、ますます立派だなあ。しかし、三代も続いているのに、途絶えさせてしまうのは勿体《もったい》ないような気もするけど」

「店は誰か、身内じゃない人が継げばいいでしょう」

「なるほど……そしてきみの将来の希望は何なの？」

「僕はできたら、国連とか、外務省関係の仕事に就けたらいいと思ってます。だから梅原先生の英語の授業が大切なんです。ほかの教科ももちろん必要だけど、まず英語をしっかり身につけたいと思ってます。そんなこと言っても、国連とか外務省だなんて、ちょっと高望みですけどね」

「そんなことはない。望みは大きいほどいいさ。僕なんか、きみぐらいの年代にはそういうの、まったくなかったからね。なんとなく大学を出て、なんとなくこんな仕事をやっている」

「浅見さんはすごいじゃないですか。日本一の名探偵なんだから」

「ははは、だからァ、探偵じゃないって言ってるだろう。その実体はしがないフリーのルポライターだよ。世間では浅見家の落ちこぼれと呼んでいる」

「うそっ、浅見さんみたいにかっこいい人は滅多にいませんよ」

「かっこいいもんか。文筆業で身を立てているわけでもないし、ちゃんとした探偵業を営んでいるわけでもないし、万事中途半端な、仕事とも言えない仕事だよ。その証拠に、いまだに独立もできないでいる。世の中、こんなやつばかりだったら、成り立たないだろうね。やっぱりコツコツ地道に働いてくれる人がいるから、僕みたいなヤクザな人間も何とか生きていけるんだ。ほんとの話、肩身の狭い思いをしてるよ」

「ふーん、ほんとかなあ……もし本当にそうなら、浅見さんにも悩みってあるんだ。僕らなんかがいろいろ悩むのは当然ですね」

「そりゃそうだよ。悩むからこそ人間は進歩するんじゃないのかな。悩みのないやつなんて、信用できないさ」

「そうですよね。いいこと聞いたなあ。梅原先生にもそのこと、教えてあげてくれませんか。悩む人は進歩するし、信用できるんだって」

「ははは、そんなこと、先生はちゃんと分かっているさ」

浅見はそう言って笑ったが、梅原先生の悩みの原因が警察がらみのことだとすると、想像以上に深刻なものかもしれなかった。

2

渋川市は群馬県のほぼ中央に位置する。群馬県そのものが日本の中央付近だから、いわば渋川市は日本の真ん中辺りである。上越国境を越えて関東に出てくるには、必ずここを通らなければならないから、かつては上杉謙信《うえすぎけんしん》などが足跡を印《しる》した歴史がある。

西の榛名山系が緩やかな裾野《すその》を広げて、やがて利根《とね》川に達するなだらかな坂の街だ。

ＪＲ渋川駅から西へ向かう広い道を、およそ一キロほど行った住宅街に、梅原家はあった。周囲には市役所の庁舎や学校がいくつか点在する。緑豊かなせいか、それとも南からの風が利根の川風になるせいか、街の空気は高崎に比べるとかなり涼しく感じられる。

辿り着いた梅原家は、ごく平凡な二階家だった。庭に柿の木があって、大きく葉を広げている。甘柿か渋柿か知らないが、秋には実をつけて、牧歌的な風景を作るのだろう。

家の前の道路はあまり広くないが、交通量はまったく少なく、短い時間なら、停めておいても駐車違反で捕まることはなさそうだ。浅見と竹内は車を降りて、竹内が恐る恐るチャイムボタンを押した。「はーい」と応答があって、竹内が名乗ると間もなく、ドアが開いて若い女性が顔を覗かせた。

竹内が慣れない口調で、「こちらは梅原彩先生です。こちらは浅見光彦さんです」と紹介した。

梅原彩は案の定、浅見が同行していることに、あからさまな拒否反応を示した。浅見を玄関の外に立たせたまま、竹内だけを中に入れて、「困るわ」と囁いているのが、外に漏れてきた。竹内は懸命に説得しているが、なかなか同意する様子を見せない。

そのうちに奥のほうから、玄関のゴタゴタの気配を感じたのか、梅原彩の父親らしき男が現れた。外にいる浅見と目が合ったので、浅見は愛想よく笑顔で頭を下げた。

父親と娘は竹内を介在させながら、何やら押し問答をしている。初めは父親のほうも、招かれざる客に難色を示していたようだが、ふいに「えっ、伊香保殺人事件のあの人？」と、あらためてこっちに視線を向けた。竹内の解説が通じたらしい。

それから早速、浅見は建物の中に招き入れられた。

「そうですか、あなたがあの浅見さんでしたか」

父親は感に堪えぬようにしげしげと浅見を眺めた。

「いや、あなたのことは聞いておりますよ。早くに事件が解決して、われわれ市の職員としても大助かりでした」

伊香保は「平成の大合併」で渋川市に併合されている。梅原彩の父親・雄一朗は渋川市の商工産業課長で、主として観光関係の責任者なのだそうだ。渋川市にとって伊香保はドル箱。イメージを悪くするような事件など、早期解決してくれるに越したことはない。

その内に彩の母親も出てきて、夫から事の次第を聞くと「千鶴子でございます」と名乗った。

「さあ、どうぞどうぞ上がってください」

娘をそっちのけで、雄一朗がスリッパを揃えてくれた。娘のほうも父親のその様子で、いくぶんは安心したのか、あえて逆らうことはしなかった。

あまり広くはないが、応接間に通されて、梅原親子とあらためて挨拶を交わした。浅見は手短に状況を説明し、来意を告げた。

「竹内君が先走ったことをしちゃったみたいですけど、私としては、そんな大げさな騒ぎにするつもりはないんです」

梅原彩は当惑ぎみに言った。

「いや、そんなことはない。竹内君にしてみれば、彩のことが心配だったのだろう。ありがたいじゃないか。だいたい年頃の娘のところに刑事がやって来るなんて、親としては放っておけないと思っていたんだ」

雄一朗のほうは切実に不安を感じていたようだ。千鶴子も眉をひそめて頷いた。

「だけど、私は事件になんか、ぜんぜん関係ないんだから。警察が何を言ってこようと、知らん顔をしていればいいのよ」

彩は強気を見せる。

「そうはいかないさ。こういうことっていうのは、黙っていても世間は勘づいて、ああでもないこうでもないと、いろいろ憶測したがるもんだ。現に、この竹内君だって、何か警察が動いているってことを察知しちゃったじゃないか。根拠のないことでも、あらぬ噂が広がったりすれば、彩の学校に迷惑がかかるだろうし、私の役所にだって、あまりいい影響を与えないよ」

「だからって、警察が勝手に来るんだもの、どうしようもないじゃないの」

「だからさ。元から解決してしまえば、それに越したことはないだろう。浅見さんがそれをやってくださるっていうんなら……」

「あ、ちょっとお待ちください」

浅見は慌てて、親子の会話の中に割り込んだ。

「僕はまだ、学校やこちらのお宅に刑事がやって来たということしか聞いていません。どういう事件なのかも知らずに、必ず解決できますみたいな約束ができるかどうか、分かりません。その点はお断りしておきます」

「それはそうですなあ……」

雄一朗はいまさらのように、「事件」の厄介さ加減に気づいたような顔だ。

「とにかく、彩の口から浅見さんに事情をご説明することから始めるんだね。浅見さん、ご面倒でもよろしくお願いします」

丁寧《ていねい》にお辞儀をして、「それでは、私たちはあっちへ行ってますので」と、妻を促して立ち上がった。

「竹内君もいないほうがいいな。私たちと一緒に向こうの部屋に行こう」

竹内は（どうしましょう？――）と、意向を確かめる目を浅見に向けた。それに応えて浅見は頷いた。

三人がいなくなってしまうと、狭い応接間が急に気まずい空気に満たされた。浅見はどうも、それこそ「年頃の」女性とこういう状況になるのが苦手な男だ。しかし、この場合は甘っちょろい気分に耽《ふけ》っているわけには、もちろんいかない。

「早速ですが」

姿勢を立て直して本論に入った。

「そもそも、刑事がどういうことで学校を訪れたのか、というところから話していただきましょうか」

「そうですね。でも、その前に、このお話は一年半ほど前に遡って説明しないと、分からない部分があるんです」

梅原彩は視線を宙に向け、話の内容をまとめながら語った。

そもそもは彼女が沼田市のQ中学で、臨時の教職に就いたことに、事件の発端があるというのである。

その学校で病気による休職をしていた中年の男性教師に代わり、梅原彩が臨時職員を務めた。半年足らずで契約が切れ、その男性教師も復職したと聞いていたのだが、その後の詳しいことは知らなかった。ところが、今回、刑事がやって来て、その男性教師が「自殺」したと告げた。

「自殺ですか?」

浅見は念を押した。

「それが問題なんだそうです。新聞なんかには『自殺』というふうに発表してますが、警察としては他殺の疑いもあるものとして、ひそかに捜査中みたいです」

「その根拠は？」

「よく分かりません。亡くなっていたのが、以前、自分の勤めていた学校の教室の中、それも黒板の前だったって聞きましたけど、詳しいことは警察に訊いてください。何でも、警察というところは、あらゆる可能性について、一応、調べるものなのだそうです」

「確かに、そういうところはありますね。それにしても、刑事が梅原さんのところに来た理由は何なのですか？」

「それが妙な話なんです。亡くなった澤さん——その先生の名前ですけど。その澤さんが写真を持っていて、そこに澤さんと並んで私が写っていたんです」

「なるほど……」

浅見はその件については初耳である様子を装った。

澤という人物は退職後カメラを持ち歩き、自分が勤務した学校を撮影して歩いていて、その中には彩が勤務している春日中の写真もあったという。春日中は澤が最初に赴任した学校だったから、警察はそのことに重大な意味があるのでは——と勘繰ったらしい。しかし、彩自身はそんな写真を撮られた記憶がなかったので、詳しく調べてもらったところ、それがなんと合成写真だった——という。

「その澤さんというのは、そういう趣味——つまり、盗み撮りだとか、無断で合成するような趣味があったのでしょうか？」

「それは分かりません。警察は知っているかもしれませんけど。詳しいことは教えてくれませんし、私も知りたいとも思いません」

「しかし、そんな合成写真をいつの間にか作られていたとなると、あなたも一種の被害者ということですよ」

「そうですよね。でも、警察はむしろ、私を加害者じゃないかとして、容疑の対象にしているみたいなんですから、呆れ返っちゃいますよ」

彩は憤懣やる方ない——といった表情を露にした。

「加害者？」

浅見は呆れた声を出した。

「そうなんです。容疑の理由は、沼田のQ中学に勤務していた澤さんが退職したのは、私のせいで、私のことを恨んでいたから、私も恨み返したんじゃないかって、ばかみたいな話でしょう」

梅原彩は刑事の態度の悪さが、よほど腹に据えかねたらしい。

「あなたが考えるほど、警察は疑っているわけではないと思いますよ」

浅見は苦笑しながら宥《なだ》めた。

「だいたい警察というのはそういうものなんです」

「それは浅見さんは当事者じゃないから、そんなふうに冷静でいられるんです。私の立場になって考えてみてください。いきなり学校にやって来て、校長先生と教頭先生の前で、まるで澤さんの死が私の責任みたいに詰問するんですからね」

「分かりますよ。僕もしばしばそういう経験に出くわしてます。ひどい時には留置場にぶち込まれたことだってあります」

「えっ、警察に捕まっちゃったんですか？　何をやらかしたんですか？」

「ははは、もちろん何もやらかしたりはしていません。まったくの誤解と邪推で、容疑者扱いをされただけです。逮捕状もなしに、いわば現行犯逮捕。公務執行妨害だとか何だとか、理屈はつけてますけどね」

「ふーん、そんなこともあるんですか。それじゃ、私なんかまだいいほうですね」

「そうですね。といっても、警察が本気で容疑者扱いをしているわけではありませんよ。それはそれとして、確かに気分のいいものでないことはよく分かります。これから先もそんなことが続くようでは、たまったものじゃありませんよね」

「そう、そうなんです。かといって、こっちはどうすることもできないでしょう。無実であることを証明するのは難しいって、聞いたことがありますけど、本当だなあって、つくづく思い知らされました」

「そのとおりですね」

「浅見さんの場合はどうやって無実を証明したんですか?」

「僕の場合ですか?……」

浅見は返答に窮した。大抵は兄・陽一郎が刑事局長であることがバレて、無罪放免になるケースが多いのだが、それを言うわけにはいかない。

「かなり苦労はしますが、無実を証明するいい方法もあることはあるのです」

「ほんとですか? そんなことがあるんだったら教えてください。どうすればいいんですか?」

「犯人を見つけ出せばいいのです」

「そんな……そんなの、当たり前じゃないですか。それができるくらいなら、それこそ警察は要りませんよ」

「いや、たとえ犯人を見つけたとしても、容疑を裏付けたり、逮捕したりするのは、警察に任せるほかはありませんからね。素人ができるのは、あくまでも犯人らしき人物を特定するまでの作業です」

「だけど、それが難しいんじゃないですか。そんなのできっこないわ」

彩は呆れぎみに、少し体を斜めに引いて浅見を眺めた。

「難しいけれど、やってみなければ結論は出ません。それとも、このまま放置して、警察が接触してくる不愉快に耐えますか。もっとも、警察と付き合うのも、それはそれで楽しいものではありますが」

「楽しいだなんて、そんな……第一、犯人を探すっていっても、いったいどうすればいいのか、皆目見当がつかないじゃないですか。それとも浅見さんには何か特別な目安でもあるんですか？」

「いや、ありませんよ」

浅見があっさり言ったから、彩の顔にはますます不信の色が広がった。

「いまのところ、僕の手元にある事件情報といえば、梅原さんにお聞きした事実関係だけです。しかし、それでもその中身には、なかなか興味深いものはあります。たとえば澤さんの行動。カメラを持って自分がかつて勤務した学校を撮影していたとか、梅原さんを隠し撮りしていたかもしれない――などというのは、とても面白い」

「面白いもんですか。気味が悪いわ」

「そうですね。確かに撮られる側の身になれば、気味が悪いし、憎たらしい行為でもありますね。つまり、憎悪の対象になる。警察がそこに目をつけて梅原さんに接触してきたのも納得できます」

「ひどーい！　本当は浅見さん、警察の味方なんじゃありません？」

「ははは、まさかそんなことは……しかし、警察が目をつけた事情は理解できます。逆に言えば、それほど他に手掛かりになるようなことがない証拠なのでしょうね。ただし、目をつけているのは、何も梅原さんに限ったことではないはずですよ。澤さんがあちこちと写真を撮って歩いた道筋の中には、梅原さん以外にもいろいろな被写体があったにちがいない。その一つ一つを梅原さんの場合と同様にチェックしていると思います。そこからまず、何かを発見するつもりなのでしょう」

「それじゃ、私みたいに刑事さんの訪問を受けている人は何人もいるんですね？」

「たぶん……そのはずです」

浅見は言いながら、いくぶん不安な気もしないではなかった。もし他にも「被疑者」がいるなら、彩のところに二度も連続して現れるほど、刑事がひまだとは思えない。ことによると、手掛かりになるような写真も、他にあまりないのかもしれない。

「何はともあれ、詳しい状況が分からなくては、手の打ちようがありません。これから少し、調査してみることにします。いずれにしても、梅原さんはこんな問題を気にして、思い煩う必要はありませんよ。竹内君にも心配するなと言ってあげます。彼はいまどき珍しい、純真さを備えた少年ですね」

「そうなんですよね。竹内君がこんなふうに気にかけていてくれるなんて、ちょっと感激しました。いろいろありますけど、やっぱり生徒はかわいいなと思いました」

彩もようやく落ち着いてきた様子だ。とはいえ、これで浅見の「捜査」が順調に滑り出すという保証はない。まず警察が相手にしてくれるかどうかからして、なかなか難しいのである。

3

梅原家を出て、竹内を高崎まで送り届けてから、浅見は関越自動車道を走り、今度は渋川を素通りして、さらに北の沼田市へ向かった。

沼田は利根川と片品《かたしな》川の合流点の北側に広がる台地である。地図を開くと、まるでアゲハ蝶が大きく羽ばたいている姿に見える。

沼田から北西方向へ行けば、関越自動車道や国道17号で新潟へ向かうし、北には月夜野《つきよの》や水上《みなかみ》などの有名温泉地がある。国道１２０号を東へ向かうと片品を抜けて日光《にっこう》方面へ繋がる。高崎や渋川同様、交通の要衝だ。この辺りは北の谷川岳《たにがわだけ》山系からいくつもの川筋が流れ下っているせいか、渋川よりもさらに気温が低い。

高速を下りて西へ、沼田市の中心部へ向けて走ると間もなく、左手に沼田警察署がある。五階建ての堂々とした庁舎だ。広い駐車場に車を置いて玄関へ向かう。

浅見は警察は慣れっこのはずだが、何度経験しても、玄関を入る時の緊張感から逃れることができない。

受付の女性職員に名刺を出した。「旅と歴史編集部記者」の肩書のある名刺を使うことにした。あまり事件物には関係のない雑誌なのだが、そんな事情はたぶん知られていないだろう。「記者」の肩書が少しはものを言うはずであった。

「中学の先生が亡くなった事件のことで、お話を聞きたいのですが」

そう言うと、女性は表情を変えずに、内線電話でどこかと話していたが、受話器を置くとあっさり、「いまはちょっと取材に応じられないそうです」と言った。

「いまはだめというと、いつならいいのでしょうか？」

「定時の記者発表はさっき終わったばかりですので、この後は七時か八時過ぎになると思いますけど」

そんな悠長なことは言っていられない。

「井波部長さんはいらっしゃいますか？」

梅原彩に事情聴取に来たという部長刑事の名前を言った。

「井波ですか？」

女性はまた無表情に受話器を握った。口を左手で覆うように隠して、しばらく小声でやり取りをしていたが、話は通じたようだ。

「いま、井波が参ります。あちらでお待ちください」

指先で示されたベンチに坐っていると、ほどなく、半袖の開襟《かいきん》シャツを着た男が現れた。

浅見よりは少し年長と思える。背丈は浅見と比べるとそれほどでもないが、幅はかなりガッチリした、いかにも刑事らしい面構《つらがま》えである。受付の女性に確かめ、ちらっとこっちを見て、やって来た。

「井波ですが、自分に用ですか？」

見知らぬ相手に対して、やや警戒ぎみに構えて言った。

浅見はあらためて名刺を出し、自己紹介をしたが、井波は『旅と歴史』を知らなかった。

「はあ、雑誌記者さん？」

明らかに軽く見た口ぶりだった。新聞社ならともかく、聞いたことのない雑誌社の記者など、まともに応対する気にもなれない――といった気配だ。

「で、どういった用件です？」

「澤吉博さんの事件について、少しお聞きしたいのですが」

「ああ、それだったらさっき、課長が定例の記者会見で説明してますよ。内容は新聞社の人たちに聞いてください」

そう言って背中を見せる井波に、浅見は追いかけるように言った。

「じつは、梅原彩さんの代理で来たのです」

「梅原、さん？……」

振り向いて、あからさまに眉をひそめた。

「おたく……えーと、浅見さんでしたか。あんた梅原さんとはどういう関係です？」

「友人のようなものです」

「ふーん、それで、何の代理です？」

「梅原さんは刑事さんから今回の事件に関わりがあるように言われ、たいへん心痛しています。このままではノイローゼになりかねません。いったいどういうことなのか、事情を確かめ、それによっては善処方を考えなければならないと思ってお邪魔しました」

「善処ってあんた……」

井波は困惑と不快感をない交ぜた表情になった。うるさ型の市民が、警察にイチャモンをつけに来たと思ったにちがいない。

「何をどう善処するつもりかな？　われわれは通常の事情聴取に赴いただけで、べつに不当なことを言ったりしたりしたわけじゃないですがね」

「分かります。刑事さんとしては、ごく当たり前の業務を遂行したつもりなのでしょう。しかし、善良な市民の受け止め方はそうではないのです。まして学校内での事情聴取とあっては、校長や教頭はもちろん、他の先生方や生徒にまで、何かあらぬ疑いの目で見られかねません。現に、梅原さんはまさにそういう状況に陥ろうとしています。このままでは事態はますます深刻なものになるでしょう。一刻も早く適切な処理をして、梅原さんの潔白を証明し、周囲が抱き始めている誤解を解かなければなりません。そのためにはどうすればいいか。警察の捜査は……」

「ちょ、ちょっと待って……」

井波はうろたえぎみに浅見を制した。当然のことながら受付周辺は人の出入りが多い。こんな場所で「演説」をぶたれたのではたまったものじゃない。現に、警察署の職員はもちろんだが、一般市民も、びっくりした顔で通り過ぎていった。

「ここでそんな、ややこしい話をしてもらっても困るんですがねえ」

「確かにそうですね。では、どこか適当な場所に移りましょうか」

「移りましょうかって、あんた、いきなりそういう話を持ち込まれても、当方としては困る……分かりましたよ。それじゃ、取調室でもいいですか？」

井波は明らかに、鉄格子の嵌《はま》った取調室なら、相手はビビるだろうと思っている。

「ええ、僕はどこでもいいですよ。それじゃ早速、取調室へ行きましょう」

浅見はかえって井波を追い立てるようにして、取調室があるとおぼしき方角へ歩きだした。井波は「しょうがねえな」とぼやきながら、観念したように、浅見の前をトボトボと歩いた。

しかしホームグラウンドである取調室に入ると、さすがに井波は自信を得たのか、刑事らしい強面になった。折り畳み椅子にふんぞり返るように坐って、客を下目《しため》に見る。

「それで、あらためて訊くけど、あんたは何を言いたいんです？」

「つまりですね。梅原さんが悩まされている精神的苦痛を、どうすれば解消することができるかという問題なのです」

「どうすればいいんです？」

「いちばんいいのは、警察に頑張っていただくことです」

「はあ？　警察が頑張るって、何を頑張るんです？」

「もちろん事件の解決、犯人逮捕です」

「ははは、そんなこと、あんたに言われなくたって、警察は頑張ってますよ。しかし、そう簡単に解決できれば、それこそ苦労はないでしょう。だいたい、本事件を殺人事件と断定したのは、ついさっきなんですからね。それまでは自殺他殺、両面で調べを進めていたんです。沼田署に捜査本部を設け、捜査が本格化するのはこれから。まだ緒《しょ》についたばかりですよ」

「えっ、そうだったんですか。ずいぶんゆっくりしてますね」

「だからって、怠けていたわけじゃない。あらゆる可能性を思料しながら調べるのが、警察の方針です」

井波はいよいよ不愉快そうだ。

「そういうわけだから、今日のところはこれくらいで帰ってください」

「ちょっと待ってくれませんか」

席を立ちかける井波を、浅見は両手で押さえ込むようにした。

「殺された澤さんは生前、あちこち歩き回って写真を撮っていたそうですね」

「ああ、そのとおりですよ。梅原さんから聞いたんですか」

「ええ、その中に梅原さんが一緒に写っている写真があって、それがなんと合成写真だったことに警察が気づかなかったそうですね」

「確かにそういうことはありました。ご本人なら、そういう写真があるはずはないと分かるから気がつくだろうけど、知らないで見れば、合成写真とは思えない出来映えでしたからね。なにもわれわれの目が節穴だったわけじゃない」

警察側の人間としては、その点だけは明確にしておかなければならない。

「分かります、分かります。たぶん僕だって気づかなかったでしょう。ところで、澤さんが元の勤務先である学校を巡り歩いて撮りまくったという、他の写真はご覧になったのですか？」

「えっ、ああ、それはまあ、ひととおりは見ましたよ」

井波は何となく、うろたえたような答え方をした。

「それは何枚くらいあったんですか？」

「全部で百枚か、そんなもんじゃなかったですかね」

「えっ、井波部長さんは、正確な枚数を知らないんですか？」

「いや、知らないわけじゃないが、きっちり何枚あったかなんて、覚えてませんよ」

「梅原さんが写っていた……つまり合成されていた写真の前後には何を撮っていたのか、それはどうなのでしょう？」

「さあ、どうなのかなあ……」

「えっ、それも知らないんですか？」

浅見は呆れたが、すぐに思い当たった。

「もしかすると、その中に梅原さんの写真はなかったんじゃありませんか？」

図星だったらしい。井波は苦り切った様子で、招かれざる客を睨んだ。

「現在、捜査を進めている段階で、そんなことをあんたに話すわけにいきませんよ。そろそろ仕事に戻らなきゃならんので、こんなところでいいでしょう」

今度こそ、不退転の決意を固めたような勢いで立ち上がった。

浅見は慌てて井波の後を追った。写真の件をはっきり聞かなければ、どういう状況なのか把握できない。

取調室を出て、二階の刑事課へ向かう階段を上がりながら、「井波部長、ちょっと待ってください」と呼んだ。しかし井波は振り返りもせずにどんどん脚を運ぶ。

その時、二階から下りてくる男が「あっ、浅見さんじゃないですか」と声をかけた。

「あっ、森山《もりやま》警部」

浅見は驚いた。「伊香保殺人事件」の際、吾妻《あがつま》署の捜査本部で捜査指揮を執った、群馬県警捜査一課の森山警部だ。

「どうしたんです、こんなところで？」

森山は複雑そうな表情を浮かべた。伊香保の事件を解決した浅見の手腕は認めるが、警察庁刑事局長の弟に必ずしも好意を抱いているわけではない。

「まさか、ここの事件に関与しようというのではないでしょうな」

「えっ、というと、森山さんはこちらで捜査主任を務めるのですか？」

「そうですよ。今日から捜査本部を立ち上げることになったもんでね。ついさっき、着任したところです」

「だったらちょうどよかった。いま井波さんからお話をお聞きしていたところです。もう少しお付き合いしてくれるよう、森山さんからも言っていただけませんか」

「井波というと、ああ、彼ですか」

階段の上で当惑げに立ち止まっている井波に視線を送った。

「井波君、どうなんだい。話ができる状態かね？」

言外に「そんなことをしているひまはないだろう」という意図を感じ取らせたいニュアンスがある。

しかし井波は急いで戻ってきた。

「いや、それはですね……えーと、警部は浅見さんをご存じなので？」

「ああ、知ってるよ」

森山は井波の耳に口を寄せて囁いた。

「えっ、本当ですか……いや、どうも失礼しました」

井波は浅見に敬礼して、

「そういうことであるなら、もうちょっと話せることがありました」

「それはありがたい。じゃあ、早速始めましょうか」

浅見が嬉《うれ》しそうに取調室へ戻りかけるのを見て、森山は「きみ、ちょっと待て」と井波を止めた。

「話って、何を話すつもりかね？」

「はあ、事件の概要についてですが」

「事件の概要？……だったら私も知りたいもんだな。付き合おうじゃないか」

着任したばかりで、状況を把握していないこともあるのだろうけれど、むしろ浅見一人にしておくと、ろくなことにならないと思っているにちがいない。

今回は取調室ではなく、小さいながらも応接セットのある部屋に入った。井波は気を遣って、紙コップでコーヒーを運んできた。

「それで、浅見さんが訊きたいというのは、どういうことですか？」

森山警部が切り出した。浅見はさっきの話の経緯を簡単に説明した。森山は事件の骨格についてはすでに知っているのだが、まだ写真に関係する部分については報告を受けていなかった。

「ふーん、そういうものがあったのかね」

梅原彩が、被害者の澤吉博と並んで写っているような合成写真の「被害者」になっていると聞いて、やはり興味を惹《ひ》かれた。

「僕は澤さんが、その写真の前後に何を撮っていたのか、それを知りたいのです」

「なるほど、確かにそうですな。どうなんだね、その写真はあるのかね？」

「いえ、それがですね……」

井波は具合が悪そうに、浅見のほうにチラッと視線を走らせてから言った。

「澤さんの自宅も調べたのですが、それらしい写真は発見できておりません。澤さんのカメラはデジカメでして。自宅には紙焼きした写真もあるし、パソコンに取り込んであるものも、メモリーカードに入っているものも何枚かあるのですが、その写真に該当するものは見当たらないのです」

「その写真というのは、つまり澤さんが写っている写真と、梅原さんが写っている写真という意味ですね？　そもそも、その写真はどこで見つけたものなのですか？　そして、指紋はどうだったのですか？」

浅見が訊いた。

「澤さんの服のポケットに一枚だけ入っていたのです。指紋は澤さんのものだけでした」

「なるほど……ところで澤さんは、どうやってQ中学へ行ったのでしょうか？」

「Q中学の前の道路に、澤さんの車がありました」

「というと、澤さんは夜中にQ中学に車で乗り付け、校舎に侵入して、教室の黒板前で、何者かに毒物を飲まされ、殺害された——ということですね？」

浅見はこれまであいまいだった事件発生の状況を初めて把握した。

「まあ、そういうことになります。つまり、殺人事件とするには、きわめて不自然な状況だったので、当初は自殺の可能性が高いと判断したのです」

「毒殺した後で、死体を運び込んだ可能性はありますか」

「可能性がないとは言えませんが、しかし、現場は三階です。犯行を隠蔽《いんぺい》する目的などがあるならともかくとして、わざわざそんなことをする理由がないでしょう」

「そうですね。常識的に言えばそんなことはあり得ませんよね」

「というと、浅見さんは犯人が常識的な人間でないと考えるのですか」

森山が確かめるように言った。浅見の能力を知っているだけに、抜け駆けされることを警戒しているのだろう。

「いえいえ、いまのところはさっぱり分かりませんから、もしかするとそんなこともあるのかなと思っただけです。もっとも、どういう人物にせよ、そういう非常識な場所で、毒物や缶コーヒーまで用意して犯行に及ぶというのですから、少なくともまともな思考の人間ではないでしょうけれど」

浅見はそう言って、「ところで」と言葉を続けた。

「澤さんの死を他殺と断定した理由ですが、どういうことだったのですか？」

「まあ、いくつかありますがね。第一に遺書がないということ。第二に毒物の入手先がないこと。もう一つは前の日に奥さんと話していた話の内容です」

「ほうっ、どういう話だったのですか？」

「旅行の話です」

「はあ……」

浅見はその先を促す目を向けた。森山も興味深そうに井波を眺めている。

「近々、海外旅行をしようと言っていたそうです。そんな話題は初めてで、その様子から見て、自殺をするような感じではなかったってことです」

「へえーっ、海外旅行ですか。なるほど、自殺する人の話題ではないですね。一度、奥さんからも話を聞いてみたいですね」

「えっ、奥さんと会うつもりですか？」

井波は心配そうな顔になった。

「ええ、どうせ各社も取材に行っているでしょうしね」

「それが問題なんですよ。こういう事件だから、マスコミは興味本位に取り上げて、必要以上に騒ぎ立てますからね」

「こういう事件――と言いますと、つまり学校がらみという意味ですか？」

「そうです。澤さんというのは、若い先生との競争に負けて、教員生活に疲れ果てて、ノイローゼ状態だったあげく、退職せざるを得なかったのだそうです。だからこそ自殺じゃないかと考えられたのですがね」

若い先生とは梅原彩のことだろう。この話を彼女が聞いたら、またぞろ憂鬱の原因になりそうだ。

「その落ち込んでいた澤さんが、急に思い立ったように、海外旅行を計画したのですか。どういう心境の変化があったのか、ぜひ知りたいですね」

浅見は腕時計を見た。午後五時になろうとしている。

「そろそろ各社も関心が薄れた頃でしょうから、奥さんを訪ねてみることにします。構いませんか？」

浅見が言うと、井波は当惑げに森山警部の意向を確かめるような視線を送った。

「そりゃまあ、浅見さんがそうしたいというのを止める権利はありませんがね。なるべくなら、あまり刺激しないでやってもらいたいですなあ」

森山はしかつめ顔で言った。

「もちろん、失礼なことはしません。もしご心配なら、井波さんも、それに森山警部も一緒に行きませんか」

「えっ、私がですか？……そうですなあ」

「いや、警部がわざわざいらっしゃることはないですよ。自分が一緒に行きます」

井波が憤然として言った。刑事局長の弟か何か知らないが、浅見ごときに主任警部がついて行くことはないと思うのだろう。

「そうだな、それじゃ井波君に任せるか。案内してあげてくれたまえ。後で報告を忘れないように」

浅見の思惑どおりであった。森山が一緒に行くとは思わなかったし、井波が一緒なら、先方に拒絶されることもないだろう。

被害者宅には浅見のソアラで行くことになった。澤家は町村合併前は「白沢《しらさわ》村」といっていた、沼田市街より東の方角にある。その前に、事件現場となったＱ中学を見たいという浅見の希望を容《い》れて、目的地とは逆の西方向に進んだ。

Ｑ中学は沼田市街の西のはずれ、利根川に臨む台地の上、風光明媚《ふうこうめいび》なところに建っている。またとない教育環境に思えるのだが、この学校の教室で、殺人事件が起きてしまうのだから、嘆かわしいことである。グラウンドでは野球の練習が行われている。そんな惨劇があったと知って、生徒たちはどんな思いだろうか――と考えてしまう。

「犯人がこの場所を犯行現場に選んだ理由とは、何なんですかね？」

学校の駐車場に車を停め、建物や周囲の風景を眺めながら浅見は言った。

「それは分かりませんが、まあ、常識的には自殺を偽装するためじゃないですか。実際、最初、自殺の可能性が高かった時点では、最後の勤務地になったことへの嫌がらせじゃないかと思いましたよ」

「現場を見ることはできますか？」

「そうですね……いや、やめておきましょう。刑事がルポライターを事件現場に案内するのはまずいです。もし見るのなら、浅見さん一人で行ったほうがいいでしょう。それより、夕食時刻の前に澤家を訪問しましょう」

ソアラをUターンさせて、沼田の市街地を横断、白沢町へ向かう。この辺りは農村風景が広がっている。井波の解説によると、沼田市の人口は約五万四千人で、そのうち白沢町は十分の一にも満たない三千八百人余りなのだという。典型的な過疎の町だったから、町村合併も当然の帰結だったにちがいない。

途中、「道の駅白沢」というのがあった。そこには白沢高原温泉「望郷の湯」という温泉施設があるのだそうだ。この付近には老神《おいがみ》温泉や南郷《なんごう》温泉などの温泉がいくつもあり、有名な「吹割《ふきわれ》の滝」も近いらしい。

「こういうことを抜きに、遊びに来るといいんですがねえ」

地元出身の井波は、いかにも残念そうに言った。

第五章　名誉と真実と

1

澤家は旧白沢村の中心近くにある、古びた二階家だった。道路から少し引っ込んで建物があり、車が一台置いてある。これがおそらく澤吉博の愛車だったのだろう。

浅見は道路に車を停めた。たぶん駐車違反だろうけれど、刑事が一緒だから安心だ。

玄関脇にあるボタンはいかにも古くさいもので、押してみると、案の定、チャイムではなく家のどこかでブザーが鳴った。間もなくドアの向こうに人の気配がした。

ドアが開いて、初老と言ってよさそうな年配の女性が顔を覗かせた。井波とはすでに顔見知りなのだろう。ふつうはあまり歓迎されない刑事の訪問だというのに、むしろ救われたような表情を見せた。

「たびたびどうも。ちょっとお邪魔してもいいですか？」

井波も気さくな口調で言って、

「こちら、浅見さんという、雑誌社の記者の方ですが、奥さんから澤先生のことを聞きたいというので、お連れしました」

「はあ」と頷いたものの、「雑誌社」に抵抗を感じたのか、澤夫人は少し戸惑った顔をした。

「おとり込みのところに押しかけまして、申し訳ありません」

浅見は丁重に深々と頭を垂れた。

「じつはいま、うちの雑誌で教育問題に取り組んでいるのです。その矢先、澤先生の事件のことを知りまして、ぜひ奥さんのご意見を伺《うかが》いたいと思い、お邪魔させていただきました」

「そうおっしゃられても、私には何も申し上げることはありませんけど……」

夫人はますます当惑ぎみだが、門口で応対しているわけにもいかないと思ったのか、

「どうぞ、お入りください」と、スリッパを揃えてくれた。

クーラーが効いて、玄関の中はひんやりした空気が漂っている。外から来た者には救われたような気分だ。

雨漏りの跡だろうか、壁に染みができているような、ずいぶん古い家だ。かすかな線香の匂いとともに、この家の歴史を物語るような湿った臭いが鼻を刺激する。

純和風の造りなのを洋風に変えたものらしい。玄関からすぐの障子の向こうは、本来は畳敷き八畳ほどの部屋だが、そこに絨毯《じゅうたん》を敷いて安手の応接セットを置いてある。テレビやお茶の道具もあるところを見ると、ふだんは居間として使っているのだろう。

浅見は改めて悔みを述べて、仏壇に掌を合わせた。

二人の客をソファーに案内すると、夫人はお茶をいれた。井波も浅見も「どうぞお構いなく」と遠慮したのだが、微笑を浮かべただけで、黙ってお茶を出した。

「私は三重子《みえこ》と申します」

澤夫人は向かい合う椅子に坐ると、あらためて名乗って、言った。

「あの、どんなことをお聞きになりたいのですか？」

「じつは、現在の教育の有り様は間違っていないのだろうか——というのが、うちの雑誌の基本的な姿勢なのです」

浅見は畏《かしこ》まって喋りだした。

「かつては学校の先生といえば、子どもたちにとって絶対的な存在だったのに、この頃はその権威も尊厳も失われてしまったように思えます。そういう風潮の中で、学校を巡るいろいろなトラブルが発生しています。澤先生が亡くなられるという事件が起きたのも、それと無関係ではないのではないだろうか。この事件の背景には、じつは教育界が抱える複雑な事情のようなものがあるのではないだろうか——というのが、私たちの考えなのです」

　むろん、これは浅見自身がでっち上げた理由にすぎない。雑誌『旅と歴史』が教育問題を取り上げるかどうかは分からない。

「はあ……そうなのですか？」

　三重子は救いを求めるような目を、井波部長刑事に向けた。

「いや、警察としては、正直なところ、まだそういった事実は把握していないのですが、浅見さんがたまたまそのような意見を言われるもんで、それじゃ、ご本人の奥さんから直接聞いてみたらどうかと考えまして」

　井波は額の汗を拭《ぬぐ》った。

「失礼ですが、澤さんと奥さんが知り合われたのは、いつ頃のことですか？」

　浅見は訊いた。

「それは、もう、三十何年も昔のことになりますけど」

　三重子は躊躇《ためら》いながら答えた。

「というと、澤さんが二十代前半。奥さんも同じくらいですか？」

「ええ、主人が二十四。私とは一つ違いでした」

「お二人とも学校の先生でしたか？」

「はい、高崎市内の中学で、主人は英語、私は国語の教師を務めていました」

「あっ、高崎というと、もしかすると春日中学じゃありませんか？」

「そうです。よくご存じですね」

「ええ、澤先生が初めてお勤めになった学校が春日中学だと聞きました。そうすると、奥さんも春日中学にいらしたのですか」

「ええ、四年間は春日中で一緒でした。それから主人は別の学校に移ることになって、それをきっかけにして結婚したのですけど」

三重子は眉をひそめるようにして、少し恥じらうような笑みを浮かべた。三十年前の出来事が、彼女の脳裏を過《よぎ》ったにちがいない。浅見もまたその頃の情景が頭に浮かんだ。梅原彩よりもまだ若い、初々しい女性教師の姿である。現在の澤三重子は一見した印象では、ごくふつうの「おばさん」に見えるが、会話の端々に教養の深さが感じ取れるのは、教師という経歴のもたらすものにちがいない。

「その当時の学校は、いまとはずいぶん違ったのでしょうね」

「それはもう……生徒さんの数からしてぜんぜん違いましたもの」

「先生方の姿勢も違いましたか」

「はい。教師もそうでしたけど、保護者の方々や、社会そのものの学校や教師に対する考え方も違いました」

「要するに、学校や先生は神聖にして冒すべからざる存在——といったような？」

「そこまでは申しませんけれど、皆さんがいまよりはずっと、教師のことを認めていてくださったことは確かですね」

「それがいまや、学級崩壊といったようなことまで起きている。生徒の先生に対する尊敬の念など、まったく薄れてしまった。澤先生はそのことを嘆かれていたのではありませんか？」

「主人は、生徒さんのことだけでなく、保護者の方々についても同じくらい嘆いていました。もちろん皆さんがそうだというわけではありませんけれど、中にはひどい方がいて、理不尽な難癖をつけに来るのだそうです。それに真剣に対応しようとすればするほど、神経がズタズタになってゆくって、嘆いていました」

「じゃあ、澤先生が病休をお取りになったのは、それが原因だったのですか？」

「はい、それもあるのですが、他にも……」

「と、おっしゃると？」

突っ込むように訊くと、三重子は冷めた表情になって、首を横に振った。

「それは申し上げられません」

「えっ？　話せないような理由があるのでしょうか？」

「ええ、まあ……」

浅見は当惑して、井波に視線を向けた。井波はずうっと黙っていたが、三重子の様子に急に興味を抱いたらしい。

「奥さん、そういうことがあるなら、ぜひとも話してくれませんかね。いや、浅見さんがいては話せないというのなら、席を外してもらいますよ。いずれにしてもどういう事情なのか、警察には説明していただかないと困るんですがねえ」

粘りつくような口調で言った。

「いえ、浅見さんがいらっしゃろうと、どうであろうと同じです。警察にも話せないことがありますから」

「どういうことです？　もしかすると、捜査の参考になることかもしれないじゃないですか。話してくださいよ」

「…………」

三重子は黙って首を振るばかりだ。

「それはたぶん」と浅見は言った。

「名誉に関わる問題ですね？」

三重子は（えっ――）という驚きの表情を見せた。

井波も意表を衝《つ》かれたのか、こっちのほうは正直に「えっ、そうなんですか？」と声に出して、三重子の顔を覗き込むようにして見つめた。

「まあ、そういうことになりますけど」

三重子は仕方なさそうに頷いたが、それ以上のことは金輪際、話すわけにはいかない——という頑《かたく》なな態度であった。

「澤先生の名誉というと、どういうことですかね？　何か誹謗中傷《ひぼうちゅうしょう》されたとか、そういうことがあったんですか？」

「いいえ」

「では、澤先生ご自身が何か、不名誉なことをしておられたとか？」

刑事らしい、土足で踏み込むような質問だったが、それに対しても、三重子はただ首を横に振るだけである。目は一点を見つめ、心を閉ざしたことを客に示している。気まずい、白けた雰囲気がこの部屋の空気をいっそうひんやりとさせた。

「ところで」と浅見は言った。

「事件の前日、澤先生は、海外旅行に行こうとおっしゃったそうですね」

「はい。そんなことは初めてで、家族みんなで行こうと。本当に、何か、気分転換したかったのだと思います」

「家族とおっしゃいますと、お二人の他には」

「娘が一人おります」

「あ、すでにご結婚ですか？」

「いいえ、それはまだですけれど、いまは東京に出て仕事をしております」

まもなく

「二十六歳になるお嬢さんですよ」

脇から井波が補足した。

「現在、東京の会社に勤めておられる。事件後しばらくはこちらに帰っておられたが、もう東京に戻られたのですか？」

「はい、戻りました。娘には娘の生活がありますから」

「お仕事はどういったことをなさっているのですか？」

浅見が訊いた。

「さあ、詳しいことは聞いておりませんが、本を作っているようです」

「自分がご本人から聞いたところによると」

と井波がまた解説した。

「清優《せいゆう》社という出版社で、契約社員として勤務しているということでした。えーと、お名前は日奈子《ひなこ》さんでしたか。なかなかしっかりしたお嬢さんです」

少しいまいましそうな口ぶりに感じられるのは、事情聴取の際に何か、やり込められたのかもしれない。

三重子の表情に疲労感が広がるのを見て、浅見は井波を促すよう席を立ち、丁寧に謝辞を述べた。

外に出ると太陽は山陰《やまかげ》に入って、たそがれの気配が漂い始めていた。

「どういう名誉なんですかね？」

三重子の話を聞いてから、井波はそのことが頭を支配してしまったらしい。車に乗って開口一番、そう言った。

「奥さんがあんなに言い渋るくらいだから、よっぽどの不名誉にちがいない。相手が被疑者なら、脅《おど》してでも聞き出すところなんだけどねえ。いや、冗談でなく、ほんとに呼出しをかけて尋問してみるかな」

「ははは、だめですよ」

浅見は笑った。

「そんな強引なことをしなくても、そのうちに話してくれます」

「そんなうまい具合にいきますかね」

「たぶん。それよりその前に、僕は日奈子さんという娘さんに会ってみたいですね」

「娘さんに会って、どうするんです？」

「どうって、確たる目的はありませんが、一応、関係者にはひととおり話を聞くのが、警察でも捜査の常道ではありませんか？」

「それはまあそうだけど。しかし、娘さんに話を聞いたって、何の役にも立ちませんよ。親父《おやじ》さんが殺された時は、東京にいたんですから」

「そこまで調べがついているんですか？」

「ああ、ウラも取ってあります」

「ほう……というと、娘さんも捜査対象になっていたのですか？」

「いや、そういうわけじゃないが、それこそ捜査の常道みたいなもんですからね」

「なるほど。さすがに警察は抜かりないものですね」

浅見は率直に敬意を表した。

「それで、娘さんはその日、何をしていたんですか？」

「その夜は友人とコンサートに出掛けて、帰りにビアガーデンで閉店間近まで飲んでいたそうですよ。親父さんが殺されたのも知らずに呑気《のんき》なもんです」

「そんな言い方をしては気の毒じゃないですか。ご本人は何も知らないのですから」

「はは、そりゃそうですがね。しかし、そんなふうに言いたくなるような、気の強い娘なんですよ。浅見さんだって、会ってみれば分かりまず。しかし、ほんとに会うつもりですか？　あまり勧めませんがね」

「僕も井波さんの話を聞いて、だんだん意欲が薄れてきましたが、しかし避けて通るわけにはいきません」

「まあいいでしょう。ただし警察の名前を出してもらっちゃ困りますよ。あくまでも浅見さんが勝手に行くのですから」

「承知しています」

「ところで、今日はこれから東京へ帰るんですか？」

「いや、どこかに泊まる予定でいます。宿は決めていませんが、沼田に一泊して、明日はQ中学の先生方に話を聞くつもりです」

「だったらお薦《すす》めの宿があるんですが。ベラヴィータっていって、まあこう言っちゃなんだけど、鄙《ひな》にはまれなホテルですよ。高級なわりに安い」

「いいですね。じゃあそこにします」

井波は携帯電話でホテル・ベラヴィータに電話した。

「そのベラヴィータって、どういう意味なんですか？」

「さあねえ、自分は知りません。パンフレットによると、南欧風だとかいうから、そっちのほうの地名か何かじゃないんですかね」

井波の知識は頼りないが、案内されたホテルそのものは確かに鄙にはまれといって差し支えない、高級感漂う南欧風の建物だった。沼田市街地の真ん中にあるのだが、それらしい設計も、淡いクリーム色の外観も、周囲の風景から突出している。

「高そうですね」

浅見はひそかに懐《ふところ》具合を心配した。

「いや、大したことはないですよ。うちの親戚が遊びに来た時、泊めてもらって、確かめてあります」

駐車場に車を置くと、井波はわざわざフロントまでついて来てくれた。「この人は大事なお客さんだから、よろしく頼みますよ」と念を押して、フロントも「畏まりました」ときちんと対応している。

初めはあまりいい印象ではなかったが、浅見はだんだんこの無骨な刑事が好きになってきた。

部屋を確かめてから、浅見は井波を沼田署まで送った。日が暮れ始めると、この町は文字どおり火が消えたように急に侘《わび》しくなる。

「もし、何か聞きたいことがあったら、遠慮なく言ってくださいよ」

井波は別れ際にそう言った。

ホテルに戻って、とりあえずシャワーを浴びた。食事は外出しようかとも思ったが、町の様子もよく分からないので、ホテルのレストランを覗いてみた。イタリア料理の看板を掲げた小洒落た佇まいである。メニューを見ると思いの外、安い。浅見は意を強くして、ディナーのコースを頼んだ。

それほど立派ではないが、東京辺りでは信じられないほどの値段でそれなりのコース料理が出た。オードブルに始まって、魚料理も肉料理もあった。

客は浅見のほかには一組のカップルがいるだけだったが、食事の中頃になって、浅見のところから少し離れた、特別に用意されたと思われる大きなテーブルに、三々五々、紳士風の男たちがやって来た。どうやら、何かの会議の流れで、夕食会になるらしい。

下は五十歳から上は七十歳ぐらいまでの、全部で九人の客である。申し合わせたように半袖のシャツにネクタイを締めている。たがいに相手の名前を呼ぶのに「先生」をつけて呼ぶ。それで浅見は気になって、彼らの様子をそれとなく注意していた。

時には声高に喋ったり、時には口を耳に寄せるようにして話したり、さまざまだが、話題の多くが教育関係のものであることは伝わってくる。どこどこの学校がどうした――といった内容だ。

九人の中にも上下関係があるらしいことが分かってくる。比較的若いからといって、身分が下というわけでもなさそうだ。明らかに年長の男が、辞を低くしてビールを注いだりしている。どことなく卑屈な感じがして、見ている人間としても、気分のいいものではなかった。

座の中央にいる七十歳がらみの紳士が、どうやらこのグループの最上位の存在であるらしい。「名越《なごし》先生」と呼ばれる回数が最も多く、それに応じる態度にも、どことなく尊大な感じがある。顔は笑っているが、時折見せる鋭い目つきには、追従《ついしょう》している連中を卑屈にさせる効果があるようだ。

その「名越」氏は、周囲の人間を呼ぶのに「○○君」と言ったり、「○○先生」と言ったりする。相手によって呼び方を変えるのには、何か基準があるのだろう。「先生と呼ばれるほどのなんとか……」というが、べつに尊敬をこめて「先生」と呼んでいるわけではないことは、呼ばれた側の低姿勢を見れば分かる。

そういった風景を傍観していると、いろいろなストーリーが想像できて、それはそれで面白い。人間社会の縮図というのは、どんな場所でも演じられているものだ。

食後のコーヒーを飲みおえて、浅見は席を立った。紳士たちのテーブルの脇を通って行く時、何気なく送った視線を感じたのか、「名越」氏がジロリとこっちを見た。ビールのせいか、少し黄色く濁った目に出くわして、浅見は思わず頭を下げてしまった。

「名越」氏は一瞬（誰だったかな？——）という表情を見せて、軽く会釈《えしやく》を返した。いくら考えたって、こっちの素性など思い出せるはずはないのだ。

レジで伝票にサインする時、レジの女性にそのグループのことを訊いてみた。

「県の教育関係の方々の集まりです」

「あの、名越さんというのは？」

「名越敏秋《としあき》先生は県議会議員さんです」

そういう客に利用してもらっているのが嬉しいのか、女性は誇らしげに答えた。

「じゃあ、ほかの皆さんも議会の方？」

「さあ、よく分かりませんけど、違うと思います。私の知ってる校長先生もいらっしゃいますから」

「あ、そうなの……」

となると、校長や教頭や、もしかすると教育委員会の人間もいるのかもしれない。あのやり取りの情景から見て、何となく、会の性格まで分かったような気がしてきた。

2

Q中学はすでに夏休みに入っていて、グラウンドでは野球部員たちが声をかけ合いながらノックの球を追っている。

教師は夏期休暇もあまりのんびりできないものなのか、職員室には通常どおりに近い教師が、それぞれのデスクに向かって何やら執務中であった。

見知らぬ浅見の顔を見て、手前にいる女性教師が立ち上がり、「何か？」と問い掛けてきた。

浅見は名刺を出した。『旅と歴史』の肩書のある名刺である。

「先日亡くなられた澤先生のことで、少しお話を伺えればと思って参りました」

「はあ……」

女性教師は（またか――）と言いたげに、隣の同僚を顧みた。先輩らしい男性教師である。事件直後にはこういう取材が殺到したにちがいない。

「もう、何度も各社さんが見えて、話すことはありませんが」

取材攻勢によほど閉口しているのか、男性教師は坐ったまま、少しつっけんどんな口ぶりで言った。

「澤先生の名誉に関わる問題について、お聞きしたいのです」

「名誉……」

想像もしていなかった単語が飛び出したので、相手は面食らったようだ。それは周辺で会話に耳を傾けていた連中も同様で、何人かの視線がいっせいにこっちに向けられた。

「澤先生の事件が、澤先生ご自身の名誉と関係しているのではないかと考えられるのですが、それについて、どなたか、何かお心当たりはありませんか」

浅見は向けられた視線を見渡しながら、言った。ほとんどの教師が慌てて目を逸らす中で、かなり年配の男性が一人だけ、真っ直ぐ浅見の目を見返している。

「あ、失礼ですが……」

浅見は所狭しと並ぶデスクのあいだを抜けて、その教師に近づいた。

「先生は何か、その件についてご存じなのでしょうか？」

「いや、知っているというわけではありませんがね」

面と向かうと、さすがに動揺するのか、教師は苦笑いを浮かべて首を傾《かし》げた。

「これまで、警察や報道関係の人が何人も来たけれど、『名誉』という言葉を聞いたのは初めてなもんで。なるほど、そういう観点もあるのかと思ったのですよ」

「僕はこういう者です」

浅見はあらためて名刺を渡した。

「ああ『旅と歴史』ですか。僕もときどき、特集記事に面白いものがあると買わせてもらってますよ。本能寺《ほんのうじ》の変の真相について、新説を特集した号は面白かったなあ」

「ありがとうございます。あの特集は僕が担当したものです」

「ふーん、そうですか、浅見さんがまとめたんですか……しかし、『旅と歴史』の記者さんも事件のルポをすることがあるのですか？」

「いえ、仕事とは関係ありません。たまたま澤先生の知り合いに相談されたものですから」

「なるほど……あ、申し遅れました。僕は松浦《まつうら》といいます」

松浦はデスクの引き出しから名刺を取り出してくれた。「群馬県沼田市立Q中学校　松浦芳春《よしはる》」とある。

「ここでは何だから、ちょっと場所を変えましょうかね」

先に立って職員室を出た。廊下を歩きながら、浅見は遠慮がちに言った。

「澤さんが亡くなっていた教室を見せていただくわけにいきませんか」

「ああ……」

松浦は少し躊躇《ちゅうちょ》したが、「いいでしょう」と方向を変えて、階段へ向かった。夏休み中だが、いろいろな部活は行われている。グラウンドの喚声や、吹奏楽の練習らしい音が聞こえてくる。

教室は三階。ドアを開けると、正面の窓の向こうに広がる上越の山々の緑が、大きな壁画のように望める。浅見は一礼して教壇に歩み寄った。

黒板を背にし、整然と並ぶ机を前にして立つと、奇妙な感懐が湧いてきた。教師の心理——ひょっとすると澤吉博の亡霊に取りつかれたような、高揚感と言ってもいいかもしれない。ここを戦場として、ある種の使命感を抱いて戦う教師たちの精神が、理解できると思った。

「浅見さん、そろそろ行きましょうか」

松浦に促されて、浅見はようやく教室の呪縛《じゅばく》から解放された。心残りのする浅見を引きずるように、松浦はスタスタと歩く。

一階まで戻って、保健室の隣にある部屋に入る。ドアの上に「相談室」の札があった。

「ここは生徒が悩みを持ち込んで来る部屋なんですがね、最近は利用回数が急速に増加しているのですよ」

松浦は言いながら、小さなテーブルを挟む椅子に坐った。

「それに対応する役割は、本来はカウンセリングの女の先生が当たるのだが、中には僕を名指ししてくる生徒がいましてね。そんなことから別名『ご隠居さん』なんて呼ばれるようになりました。よろず承《うけたまわ》り人といったところですかな」

そう言って松浦は笑う。浅見もつられて笑ったが、教師としてはかなりの年配だとはいえ、「ご隠居さん」というほどではない。

「澤先生とは親しかったのですか？」

浅見は訊いた。

「そうですね。教師仲間のうちでは親しくさせてもらったほうですね。年恰好が近かったですしね。それに澤さんは英語、僕は社会を教えていたから競合しなかったのもよかったのかもしれません」

その時、浅見は梅原彩のことを思い浮かべた。彼女の達者な英語が、古いタイプの澤を教壇から追いやった——という説だ。教師の世界にも「競合」というビジネス社会のような状況があるということか。

「ところで、さっき浅見さんが言った名誉ということですがね。あれは具体的にはどういったことを言いたいんですか？」

「じつは、澤先生の奥さんが話したことなのですが、澤先生がこちらの中学で病休を取った理由については、どうしても話せないわけがあるというのです」

「ん？　それはあれじゃないんですか？　教師としての自信を喪失して、それが原因でノイローゼになったとか……われわれはそんなふうに聞いておりますが。さっき浅見さんが言った名誉という問題も、それではないかと思うのだが」

「確かにそうかもしれません。しかし、それだったらすでに誰もが承知しているようなことで、いまさら奥さんが頑なに口を閉ざすほどの意味はないでしょう」

「なるほど、奥さんが言えないようなことなんですか。澤先生の名誉に関わることねえ……どういう意味ですかなあ？」

松浦は首を傾げた。

「澤先生や松浦先生のようなベテランの先生にとって、名誉を喪失するような出来事というと、どんなことが考えられますか」

「それはやはり、教師としての資質を疑われたり、それをはね除《の》けることができなかったりする場合は、自信喪失して、名誉を失墜することになるでしょうね。幸い、僕のような歴史学を得意とする人間は、社会に多少の変化があっても何とか対応できるが、英語となるとそうはいかない。最近は生徒たちにも英語の力がついてきていますからね。古い時代に英語を勉強した者にとって、とくに会話なんかでもろに素養のなさが顕《あらわ》れてしまう。それは厳しいものがあるかもしれませんな。しかし、そんなことはずっと以前から分かっていたことでしてね。学校としても外国人のALTをつけて、正しい発音を補う工夫はしています。いまさらそれを不名誉に思うことはないでしょう」

「なるほど……だとすると、名誉を問題にするとなると、それ以外のことを考えるべきでしょうか。たとえば破廉恥《はれんち》行為とか」

「はあ？　澤先生が破廉恥行為を行っていたというんですか？　それは失礼でしょう」

松浦は自分がそう言われたように、あからさまな不快感を示した。

「澤先生は真面目一途《いちず》な教師でしたよ。奥さんもずっと教師をしておられたし、娘さんも教職志望という、教育には熱心なご家族のようです。そういう澤先生に対して破廉恥行為だなどというのは、たとえ仮定の話だとしても許せませんな」

「ええ、僕もそのことは分かっています。いや、それが常識というか、世間一般の認識なのでしょう。ですから、そんなことは仮定であっても仮説としてでも、誰も考えたりはしない。しかし、それは澤先生が殺害された事実についても同じことが言えるのではありませんか？　澤先生のように立派な方が人の恨みを受けて殺されるはずがない――と誰もが考える。にもかかわらず、澤先生が殺されたのは事実なのです。事件の真相を見極めるためには、一度、常識だとか固定観念だとかいったものを取り払って考えることが必要なのではありませんか？」

「そうは言ってもですよ。いくらなんでも、澤先生に破廉恥行為があったような想像は失礼です。そんなのは死者に対する冒瀆《ぼうとく》というものだ」

それまでの友好的な雰囲気はどこかへ吹っ飛んで、松浦は百年来の仇敵《きゅうてき》に向かうような怖い顔になった。

「では松浦さんにお訊きしますが」

浅見は努めて冷静を保って、言った。

「誰かに恨まれたり、まして殺されたりするはずのない澤さんが、なぜ殺されなければならなかったのか。松浦さんはどのように説明なさるのですか？」

あえて「先生」の敬称を抜いて言った。そのことによって、松浦が装っているかもしれない「権威」の鎧を脱がせたつもりだ。

「そんなこと……そんなこと僕が知るわけがない。素人にそれが分かれば、警察は要りませんよ」

「そんなふうに簡単に逃げたり目を背けたりしては、見えるはずの真相も見えてきません。澤さんの近くで澤さんの日頃を見ていた、松浦さんのような方でさえ、澤さんの本当の苦悩は理解できなかったのではありませんか？」

浅見は悲しげに眉をひそめて、松浦の表情に視線を注いだ。松浦は、浅見の視線を外した。この闖入者《ちんにゅうしゃ》に関わりすぎたことを後悔している様子が、ありありと読み取れた。

3

浅見はQ中学を出ると、伊香保へ向かうことにした。『旅と歴史』が主催するミステリーツアーの段取りという、今回の「出張」の本来の目的はそっちが本命なのである。藤田編集長の人使いの荒さは頭にくるが、それをいいことに探偵もどきに手をそめることもあるのだから、文句も言えない。

沼田から国道17号で渋川まで戻り、そこから進路を西に取り、榛名山麓を斜めに突っ切るようにして伊香保を目指す。この辺りはのどかな高原地帯で、木立の隙間から、時折、赤城山《あかぎさん》や関東平野を望むことができる。

ツアーの宿として予定しているのは「伊之一旅館」という、いかにも伊香保で一番と言いたそうな名前だが、実際は中堅どころなのだそうだ。宿泊に関してはすでにツアー会社を通じて交渉済みだ。あとは温泉街の風景や旅館の外観、料理などの写真を撮り、魅力的なキャッチコピーを考えれば、とりあえず伊香保ツアーの基本的な取材は完了。

問題はツアーで何をやるかである。浅見が事件に遭遇した、当時の「事件現場」である展望台までロープウェイで昇ることと、竹久夢二《たけひさゆめじ》記念館の見学、伊香保名物石段街の散策は欠かせないとして、そこにどのようにミステリー的アソビの要素を仕掛けるかが、アイデアの出しどころだ。

浅見は車を旅館に置いて、温泉街の中を実地踏査することにした。伊香保は高崎辺りより標高は高く、夏の日盛《ひざか》りでも暑さはそれほどではない。石段街を流れ落ちる湯の川の音が耳に心地いい。

途中、観光資料をもらいに立ち寄った観光案内所で偶然、梅原雄一朗と出会った。浅見も驚いたが、梅原のほうはさらにびっくりして、まるで借金取りにでも見つかったような顔をした。

「浅見さん、どうしてここに？」

何か事件のからみかと思ったらしい。「じつは」と、浅見はあらためてミステリーツアーの企画を説明する羽目になった。

「ああ、そういうことですか。それだったら伊香保としても渋川市としても大いに歓迎しますよ。ちょうど、この秋のイベント企画について、観光協会と打ち合わせに来たところです。お役に立てることがあったら、遠慮なく言ってください」

そう言ってから、急にトーンを落として、「ところで」と、浅見を外に連れ出した。

「娘に聞きましたが、浅見さんは事件を解決してくださるそうですね」

「ええ、そのつもりです」

「じゃあ、彩の言うことはほんとだったんですね。しかし、なんだか難しそうな事件じゃありませんか。何か手掛かりがあるんですか？」

「いえ、いまのところまだ、これといったものはありませんが、手掛かりということですと、むしろお嬢さんの彩さんが最大の手掛かりかもしれません」

「えっ、彩がですか？」

梅原はギョッとしたように目を見開いて、慌てて辺りを見回した。その視線の先に喫茶店がある。

「ちょっと、あの店に入りましょう」

浅見の腕を引っ張るようにして、喫茶店に連れ込んだ。少し冷やし過ぎではないかと思えるほど、ビンビンに冷房が効いている。梅原はアイスコーヒーを頼んだが、浅見は「熱いココアを」と注文した。店の女性は妙な顔をしていた。

「浅見さん、彩が最大の手掛かりだなんて、それはまた穏やかじゃないですね。彩は何も知らないって言ってますよ」

梅原は前かがみになって言った。

「はあ、そうでしょうね。しかしご本人はご存じなくても、事件のほうから擦り寄ってきていることは事実です」

「冗談じゃないですよ。事件が娘に擦り寄ってくるって、どういうことです？　あの得体の知れない写真だって、あれは澤さんとかいう被害者の方が、勝手に合成したものでしょう。だからって彩が事件に関係しているなんて勘繰られたら、たまったもんじゃない。迷惑千万です」

それを僕に言われても困るんだけどな——と、浅見は苦笑した。しかし梅原の気持ちも分からないではない。まったくの話、とんだとばっちりにちがいない。

「あの写真のことですが」

浅見は梅原の興奮を静めるように、のんびりした口調で言った。

「澤さんのポケットからは、あの写真一枚が見つかっているのですが、仮に合成写真を作ったにしても、何百枚も保存可能なメモリーカードで、彩さんや澤さんが写っている写真がそれ一枚ということはないと思うのです」

「はあ、確かに」

梅原は頷いた。

「その写真の前後に撮影したものがかなりの枚数あるはずなのですが、警察が調べた結果では、澤さんの自宅からは、それに該当するメモリーカードも、紙焼きされた写真も発見されていないのだそうです。それはなぜなのか。そのことを追及するだけでも、十分な手掛かりになりますからね」

「それじゃ、その見当たらないメモリーカードの中には、彩を撮った写真がまだほかにもあるっていうことですか？　気味が悪いですなあ」

「いや、彩さんを撮った写真があるかどうかは分かりません。それよりも、無くなっているメモリーカードが一枚とは限りません。もし何枚もあるとすると、そこには膨大な枚数の写真が入っているはずですから、そこに収まっているほかの写真がどのようなものなのか、興味があります」

「なるほど。そこには彩もそうだが、彩以外の人物を撮った写真もあるのでしょうね」

「そうですね。それもありますし、何よりそれ以前に考えられるのは、あの写真が澤さんのカメラで撮影されたものかどうかが分からないということです」

「えっ？　澤さんのカメラじゃないとすると、それじゃ、誰が撮ったんですかね？」

「それは分かりませんよ」

浅見は思わず笑ってしまったが、相手は真剣そのものだから、急いで付け加えた。

「警察はなぜか、あの写真は澤さんのカメラで撮られ、澤さんが合成したものだと思い込んでいるらしいのですが、そうでない可能性のほうが高いのではないでしょうか。誰かが澤さんを撮影し、それに彩さんを撮影した画像を合成したと考えたほうがよさそうです」

「えっ、そうなんですか？」

「ええ。彩さんのほうはそっぽを向いているので、カメラに気づいていなかったか、ひょっとすると盗み撮りだと思われます。それに対して澤さん自身はカメラ目線なので、一見、セルフタイマーで撮ったようにも見えますが、誰かがシャッターを押したのだとしても不思議はありません」

「そうか、ほかの人間がいたんだ」

「それが何者なのかは分かりませんが、澤さんの知人であることだけは間違いないでしょうね。澤さんは明らかにカメラを意識した表情をしています。少なくとも、澤さんを面と向かって撮影するチャンスのあった人物であることは確かです」

「そうですね。だとすると、間違いなくそいつが犯人ですな」

梅原はすぐに決めつけたがる。

「そうかもしれません。それともう一つ奇妙なのは、あの写真がなぜ澤さんのポケットに入っていたのかということです」

「なるほど、なるほど」

「澤さん自身が入れたのかもしれないし、ほかの誰かが入れたとなると、話はますますややこしいことになります。いずれにしても、撮影や合成が澤さんの手によるものではなかったとすると、ほかの誰かの作った写真を澤さんが受け取って入れたか、その誰かが澤さんのポケットにねじ込んだかのどちらかです」

「どっちですかね？」

「それもまったく分かりません。指紋があるので、澤さんが自分で入れたとも考えられますが、仮にほかの人間がそうしたのだとすると、それこそ間違いなく、その人間が犯人である可能性が高いでしょうね。指紋を残さないことは、簡単ですからね」

「その場合、目的は何ですかね？」

「さあ？……」

浅見も首をひねるよりほかはない。

「彩の写真を合成してまで、わざわざ殺した相手のポケットに入れるのだから、何か意味のある行為なのでしょうね」

梅原は不安そうに眉をひそめた。嫁入り前の大切な娘を傷つけるようなことをされては、父親としてはいても立ってもいられない気持ちだろう。

「浅見さん」

と、縋《すが》るような顔で言った。

「どうでしょうか。いろいろお仕事もお忙しいでしょうが、なんとか彩の力になってやっていただけませんか。この先、何が起こるか分かりません」

「はあ、ご心配はよく分かります。僕もこの事件に関心はあります。しかし、彩さんご自身は放っておいてもらいたいというのがご本心じゃないでしょうか。昨日、お話しした感じでもそうでした。僕などがしゃしゃり出たら、ご迷惑だと思いますよ」

「確かに、あれは気の強いところがありますからね。おまけに、警察に来られて、いささか神経質になっています。浅見さんにもきっと、失礼なことを申し上げたでしょうな。しかし、本心はきっと怖いに決まってます。殺された人が持っていた写真に、自分とその被害者が一緒に写っていたなんて、誰にしたって気持ち悪いですものね。いや、実際問題として、それだけじゃ済まないんじゃないですかね。彩の身に何かもっと悪いことが起こるんじゃないかと思うんですが」

話しているうちにどんどん不安が増幅し形を成してきたらしい。梅原の表情は引きつったようになった。

第六章　不安な夏休み

1

　夏期休暇中でも、教職員は授業がないだけで、通常どおり出勤する。この点は世間一般の認識と少し違う。梅原彩も自分が生徒でいるあいだや学生の頃は、学校の先生は夏冬の休暇期間中は、ほとんどが休日になるものだとばかり思っていた。

　教師の仕事は授業が主体であるにはちがいないが、それ以外の雑務もかなりのボリュームであることを知った。

　とりわけ、春日中学では夏休みが始まって早い時期に、五日間ぶっ通しで、保護者と生徒と教師による教育相談が行われるのだが、これなど、臨時職員時代には体験しなかったことだ。

　最近の傾向としては保護者からの苦情や問題提起が増加している。成績や勉強、進学問題に関することならば教師にも責任はあるのだが、中には「うちの子が、朝、なかなか起きてくれないんです。学校に遅れるって言っても平気なんです。なんとかしてくれませんか」などというケースもあるらしい。

もっと根本的なことをいうと、学習指導要領が改訂されるにあたって、なるべく夏期休暇中にその内容を十分に把握するよう求められていた。全九教科のうちで英語は最も授業時間が多く、どの学年でも週四時間（例えば国語などは三時間）学習することになる。教科書は平成二十四年度から語彙《ごい》数が増え、厚くなるのだが、それまでのあいだ、現状の薄い教科書で対応できるような充実した授業を行うにはどうしたらいいか——などを模索しなければならない。

また小学校での英語教育の導入が本格化するのを受けて、入門コースの課程をどの程度カットできるものかも研究対象だ。

にわかにそう言われても、現場は慌てる。彩などはまだしも、今年度から就職したばかりだから、慣れる慣れない以前に、丸呑みにしてしまえばいいのだが、それを指導してくれる先輩教師のほうが動揺しているありさまだ。ベテランの主任教師・髙畑育子でさえ、「授業の進め方を、また一から見直さなければならない」と、戸惑いを隠せない。とりあえず、この夏休み中に四人の英語教師がグループで学習して、新指導要領に沿った授業の方法を構築することになった。

出勤時間は同じといっても、授業のない学校に入る気分は、やはりいつもとは違って緊張感がない。

グラウンドでは朝練の野球部員たちが声を発しながら、ノックに励んでいる。午後になると、彩が顧問を務める陸上競技部も練習を始める。そっちの面倒も見なければならないから、教師は忙しいわけだ。

車を駐車させ、校舎に入りかけて、何気なく見上げた視線の先に動くものを感じた。向かいの家の白い鎧窓《よろいまど》がスッと閉まったように思えた。人の姿が見えたわけではないのだが、そこに人がいて、こっちを見下ろしていたような気がした。

だからといってどうということはないのだが、表札もなく、これまで一度も住人の姿を見たことがなかっただけに、少し奇異な印象を受けた。もっとも、これまで四ヵ月近く、毎日のように見ている家なのに、住人の姿に出会わなかったことのほうが不思議なのだ。

（どんな人が住んでいるのだろう？――）

その疑問はずっと前から抱いていたが、それと同時に、いまの窓の動きは、こっちが見上げる寸前に気づいて、急いで窓を閉めたのではないかという疑念を生じさせた。

（もしかすると、これまでもそんなふうに見られていたのではないか――）

そう思い始めると、項《うなじ》の辺りに視線の痕跡《こんせき》が残っているような不快感が生じた。職員室に入って、仲間に挨拶してからも、それは尾を引いていた。

高畑の茶碗にお茶を注ぎ足してあげながら、さり気なく、訊いてみた。

「ずっと気になっているんですけど、校門の向かい側のお宅、どんな人が住んでいるんですか？」

「ああ、あの家ね。私も知らないけど、誰も住んでいないんじゃないの。表札も出てないでしょう」

「あら、でも、ときどき窓が開いてることがありますよ。切妻屋根の下のかわいらしい白い鎧窓が」

「ふーん、そうだったかな。ぜんぜん気がつかなかったけど」

高畑は着任以来、すでに五年は経っているはずだ。その彼女が気づかないのは、無頓《むとん》着《ちゃく》な性格のせいなのか、それとも、そんなことが気になる自分のほうがどうかしているのかもしれない――と彩は思った。

「あの家は誰とかの別荘だって聞いたことがあるわよ」

離れた席の古賀浩美が、声を投げて寄越《よこ》した。

「こんな街中に別荘って、変だわね」

高畑が首を傾げた。

「別荘じゃなくて別宅かも」

古賀が訂正した。

「別宅って、二号さんてこと？　やあねえ、学校の前に二号さん宅があるなんて」

「別宅だからって、二号さんが住んでいるとはかぎらないでしょう。それらしい女の人を見たわけじゃないんだし。金持ちのセカンドハウスってとこかな」

「そういえば」

と、佐久間義雄《さくまよしお》という国語の教師が、それまでずっと聞き耳を立てていたのか、脇から会話に参加した。

「いつだったか、男が出てくるのを見たことがあるよ」

「ふーん、じゃあ、その人がパトロンさんだわね」

古賀があっさり断定した。

「いや、パトロンって感じはしなかったな。まだそんな年配じゃなかったし。ヒョロッとした感じの男で、昔の文学青年みたいな印象だった。ほら、堀辰雄《ほりたつお》とかさ、結核療養中みたいなのがいたじゃない」

「ずいぶんレトロな感じなのね」

高畑が混ぜっ返した。

「そうでもないよ。ブランド物みたいなシャツを着てたし、僕より五つか六つ歳下じゃないのかな」

「佐久間先生がそう言うからには、三十三、四歳ぐらいってこと？　独身かな？」

その時、彩はふいにあの男を思い出した。スーパーユリーでカートを押していた、あの男だ。「ヒョロッとした感じ」というのが当てはまるし、そう思って見れば文学青年ぽく見えないこともない。

それに、あの時、彼が「いつもどうも」と挨拶した意味も理解できる。こっちは知らなくても、先方はあの鎧窓から「いつも」眺めていたのかもしれない。

(いやだ――)と思った。

そう思ったとたん、項《うなじ》の痛点に男の視線が蘇《よみがえ》って、全身の血液が頭に上ってくるような予感がした。

彩は慌ててお茶を啜《すす》った。

「もし独身だとすると、わが春日中の女性職員の中では梅原さんが最もあぶないわね」

古賀が面白そうに彩の顔を覗き込んだ。彩はお茶を噴き出しそうなゼスチャーをして、古賀を睨んだ。

「変なこと言わないでくださいよ。妙な噂にでもなったら困ります。それでなくても、お嫁に行けそうにないんですから」

半分冗談、半分本気で言った。

「ははは、だったらなおのこと、積極的に接近を図ったら? 何しろ相手はお向かいさんなんだし、それに、文学青年風のイケメンだっていうじゃないの。ねえ佐久間先生」

「いや、イケメンとは言ってないよ」

佐久間は手を振って否定した。

「イケメンかどうかは、すぐれて個人的な趣味的要素の範疇《はんちゅう》に属するからね。僕に言わせれば五段階レベルのレベル三てとこかな。少なくとも僕よりは劣る」

「ははは、それじゃかなりひどいじゃないですか」

古賀がズバリと言って、周囲からどっと笑いが起きた。佐久間は確かに、イケメンと呼ぶにはほど遠いご面相であった。

午後から始まった陸上競技部の練習に顔を出すと、竹内一記が寄ってきた。

「先生、昨日はどうも」

やけに大人びた挨拶をして、彩を戸惑わせた。彩のほうからは、周囲に勘づかれないようにさり気なく、「昨日はありがとう」と言った。

「先生、浅見さんからあの後、連絡ありましたか？」

「ううん、浅見さん、きみを送って帰ったでしょう。それっきりよ。第一、昨日の今日じゃない。まだ何も進展してないわよ」

「そうですよね」

頷いて行きかける竹内を「ちょっと」と呼び止めた。

「きみ、A組の橋本君、知ってる？」

「ああ、逸人だったら家が近くだから、小学校の時からダチですよ」

「あの子、夏休み中に学校に出てくることってあるかな？」

「ありますよ、ていうか、さっき会いました。マン研で集まってるみたいです」

「マン研」はマンガ研究会のことだ。学校はクラブ活動としては認めていないが、同好会の形で仲間が集まって、会報を出したりすることにはなにがしかの物質的な助成を含め、バックアップしている。

2

マン研の部屋は、現在使用されていない教室を利用している。生徒数が激減して、春日中でも空き教室が三部屋あった。

マン研の参加者は男子生徒三人と女子生徒が五人。部活の体《てい》は成さないが、それ以上に真剣だし、よく纏《まと》まっているらしい。

廊下に笑い声が漏れてくるので、開けっ放しのドアから顔を覗かせると、床に大きな紙を広げた上に、周囲から顔を寄せ合うようにして、何かの制作に励んでいる。

「あっ、先生、見ちゃだめです！」

橋本がいち早く気づいて声をかけた。

「ごめんなさい」

彩が慌てて体を引っ込めると、橋本が飛び出してきた。

「すみません、だめなんです。これ、夏休み中に完成させるマンガ源氏物語絵巻の企画なんだけど、制作過程は先生にも誰にも見せないことになっているんです」

「へえーっ、源氏物語絵巻って、すごいものに挑戦するのね」

「僕の提案で、みんなも面白そうだって、さっき始めたばかりなんだけど、最初のプラン段階で、ほんとにできるかどうか、みんな不安になってきているところです」

橋本はまだ二年生だが、マンガ研究会を始めたのも彼だし、実力的にもグループの中心的存在になっているようだ。

階段のところまで押しやられるように歩いてから、彩は言った。

「橋本君にちょっと訊きたいんだけど、このあいだスーパーユリーにいた男の人ね。あの人、何ていう人か知ってる？」

「うん、もちろん知ってますよ。結《ゆい》っていう人です」

「ユイ？　どういう字、書くの？」

「結婚の結です」

「ふーん、珍しい名前ね。どこに住んでる人かしら？」

「先生、ほんとに知らないんですか？　学校の向かい側じゃないですか」

やっぱりと言いそうになって、慌てて「やっだあ……」と言い換えた。

「そんな近いところにいる人なの？　ちっとも知らなかったわ。だって、あの時以外、会ったことないもの」

「うそっ……あんなに親しそうにしてたじゃないですか」

橋本は非難めいた顔になった。

「親しそうなんかじゃないわよ。何となく一緒に歩いていただけ。初めて会って、向こうから声をかけてきたから、生徒の誰かの保護者かもしれないって思って、知らん顔できなかったし」

「ほんとですか？　だって、すごく親しそうだったから、ヤバイとか思って、それで先生に忠告みたいなことをしたんですよ」

「そうだったの……それじゃ、ありがとうって言わなきゃいけないわけね。だけど、そんなにヤバイ人なの、あの人？」

「ヤバイ」の意味がはっきりしなかったので、そう訊いてみた。

「ヤバイっすよ。お父さんとお母さんが話してるのを、偶然、聞いちゃったんだけど、すっごい女たらしだって言ってました」

「ははは、やあねえ。そんなの、噂話にすぎないんじゃない」

「えっ、やっ……」

「そんなことないですよ。実際、僕も見たことがあります」

橋本はムキになって口を尖《とが》らせた。

「見たって、何を見たの？」

「あの男が女の人を追いかけているところをです。女の人は嫌がって逃げようとしてるんだけど、強引に腕を摑《つか》んで、ニヤニヤしながら口説いてたんですよね」

「ほんとに？　やあねえ。口説いてたって、何て言ってたの？」

「そこまでは聞こえなかったけど、うまいこと言って騙したんじゃないかな。女の人も騙されて、車に乗せられて行っちゃいましたからね」

「えーっ、拉致《らち》されたってこと？」

「さあ、拉致されたっていうのかどうか、よく分かりませんけど」

橋本の言うことはあいまいだ。女性が「逃げようとして」いたというのも、「騙して」いたかどうかも、橋本の主観の範囲である。「ニヤニヤ」していたのか「ニコニコ」していたのか、取りようによってどうにでも解釈できる。恋人同士にありがちな痴話喧嘩のたぐいかもしれない。

そう思いながら、何となくあの男のことを弁護したがっている自分に気づいて、彩は内心、うろたえた。

よっぽど、「その女性はどうなっちゃったのかしら――」と訊きたかったが、橋本には刺激的な話題だと思って、やめた。

「そうか、じゃあ先生も気をつけよう。今度声をかけられても、知らん顔をする」

「そうです。それがいいですよ」

橋本はまるで老人のように、しかつめらしい顔で言って、マン研の仲間のいるところに戻って行った。

結という男のことを考えていて、ふと、昨日会った浅見光彦のことが脳裏に浮かんだ。歳を聞いたわけではないが、浅見のほうが結より若そうだ。優しそうな風貌《ふうぼう》は似通っているが、「女たらし」という点でも通じるものがあるのだろうか——などと、つまらないことを考えた。

妙なものである。それまではあまり関心もなかったにもかかわらず、橋本が「気をつけたほうがいい」と言い、「ヤバイ」と言ったことで、かえってあの結という男のことが頭から離れなくなった。

（あの人、何をしてる人かな？——）

これまで知り得た情報だけで判断すると、売れない小説書きか、それとも何もしていないニートのようなイメージである。資産家の「セカンドハウス」に独りで住んでいる、ぐうたら息子——という印象もある。

（どうでもいいじゃないの——）

澤の事件以来、彩は警察にはもちろん、校長や教頭、いや世の中そのものにまで、疑心暗鬼を生じがちだ。こんな状態でいいわけがない。頭をひと振りして、邪念を払い除けると、彩はグラウンドに出て行った。

陸上競技の練習を炎天下で行う場合には、とくに熱中症に注意しなければならない。一週間に二度、企業の競技部からコーチが指導に来てくれる。技術的なことでアドバイスをする必要も、また能力もないだけに、彩の役割といえば、健康管理への配慮に終始するといってもいい。過度な練習を控えるように、目を光らせ、注意もする。

その点、キャプテンの大木がしっかりしていて、部員たちに決して無理をさせない。むやみやたら発破をかけて、能力以上に体力を消耗させる学校もあるらしいが、春日中の運動部は、どこもそんなことはしない。学生の本分はあくまでも勉学――というのが、この学校の伝統なのだそうだ。ＰＴＡの一部には、スパルタ的なトレーニングを奨励《しょうれい》したがるむきもあるけれど、コーチは適正強化主義を掲げ、その指示を大木が忠実に守っている。

それでもなお、そういう方針を手ぬるいとする保護者が少なくない。現実に、前年度の顧問はそれに手を焼いて辞任している。

今年も熱心な父親が一人いる。例の千五百メートル走の選手の父親だ。県内で一、二を争うタイムを持ち、父親自身もかつてマラソン選手だった経験を持っているだけに、息子の走りっぷりにもどかしいものを感じるようだ。

「先生、うちのやつをもっと絞ってやってくれませんか」

コーチがいる時はさすがに口を差し挟まないが、彩が一人でいる時、寄って来て注文を出した。

「私が選手だった頃は、倒れたり吐いたりするくらい走り通したもんです。それだけ努力してもだめだったくらいだから、なまじの練習では世界には通じませんよ」

初めのうちは「はいはい」とおとなしく聞いていたが、あまりしつこいので彩も反発したくなって訊いた。

「お父さんがマラソンを諦めたのは、どうしてですか？」

「大会直前に脚を痛めましてね。それで心ならずも撤退するほかはなかった」

「えっ、脚を痛めたんですか？　それは走り過ぎが原因なのではありませんか？　息子さんはそのことを知っているから、自分でセーブしているんじゃないかと思いますよ。コーチの先生は科学的なトレーニングを採用してらっしゃるし、選手もそれをよく咀嚼《そしゃく》して、自分に合った練習をしています。そうして本番には体調をピークの状態に持ってゆく。いくら練習に励んでも、本番前に挫折してしまっては、それこそ本末転倒なのではありませんか」

それ以来、その父親は熱心なサポーターであることに変わりはないが、いくぶん自分を抑えるようになった。

3

夕刻、学校を出て、彩はスーパーユリーに寄った。父親に頼まれた抹茶アイスを買うのとは別に、自分用のスナック菓子を仕入れるつもりだ。

店に入る時、何となく「結」というあの男に出会うのではないか——という、妙な期待を感じて、(ばっかねえ——)と、自分を笑ってしまった。

カートを押しながら売り場を歩き、よく熟したマンゴーを見つけたので籠に入れ、ナビスコの菓子と、亀田の煎餅《せんべい》を入れ、最後にアイスクリーム売り場に立ち寄ったところで、ばったり結に出会った。彩も知っている有名ブランドの半袖シャツを着て、ヒョロッと立っている。生っ白い痩せ型のくせに、思いの外、腕は逞《たくま》しそうで、彩は目のやり場に困った。

「やあ、また会いましたね」

結は手を上げて笑いかけてきたが、そこに彩が現れるのを先回りして待ち構えていたような気配を感じた。その証拠に、彼のカートの籠には、まだ何も入っていない。

「どうも……」

彩はあいまいに笑ってお辞儀をした。

「今日も抹茶とバニラですね」

頼みもしないのに、結はそれぞれ三個ずつを取って、彩の籠に入れてくれた。父親も母親も「太るから」と言ってバニラは敬遠するから、不本意ながら、彩がそれを始末することになる。バニラが抹茶より太るかどうかは定かではないが、体脂肪が気になっている彩としては、迷惑なことではあった。

それでも仕方なく「すみません」と言ってから、彩はズバリ、訊いてみた。

「結さんはお独り暮らしなんですか？」

「えっ、ああ、そうですが、よく分かりますね」

いきなり名前を言われただけでも、かなり驚いたはずだが、相変わらず白い歯を見せて、笑顔を絶やさない。

「梅原先生はご両親と三人暮らしですね」

切り返すように言った。

「ええ、そうです」

さり気なく言ったつもりだが、彩は動揺した。名前ももちろんだが、こっちの家族構成まで熟知しているのが不気味だ。「先生」と呼んだところを見ると、やはりあの白い鎧窓から覗き見していたのだろう。

「誰にお聞きになったんですか？」

「ははは、誰ってことはありませんが、関心を抱いている人のことは、それなりに分かるものなのですよ」

結は臆面《おくめん》もなく言った。

「結さんは、お仕事は何をなさっているのですか？」

結がアイスクリームを自分の籠に入れたのを汐《しお》に、カートを押して歩きだしながら、彩は訊いた。「先生」と呼ばれた仕返しのつもりでもあった。結も当然のように、カートを寄せて並んで歩く。

「そうですねえ、無職みたいなものかな。まあ、一応は物書きを標榜《ひょうぼう》してますがね。『売れない』という冠詞をつけなければならない。強いて言えば投資家ですか」

「へえーっ、お金持ちなんですね」

「ははは、貧乏な投資家ですよ」

「でも、立派なお屋敷にお独り住まいなんでしょう。リッチじゃないですか」

「あんなものはただの古家。陰気くさい幽霊屋敷です」

「えっ、幽霊が出るのですか？」

「ええ、出ますよ。呪われた家だから」

ふざけているのか、真面目なのか、少なくとも顔は笑っているから、ジョークだろうと思うしかない。

彩はそのままレジに向かうつもりだが、結もその後に続いて来る。彼のカートにはアイスクリームが五個、載っているだけだ。まるで彩を待ち伏せしたのを、自らバラすようなものではないか。

「このあいだお会いした時、うちの生徒に見られていたみたいです」

彩は言った。

「ああ、橋本ん家《ち》の息子でしょう。それじゃ、ろくな告げ口をしてませんね。以前、あそこの父親と揉めたことがあったんですよ。何を勘違いしたのか、いきなり文句をつけられました。街の風紀を乱すなって。何のことか分からなかったので、喧嘩にもなりませんでしたけどね」

結はまったく悪びれない。

「じゃあ、そのことかしら。気をつけたほうがいいって言ってました」

「へえ、僕の何に気をつけるのかな？　金を貸すなとか、それとも、付き合うと殺されるとか。確かそういうアメリカ映画がありましたよね」

「さあ、知りませんけど」

彩の順番が来て、レジに入った。簡単な精算なので、すぐに済んで、ふと振り返ると結が消えていた。

どこかに買い物の追加をしに行ったのかもしれないが、消え方がそれこそ幽霊のようだったので、彩はゾーッとした。

帰宅すると、テーブルの上に鉄板焼の支度が整いかけていた。彩の顔を見て、母親が台所に具を取りに立った。

着替えてダイニングルームに出ると、父親の雄一朗がテーブルに着いていて、待ち受けたように言った。

「今日、あの人と伊香保で会ったよ。ほら、昨日うちに来た浅見さん」

「へえーっ、じゃあ、うちに寄ったのは、伊香保温泉に遊びに来たついでだったの」

彩はあまり愉快でない声を出した。

「いや、そうじゃないらしい。伊香保に来たのは『旅と歴史』という雑誌が企画したミステリーツアーの下調べだとか言っていた。それより、ちょうどいいところで会ったから、事件のことを少し話してみたんだ」

「ふーん、何を話したの？」

「つまりだな。事件を解決するあてがあるのかないのかとか、そういうことだ」

「そんなの、ないんじゃないかしら」

「いやいや、なかなかそうでもないらしい。以前の事件の時もそうだったが、あの人は警察では思いつかないような発想から、事件の真相を追い詰める能力がありそうだ」

「何か、それらしいことを言ったの？」

「たとえば例の、彩と被害者の澤さんが写っている写真のことだが、それに関してもいろんなことを想定していた」

「どんなこと？」

「あの写真は誰が撮ったのかとか、合成した目的は何かとか、澤さんのポケットに入れたのはなぜかとか……」

「そのことなら、私にも話していたけど、それ、みんな分かっちゃったの？」

「そう簡単なものじゃないさ。それぞれにいくつかの選択肢はあるが、それを解明してゆけば、自《おの》ずと真相が見えてくるというようなことを言っていた」

「なーんだ。それじゃ何も解決しそうにないじゃない」

「そう言ったんじゃ、身も蓋《ふた》もないよ。しかしあの人には何か特別な分析能力っていうのか、推理能力みたいなものがあるにちがいない。彼と話していて、そう思った。大いに期待できるとね。だから彩のことをよろしく頼むと言っておいた」

「頼むって、何を頼むのよ」

「だから、彩が不安に思っていることを解消してやって欲しいってさ」

「そんなの、いいのに」

余計なことをしないで——と思ったが、父親の気持ちを考えると、さすがにそこまでは言えなかった。

「おまえは浅見さんのこと、嫌いなのか」

雄一朗は彩の反応がよくないことに不満を感じるのか、少し眉をひそめるようにして訊いた。

「べつに嫌いっていうことはないけど、そんなに信頼できるとも思わない。警察組織でさえ解明できないようなことが、一市民にできるとは考えられないじゃない」

「そんなことはないよ。前に起きた事件の時だってそうだったんだからな。あの竹内君ていう子が浅見さんを紹介してきたのだって、そういう実績を知っているからじゃないか。当時の関係者なら、誰だって浅見さんを評価しているのさ」

「それが事実だとしても、だからって好き嫌いは別物だわ。警察がいくら一生懸命やってくれたって、警察のことを好きになれないのと同じじゃない」

「まあ、それはそうだが。しかし、浅見さんはいい人じゃないか。おまえと年回りもいいしさ」

「やだ、お父さん、何を言いたいの？」

「いや、ああいう人がうちに来てくれれば、私たちも心強いと思ってね。なあ、母さん、そうだよな」

台所にいる千鶴子に呼びかけた。千鶴子も「そうよねえ」と返事を投げて寄越して、その後を追いかけるように、具を山盛りにした大皿を捧げ持って現れた。

「彩もねえ、いつまでも若いつもりでいると、すぐ三十の大台に乗っちゃうわよ。そうなってから焦ったたって遅いんだから。見た感じだと、あんたにはこれっていう人はまだいないみたいだしさ。お父さんも私もそろそろ心配になっているのよ。お父さんの話だと、浅見さんとはまだご縁がありそうだし、彩も少しは心づもりしたらどうなの」

喋りながら手際よくホットプレートに具を並べている。その手元を見ていて、何となく母の話をひととおり聞いてしまったが、あんまり勝手で、馬鹿馬鹿しくって話にならない。

「ばっかみたい。呆れた呆れた、何を考えているんだか」

彩は本当に呆れて、生焼けの肉を乱暴に引っくり返した。

その時、なぜか浅見光彦の顔ではなく、結という男の生っ白い腕と笑いかけた顔が思い浮かんだ。

第七章　飛べない白鳥

1

伊香保から戻ると、東京の暑さはただごととは思えない。榛名山の斜面に位置する伊香保と違い、ビルとビルのあいだに熱気が凝縮しているような容赦のない暑さだ。

二日後、浅見は澤日奈子に会うことにした。彼女の勤め先・清優社は九段坂《くだんざか》下にある。この辺りはまだしも、靖国《やすくに》神社や皇居に近いせいか、ゆるやかな風もあって、猛暑の中でも、心なしか救われるものがある。

清優社は八階建てのビルの一階から三階までを使っているらしい。ビル正面のウィンドーには清優社の刊行物が展示してあった。文芸書もあるが、経済書やハウツー物が中心になっているようだ。

浅見は昼食時間を見計らって電話した。澤日奈子はすぐに電話口に出たが、昼食時間だからといって、おいそれと席を離れるわけにはいかない仕事をしているらしい。

「では退社時刻過ぎで結構ですので、少しお時間をください」

浅見はそう言って頼んだ。母親のほうからあらかじめ連絡しておいてもらってあるので、無下に断ることはできない——という気配を感じさせながら、日奈子は了解した。

それまでのあいだ、浅見は新橋《しんばし》へ行って、『旅と歴史』編集部に顔を出した。伊香保のミステリーツアーの最終打ち合わせをする。企画段階までの資料を渡せば、あとの段取りのほうは藤田編集長サイドのスタッフと、旅行会社で組み立てるのだそうだ。

そうは言っても、細かい部分について、浅見の意見が欲しいなどと、なかなか解放してくれそうにない。夕方近くまでかかって、浅見は相当、いらいらした。

五時ぴったりに浅見は日奈子に電話した。退社時刻は五時半だというので、その頃、ビルの前に車で迎えに行く——と言うと、それは困りますということだ。

「会社の人たちに、何かと言われそうな気がしますから」

「それじゃ、ホテルニューオータニの滝の見えるラウンジはどうでしょう」

浅見はいつも使い慣れている場所を提案した。ホテルというのがどうかな——と危惧《きぐ》したのだが、日奈子はあまりこだわらないで、「それでいいです」と了解した。

六時ジャストを待ち合わせ時間にした。ラウンジの前の通路で、週刊誌を持って佇んでいる——と目印を告げておいたが、その時、周囲には誰もいなかったから先方にはすぐに分かったらしい。真っ直ぐこっちに向かって来る女性がやはり澤日奈子だった。

女性としては長身で、髪も長く胸の前辺りまで垂らしている。やや細面《ほそおもて》で、目尻の切れ長な、韓国美人のような顔をしている。浅見はファッションにはまったく疎《うと》いが、ノースリーブのブラウスもフレアスカートも白でまとめて、まるで白鳥が舞い降りる姿を思わせた。

「浅見さんですね、澤です」

こっちから声をかける前に、無表情に言った。アルトほどの少し低い声である。

「浅見です。お呼び立てして恐縮です」

「いえ、母から聞いてますから。でも、そんなに長くはかからないのですよね」

ポキポキした遠慮のない口ぶりだ。

「ええ、話は簡単に済みます。コーヒー一杯を飲むくらいの時間です」

浅見は言って、ラウンジの中に入った。滝の見える窓際の席が空いていた。浅見はコーヒーを、日奈子はカプチーノを注文した。

「お父さんの事件のことですが」

相手の時間がないことを察して、浅見はすぐに本題を切り出した。日奈子は黙って頷いて、とりあえずこっちの話を聞く姿勢だ。

「事件の原因というか、動機について、誰も思い当たることがないと言っているようなのですが、あなたも同じですか？」

「その前に」と、日奈子は反発するように浅見を制した。

「浅見さんが父の事件に関わる目的ですが、どういうことなのですか？」

「目的というか、二つ理由があります」

浅見は言った。

「一つはある女性がお父さんの事件のとばっちりを受けて、困っているのを助けてあげたいということ……」

「その女性って、父の何なんですか？」

日奈子は眉をひそめた。

「まったく無関係と言っていい人です。僅かに関係があるとすれば、以前、お父さんがご病気で休職された時、代理の臨時職員としてQ中学に勤務したことがあるというだけのものです。ところが、どういうわけか、今度の事件で、お父さんの洋服のポケットから出てきた写真に、お父さんと並んで、その女性が写っていたのですね」

「じゃあ、父と知り合いだったのじゃありませんか」

「ところがですね。その写真は合成されたもので、お父さんが写っている写真に、その女性の姿が写し込まれていることが分かったのですよ」

「それって、どういうこと？……」

「いまのところ、誰がどういう目的でそうしたのか、なぜお父さんがその写真を持っていたのか、何一つ分かっていません」

「その女の人、いまはどこで何をしているんですか？」

「住所は渋川市で、高崎市内の中学で、英語の先生をしています」

「やっぱり臨時職員ですか？」

「いや、今年の四月から正式な教員として採用されたのだそうです」

「ふーん……」

コーヒーとカプチーノが運ばれてきた。日奈子は角砂糖を一かけら入れて、ゆっくりスプーンでかき混ぜている。カップに視線を落としたその表情に、かすかな不快感が滲《にじ》んでいるのを、浅見は感じた。

「澤さんも教師を志望してらっしゃるのだそうですね」

浅見はさり気なく言ってみた。

「えっ、それ、母に聞いたんですか？」

日奈子は視線を上げて、非難するような口調で言った。どうやら内緒にしておかなければならないことのようだ。

浅見はあいまいな笑顔で応えた。Q中学の松浦教諭から聞いた話なのだが、思いがけない反応に戸惑った。

「失礼ですが、澤さんはこれまで何度、教員採用試験を受けているんですか？」

これは憶測で訊いている。

「四度ですよ」

日奈子は投げやりな言い方をして、大きなガラスの壁面の向こうに視線を送った。暮れなずむ空が茜色《あかねいろ》に変化しつつあった。

「四度……」

さすがに浅見も絶句した。澤日奈子は二十六歳と聞いている。二十二歳で大学を卒業してからも、毎年のように採用試験を受け、失敗を繰り返してきたことになる。

浅見の知り合いに大学在学中から司法試験を受け続け、ついに中年に達して諦めた男がいた。それほどではないにせよ、若い女性にとって、四度もの挫折は耐えがたいものがあるだろう。

「噂には聞いていましたが、学校の先生になるのは、そんなに難関なんですか」

「単に難関なだけなら、試験の点数さえよければ合格するはずですけどね」

「それはもちろんそうですが。ということは、単に点数の問題だけではないという意味でしょうか？」

浅見は内心、これは日奈子が負け惜しみを言おうとしているのか——と思った。

「つまり、運不運に左右されるということですか」

「浅見さんは何も知らないんですね。私もむかしはそうでしたけど」

日奈子は顔を外に向けたまま、目尻で浅見を捉えて言った。口元にはかすかな冷笑が浮かんでいる。

「浅見さんの言うように、運不運だけなら、ある意味、公平じゃないですか。そうじゃないから、父は苦しんだんです」

「お父さんが苦しんだ……というと、お父さんが病気で休職なさったのは、そのこととも関係があるのでしょうか？」

「そうですよ」

いまさら何を言うの？——と、少し軽蔑するような表情で、日奈子は言った。

日奈子の父親・澤吉博が最初に病欠したのは一昨年《おととし》の冬。彼に代わって臨時職員として教壇に立ったのが梅原彩である。

そして去年の四月に澤はいったん復職したものの、七月にはさらに強度のノイローゼに罹《かか》って休職し、それっきり教壇に戻ることはなかったのだ。

澤と彩には直接の接点はないが、同じ教壇に立ったという意味では、縁があることになる。少なくとも、数十人の生徒の記憶の中には一緒に存在している。

「僕の無知を笑われるのを承知の上で訊きますが、お父さんの病気——というか、悩みの原因の一つはあなたの教員採用試験の失敗にあったと考えていいのですか？」

「そうですよ」

日奈子はさらに冷やかだ。

「驚きましたねえ。確かに、娘さんの挫折は親として見るにしのびないことにはちがいないけれど、娘は娘、親は親じゃないですか。そこまでのめり込まなければならない親心というのは、僕には理解できません」

わが身を振り返って、浅見は心底、そう思った。浅見家は取り立てていうほどの放任主義というわけではないが、幼児期を除けば、それぞれの子は個として独り立ちするような環境に置かれた。中学生ぐらいからは、学費以外の大抵のことは、すべて自己責任で行うように躾けられてきた。

進学の選択も、就職の選択も、すべて自分の判断で、自分の能力と責任において決めてきた。それで失敗したり挫折したからといって、親に責任を転嫁するようなことはできない。そんなのは男子の本懐に悖《もと》る——と、浅見は信じたし、いまでも信じている。

とはいうものの、それはそれとして、いまだに生まれた家から独立できないのだから、あまり偉そうな口はきけないのだが——。

「私だってそう思っていますよ」

意外にも日奈子は強い口調でそう言った。

2

「私だって、大学まで行かせてもらった上に、親の脛《すね》を齧《かじ》るつもりはぜんぜんなかったんです。だから早く就職して親元を離れなければいけないと思い、大学では懸命に勉強しました。ただし、就職先は教員に決めていましたから、どこでもいいからみたいな就職活動はしませんでした」

「ほうっ、すごいですね。教員採用試験一本槍だったのですか」

大学卒業を控えて、まさに「どこでもいいから」的に、手当たり次第に就職活動をした自分が情けなくなる。

「それなのに、教員採用試験の結果は芳しくなかったのですね？」

言わずもがなのことを言ったのは、多少は悔し紛れもあったかもしれない。

「私自身としてはかなりの高得点を上げた自信はありました。試験の後、仲のいい友人と問題と解答について話し合った時、友人は明らかに間違いだらけで、私の正解を聞いてずいぶん落ち込んでいました。ところが、蓋を開けてみたらその友人が合格して、私は不採用だったんです」

日奈子は口を真一文字に結んで、悔しさを露《あらわ》にした。

しばらく沈黙が続いてから、気を取り直したように口を開いた。

「私は自分の勘違いがあって、予測したとおりには点が取れていなかったのか——と諦めました。両親もそう言って慰めたり励ましたりしてくれました。そして、それから一年間、さらに猛特訓して万全を期して、再度試験に臨んだんです」

その先の「結果」が分かっているだけに、浅見はまともに日奈子の顔が見られない。

「特訓の成果はあったと思いました。最初の時と比べても、正解率はぐんと上がったという自信を抱きました。けれど、やっぱり不採用。そんなばかな——って、いっぺんで自信を喪失したし、ここまで頑張ってだめなら、もう望みはないのかと、ほとんど諦めかけました。その報告をした夕食のテーブルは、まるでお通夜みたいでした。私よりも父が悄気《しょげ》きって、『すまん、すまん』て謝るんです。『おれの努力が足りなかった』って言うんです。意味が分からなかったから、努力が足りなかったのは私でしょって笑ったんですけど、父はニコリともしないで、『来年こそうまくゆくから』って」

浅見は澤の言わんとしていたことが想像できた。しかし、世慣れも悪ずれもしていない、当時の日奈子には理解できなかったのだろう。

「私は『もういいわよ、諦めた』って言いました。大学を出て、いつまでも親に面倒をかけてばかりいられませんものね。けど、父は『諦めるな』の一点張り。『おまえはあれほど教師に憧《あこが》れていたじゃないか。おまえのこれまでは教師になるための階段だったんじゃないのか』って。確かにそのとおりなんですけどね」

日奈子は頰を歪《ゆが》めて、自嘲ぎみに笑って、浅見をチラッと見た。

「教員採用試験の倍率は群馬県では八・四倍。全国平均で見ても、そんなに高くはないんですよね。秋田県なんか三十五倍、福島、高知県辺りでも三十倍以上。上位数県まで二十倍台。それに比べれば八・四倍なんて難関ともいえないでしょう。それなのに落ちるなんて、自分で信じているほど適性がないんだって思いました」

「しかし、それでも結局、諦めなかったんですね」

「ええ、私はだめだと思ったんですけど、父が諦めるなって。来年度は必ず受かるから、途中で投げ出さずにトライしろって。その時から私本人より、父のほうが入れ込んで、血相が変わってましたね」

天空の光が消えて、フロアの明かりだけが照らす日奈子の顔は、白々として見えた。

「父はどちらかというと、教師は聖職だと信じている人間でした。いまどき古いと思われるかもしれませんけど、教師は清貧に甘んじても、次代を担う子らのために身を捧げ尽くすべきだ――なんて、口癖のように真面目くさって言ってました。だから日教組の運動には抵抗を感じていたみたいで、労働運動も、政治活動にもまったく消極的でしたね。組織から孤立していたし、相談できる親しい仲間もいなかったのじゃないでしょうか。そうして、私が高校に入って、将来の進路を決める頃になると、『教師になれ。自分や母さんが果たせなかった、理想の教師道を進め』って、まるで檄《げき》を飛ばすように言うんです」

亡き父親を偲《しの》び、それに母親のことまで思うのか、日奈子の声が小さくなり、そのまま話は終わってしまいそうな気配であった。

「そして、三度目のトライはどうだったのですか？」

残酷かな――と忸怩《じくじ》たるものを覚えながら、浅見は励ますように言った。

「三度目はもっと惨めでしたね」

日奈子は悲しげに笑ってみせた。

「二度目の受験に失敗した後、私は一応、アルバイトみたいな仕事に就いて、勉強を続けるって約束しました。ちょうどその頃、いまの会社に勤めている知り合いから、契約社員のクチがあるから、勤めてみないかって誘われていたんです。もし教員採用試験に受かったら、いつでも辞められるという条件でした。ただし勤務地が東京なので、家を出てアパート住まいをしなければなりません。その話をすると、父はそれでいいと言いました。そして、またいままで以上の苦労をして、一年間、受験勉強に励みました。試験当日、父は今度こそ大丈夫と、太鼓判を押して、送り出してくれました」

もはや浅見には、その結果を確かめる言葉もなかった。日奈子のほうも、あえて言う必要を感じなかったのだろう。

「私は東京にいて、お盆の時に帰省したり、ときどき帰るぐらいでしたから、気づくのが遅かったんですけど、母に言わせると、何年も前から、父は生徒さんや保護者の方たちの態度に悩んでいたみたいです。それに、私の受験の失敗が拍車をかけたのです。『だめだった』って報告の電話を入れた直後から、父の様子が明らかにおかしくなりました。ボーッと考え事をしていることが多くなったし、急に横になって、背中を丸めるようにして、黙りこくってしまったり。そして、ふた言めには『世の中が信じられなくなった』って呟《つぶや》いて、しきりに首を振るのだそうです」

明らかにノイローゼの兆候――というより、心身症の初期症状と言っていいだろう。

「結局、その冬、父は休職することになりました」

それに代わって、沼田市立Q中学の臨時職員として英語を担当したのが梅原彩だ。

「次の年――つまり去年の教員採用試験も受けることになって、私は一時、沼田の実家に戻りました。そのこともあって、父はQ中学に復職しました。私に心配をかけまいという気持ちだったのでしょう。でもその父の気遣いも空《むな》しく、私はまたも不採用。私は完全に諦めましたが、父はその結果に完全に打ちのめされたんじゃないでしょうか。その直後に退職してしまったんです。お医者様の診断は、心身症でした」

しばらく黙ってから、日奈子は真っ直ぐ浅見を見て、言った。

「いったい父に何があったと思いますか？」

「これは想像でしかなく、あなたのお父さんには失礼なことかもしれませんが」

浅見は前置きをして、言った。

「お父さんはたぶん、あなたの受験のための工作をしておられたのでしょうね。それが功を奏さなかった。そのことで厭世的《えんせい》になられたのではないでしょうか」

日奈子の目に一瞬、反発する光が宿ったが、すぐに諦めたように頷いた。

「浅見さんは、母に父の名誉に関わる問題とおっしゃったそうですね。そのとおりです。その証拠に、父の口座から、一昨年と去年、二度にわたって預金が引き出されていたんです。お金持ちのお宅ならともかく、うちとしてはかなり高額でした。それが二度とも、私の受験を控えた時期。使用目的は明らかでしょう。父はおそらく、自己嫌悪に陥り、世間に恥入りながら賄賂《わいろ》を贈っていたんだと思いますよ」

ズバッと言い放った。そう言ったことに、彼女自身、嫌悪を覚えるのか、泣きそうなほど顔をしかめて、立ち上がった。

驚いて腰を浮かせる浅見にいったん背を向けてから、思いなおしたように振り返り、日奈子は言った。

「そうそう、浅見さんがおっしゃった、二つの理由のもう一つは何だったんですか？」

「それは」と浅見は言った。

「正義を行うためです」

「正義……」

日奈子は驚いたように大きく目を開き、浅見の顔をじっと見つめた。それから「失礼します」と、深々とお辞儀をして去った。

3

日奈子があと数歩でラウンジを出ようとする時になって、浅見はふと思いついて彼女を追った。

「澤さん、ちょっと待ってください」

日奈子は振り返って、立ち止まった。浅見は大急ぎでレジで支払いを済ませた。

「あ、すみません、ご馳走《ちそう》になります」

日奈子が礼を言うのに、浅見は「いや」と手を振って、玄関へ向かう長い廊下を彼女と並んで歩きながら、言った。

「一つだけ、確かめておきたいことがあるのですが」

「はい、何でしょう？」

「お父さんが賄賂――いや、工作を行っていた相手が誰なのか、あなたに心当たりはありますか？」

「いいえ、まったく知りません。そんなことをしていたらしいってことを知ったのも、父が亡くなった後、預金通帳を見て、初めて思い当たったたんですから」

「そうだったんですか……それで、もしそうやって教員採用試験に合格した場合ですね。あなたがその事実を知ったとして、喜んで教員になったでしょうか」

「私がそんなことするはずはないでしょう。不正を行ってまで、教師になろうなどと、思ったりしませんよ」

日奈子は憤然とした。廊下をすれ違う人がびっくりした顔で振り返った。場所が場所だけに、恋人同士の痴話喧嘩だと思われかねない。

「もし夕食の予定がなかったら、ご一緒しませんか？」

浅見は遠慮がちに提案した。

「いえ、それは結構です」

日奈子はつれなく言って、誘いを振り払うように大股《おおまた》で歩きだした。浅見は仕方なく歩を止め、そのまましばらく動かなかった。たぶんふられ男のアホ面をしているのだろうな——と、自己嫌悪に陥りながら、日奈子の後ろ姿を見送って、回れ右をしようとした時、日奈子がふいに振り向いた。

「あ、浅見さん、ちょっと待って」

日奈子のほうから小走りに近寄った。浅見は思いがけない展開に戸惑いながら、棒のように突っ立って彼女を待った。

「いま思ったんですけど」

日奈子は息を弾ませるようにして言った。

「一ヵ月くらい前、教員採用試験の少し前に、父が東京に出てきて、私に預け物をしていったんです。それって、もしかすると、何かの役に立つんじゃないでしょうか」

「ほうっ、どんな物を預かったんですか？」

「写真です。さっき写真の話を聞いた時に、そういえばって思い出しました」

「写真？　何の写真ですか？」

「それが、変な写真なんです。パソコンで開いて、パッと見たら、知らない人ばかり。それも望遠レンズで遠くから写したような写真ばかり、沢山出てきました。最後に私が写った写真もありました。どうせ大したものじゃないと思って、放っておいたんですけど、もしかすると何か意味のある写真かもしれません」

「お父さんは何ておっしゃって、メモリーカードを預けたんですか？」

「べつに何も言わなかったと思います」

「しかし、せっかく撮影した写真でしょう。それをプリントもしないで、お嬢さんに預けてしまうのだから、何か理由があったにちがいない。それについて、何もおっしゃらなかったとは思えませんけどね。どうなんですか？　思い出してくださいよ」

浅見は思わず、叱りつけるような口調になった。日奈子は浅見の剣幕にたじろぎ、いまにも泣きそうな顔になった。

浅見は慌てた。またしても、通りすがりの人の視線を感じた。

「少し、外を歩きませんか」

腕を取りはしなかったが、そう誘って、玄関の方角に歩きだした。

外濠《そとぼり》に沿う道を四ツ谷《よつや》駅の方角に歩くつもりだったが、玄関を出たとたん足が止まった。冷房の効いた館内から出ると、ムーッとする暑さを感じる。

「散歩はやめて、天丼でも食べませんか」

少しおどけた言い方をして、日奈子の気分をほぐした。

「賛成。私もいまそう思ったところです」

それから逆戻りして、別館のほうにある天ぷらの店に入った。ホテルの天ぷら屋は決して安くない。浅見としては「巨額」に近い散財になりそうだが、この際、目をつぶることにした。ただし、浅見の懐では、天丼が限度である。

旨《うま》い天丼に満足したせいではないだろうけれど、浅見は日奈子の自分に対する心理が、最初とはずいぶん変化しているのを感じた。浅見が本気で彼女の父親の「事件」に立ち向かっていることが伝わったにちがいない。

食事を終え、化粧を直しに席を立って戻ってくると、日奈子は「浅見さん、帰り、送っていただけますか」と言った。

「父から預かったメモリーカードを、浅見さんにお渡ししたいんです」

「それはありがたいが、構いませんか、そんな大事な品をお預かりして」

「もちろん後で返していただきますけど、いまは浅見さんの手元にあるのが、いちばんいいと思うんです」

「そうですか、そう思ってくれますか。感謝します」

浅見は武士のように両ひじを張って、頭を下げた。

日奈子のアパートは早稲田《わせだ》にあった。都電の面影橋《おもかげばし》停留所から少し北に入った、三階建ての小ぎれいなアパートだ。ここで独り暮らしをしているらしい。「お寄りになりませんか」と、日奈子は勧めたが、むろん浅見は断って、道路に佇んで彼女が出てくるのを待った。

日奈子の言ったとおり、父親からの預かり物は小さなケースに入ったメモリーカードだけであった。それを浅見に確認させてから、日奈子はケースを封筒に収めて、渡した。

「浅見さん、やっぱり寄っていってください」

日奈子は思い詰めた口調で言った。

「どうしてもお話ししたほうがいいって思うことがあるんです」

拒否も遠慮も許さない、ひたむきな表情であった。浅見は「分かりました。じゃあ、少しお邪魔しましょう」と頷くしかなかった。

日奈子の部屋は1DK。独身女性の住まいにふさわしい、慎ましい佇まいである。

小さなテーブルを挟んで、二人は向き合った。日奈子は「コーヒーでも」と言ったが、浅見は固辞して、とにかく用件を話すよう促した。

日奈子はしばらく視線を宙に漂わせてから、話し始めた。

「父とこの部屋で最後に会った日のことですけど。その時、私は父にこう言ったんです。『もう、教員採用試験は受けない』って」

「えっ、そんなことを言ったんですか。じゃあ、お父さんは怒ったでしょう」

「ええ、鬼のような顔をして『ばかなっ、なぜなんだ？　今回こそは絶対に大丈夫なのに！』って怒鳴りました。私は、もう諦めたからって言いました。あれだけ自信があったのに、四度も不採用になるんだから、どうせ無理なのよ。だめなのよ。もういいのって……」

日奈子の目から涙が溢《あふ》れ出た。その涙を振り払うようにして、言葉を続けた。

「それからずっと、激しい言葉で叱られ、励まされもしました。『おまえも、それに母さんも私も、それが夢だったじゃないか』って。それは私だって同じだけど……最後は、私は何も言えなくなって、ただ黙って頷くことしかできませんでした。でも、父は私が本心から受験を諦め、翻意する気のないことを察知したんでしょうね。私以上に悄然《しょうぜん》としてました。『そんなことを言わずに、頑張ってくれ』って、くどくどと懇願しながら、部屋を出て行きかけて、思いついたように、さっきのメモリーカードを預けたんです。いま思うと、その時にきっと、不吉な予感があったんじゃないかって、そんな気がします」

浅見はメモリーカードを取り出して、掌《てのひら》に載せ、改めて眺めた。このカードの中に、澤吉博の悲痛な想いが秘められているような重さを感じた。

「何か結果が分かったら、ご連絡します」

浅見は約束して車に戻った。別れ際、ほんの一瞬、日奈子が寂しそうな表情を浮かべた。井波部長刑事は「気の強い娘」と言っていたが、彼女としては、同情されるのをよしとせず、精一杯、気張っているのかもしれない。

帰宅するとすぐ、浅見はメモリーカードの中身をパソコン画面に出してみた。撮影されたのは二百カット程度。最後の数枚は日奈子を写したスナップだが、それは無視して、それ以前の写真に遡《さかのぼ》った。

日奈子の口ぶりから、カメラは最近流行りの安直な小型のものかと思ったのだが、実際は、はるかに高性能の、おそらく三百ミリ程度の望遠レンズつきのカメラを使っていたらしいことが分かった。

場面は建物を背景にしたものや、どこかの喫茶店らしい窓越しのカット、街頭でのスナップ——とさまざまだが、被写体には必ず人物が入っている。それも明らかに、先方に気づかれないように撮影しているものが多い。ワンカットごとに拡大画面にしてみると、そのターゲットになっている人物は、つまるところ特定の一人であることがしだいに浮かび上がってきた。

写っているのはほとんどのカットがツーショットで、相手はその時その時で替わるが、その人物はどの場面にも現れている。その顔に、浅見は見覚えがあった。

沼田のホテル・ベラヴィータで出会った紳士たちのグループで、イニシアチブを取っていた人物だ。

（名越群馬県議――）

どういう意図があったのかはともかく、澤吉博がカメラで、名越県議を追い続けていたことは間違いない。それもこの枚数と背景の場面、写っている相手の顔ぶれの多彩さから想像できる、異常なまでの執拗《しつよう》さをもって――である。ストーカーもパパラッチも負けそうな執着ぶりには、膨大なエネルギーと時間を必要としただろう。

名越にばかり気を取られていたが、そのうちに、名越ほど毎ショットではないが、写っている頻度が際立って多い人物がもう一人いることに、浅見は気づいた。六十歳ぐらいだろうか。その顔も沼田のホテルで見たような気がするが、確信を抱けるほどの記憶ではなかった。

同じ時にシャッターを切ったカットがそれぞれ数枚ずつあるので、浅見はその中から五十カットあまりを選んでプリントアウトすることにした。それも、なるべくシャッターチャンスのいい、顔が判別できるようなものばかりを選んだ。

その作業は深夜近くまで及んだ。もう少しで終わるという頃、母親の雪江が「うるさいわよ、光彦。いつまでガーガーやってるの」と文句を言いにきた。

4

澤吉博が「今回こそは絶対に大丈夫」と太鼓判を押した背景には、それなりの裏付けがあったにちがいない。

その裏付けがこの写真だったとするのは、最も妥当な推論だ。

この一連の写真は、名越県議と相手方との「談合」の場面ではないかと推測できる。写真の中にかなりの頻度で現れる相手の男は、おそらく群馬県の教育界で、それなりの力のある人物にちがいない。澤は名越に写真を突きつけて、娘の合格を約束させようとしたのではないか。いわばそれは恐喝だ。もちろんそれまで何度も賄賂を贈って工作したあげくに決意した、やむにやまれぬ最後の手段だったろう。

ということは、これらの写真が「恐喝」に有効に働くものでなければならない。

しかし、はたしてこれだけで相手は怯《ひる》むものなのか——と、その点は部外者である浅見にはよく分からない。

もっとも、教育関係者という、「聖職」を装わなければならない立場にある者にとっては、たとえ小さな疑惑であったとしても、わが身に降りかかってくるのは耐えられないものなのだろう。それに、現実として、澤吉博は殺害されたのである。それが取りも直さず、相手にとっては、消してしまわなければならないほどの脅威だったということの証明にちがいない。

いきなりその結論へ辿り着きながら、浅見は（本当かなあ？——）と疑問を抱いた。そもそも、澤に何度も賄賂を贈られたりしながら、名越がなぜ澤日奈子を落とし続けたのかが疑問だ。そこまで徹底して背信を貫くのには、何か深刻な理由があるのではないだろうか。

それにしても、名越というのは県議会議員という立場にあり、分別があるどころでない、相当にしたたかな悪知恵も働きそうな人物である。それほどの人物が、いくら脅されたからといって、あっさり相手を抹殺してしまうというのは、あまりにも短絡的過ぎるし「芸」がない。

第一、沼田のQ中学にどうやって澤を誘い込んで、どうやって毒入りの缶コーヒーを飲ませたのか。それをあの七十歳がらみの県議会議員がやってのけるという、その状況が思い描けない。

あれこれ思い始めると、なかなか寝つかれなく、ベッドの上で輾転《てんてん》とした。

翌朝、九時を大きく回ってから、浅見はダイニングルームに現れた。お手伝いの須美子が「ゆうべはずいぶん遅くまでお仕事だったのですね」と労《ねぎら》った。

「すぐお支度しますからね」

トーストを焼き、目玉焼きを作り始めた。浅見家における朝食は十年一日《いちじつ》のごとく、これが定番である。ただし浅見だけが一人遅れてテーブルに着く時は（そういうことが多いのだが）、浅見用の紅茶はプリンス・オブ・ウェールズと決まっている。

「須美ちゃんは子どもの頃、何になりたいと思っていた？」

浅見はパンにバターを塗りながら訊いた。

「子どもの頃ですか？　小学校の時の作文に、私は先生になりたいって書きました」

「ふーん、そうなのか。それはいくつぐらいまで続いたの？」

「中学を卒業するぐらいまでは、たぶんそう思ってたんじゃないでしょうか。でも高校に入ってからは諦めました」

「どうして？」

「無理だって思ったからです」

「無理って、何が？　学力ってことはないよね。須美ちゃんは頭いいもの」

「そんなことはありませんけど。たとえ学力があったとしても、私にはコネがありませんから」

「えっ、コネ？　高校生ぐらいで、もうコネのことなんか分かってたの？」

「高校の友人に、やっぱり先生志望の子がいたんです。それで、よく話したんですけど、先生になるにはコネがなきゃだめって言われました。どんなに勉強ができても、それだけじゃ合格しないんですって」

「驚いたなあ。新潟県でもそんなことがあるの？」

「あるんじゃないですか。このあいだ、大分県で教員になるのに、校長さんや教頭さんのお子さんが賄賂で合格したっていう騒ぎがあったでしょう。あれと似たようなことが行われているって、その時点でもう、友だちは言ってました。だったらうちなんか、ぜんぜんコネなんかないし、無理だなってすぐに諦めたんです」

「ふーん、僕なんか、大分の事件が起きるまで、そんなことは疑ってもみなかった」

「それは坊っちゃまが純粋だからですよ」

「それって、無知ってことかい？」

「違いますよ、意地悪なことおっしゃらないでください」

女っぽい、きつい目で睨まれて、浅見は大いに照れた。

「悪い色に染まらないで、真っ直ぐにお育ちになったっていう意味です」

「ははは、どうもありがとう。それにしてもさ、子どもたちの模範となるべき先生ともあろう者が、いとも簡単に、犯罪に手を染めちゃうっていうのは、どうにも理解できないけどなあ」

「私は分かるような気がしますけど。教員採用試験って、ものすごい競争率でしょう。先生のお子さんは先生にしたいって、親心としてはそう思うんじゃないでしょうか。コネを使えば合格するって分かったら、悪いと知りながらもついやってしまうんでしょうね」

「それはそうだけど、その結果、優秀な成績の人が不合格にされたり、出来の悪いやつが教師になったりするのは、社会に対して相当な犯罪だよ。実際、不適格な教師が大勢いることが問題になっているじゃないか」

「でも、成績だけがよかった人が、必ずしもいい先生になるとはかぎらないと思います。熱血先生みたいな先生は、もしかすると成績じゃなくて、熱意だけで先生になったのかもしれません」

「いや、たとえそうであってもさ、不正行為は許されないよ。成績がよくて熱血先生であるのが理想なんだ」

「それはそうですけど……」

須美子は悲しそうな顔で黙ってしまった。

「その、須美ちゃんの友だちは、教師になれたのかい？」

「ええ、なりました。いまは山村の中学の先生で、文字どおりの熱血先生みたいに、生徒たちから慕われているって聞きました」

一転して嬉しそうな顔になった。

「そうか、その友だちは男性だね」

「えっ、どうして分かるんですか？」

「そりゃ分かるさ。須美ちゃんは、彼がコネで合格したと知っても、羨《うらや》んだり妬《ねた》んだりしなかったんだろ？　気持ちよく祝福してあげている。となれば、ボーイフレンドだったっていうことぐらい、察しがつくよ。同じ女性同士だったら、妬ましくて、許せない気持ちになるんじゃないかな」

「そう……でしょうか。でもその人、もう奥さんもお子さんもいます。私なんかと違って、ちゃんと計画的に人生を歩んでいるんですから、立派ですよね」

「おいおい、それだと、この僕なんかは無計画そのものみたいだけどなあ」

「あ、そんな、違いますよ。坊っちゃまのほうが、それはご立派です。ご自分のことより世の中のためになるようにって、生きていらっしゃるんですから」

「そんな立派な考えなんか持ってないよ。ただなんとなく無計画に生きている。ははは、こんなことでは、奥さんもお子さんも、永遠に無理だろうね」

「そんなこと、ありません。坊っちゃまはいつだって、お望みにさえなれば……」

須美子はむきになりかけて、慌てて口を閉ざした。差し出がましいことを言う立場ではないと自戒したのだろうか。浅見もあまり話題が深刻にならないうちにと、紅茶のお代わりを注文した。

須美子の言うことにも一理ある。成績優秀一点張りではなく、「熱血先生」を導入するには、狭き門とはべつに、コネという名の潜《くぐ》り戸を作っておく必要があるのかもしれない。

そう思いかけて、急いで打ち消した。日本人にはとかく、そういう甘い考えがあるから、それをいいことに、特権を利した不正が罷《まか》り通ってしまうのではないか。

大分で起きた「汚職事件」も、当事者にはそれほど、罪の意識はなかったらしい。長いあいだ行われてきた慣習として、抵抗なく金品を贈り、受け取っていたふしがある。周辺社会も、常識として、そういう風習があることを知っていながら、暗黙のうちに了解していたようだ。

それは政治や行政の世界でも同じことがいえるかもしれない。政治家と官僚のなれあい構造や、役所の人事、天下り先の整備など、伏魔殿《ふくまでん》のように閉鎖され、庶民には窺《うかが》い知ることのできないところで行われている。

為政者《いせいしゃ》が二世三世と、当然、約束されてでもいるかのようにトップの座を受け継いでゆくのと、校長や教頭の子弟が教師に登用されるのと、何程《なにほど》の相違があるというのだろう。そんな状況を許している国民性の、根っこにあるものに変わりはないのではないか。悪事を働いているという意識が、当人も周囲も、希薄なのではないかとさえ思えてくる。

（断罪されなければならない——）

浅見はトーストの残りを口に放り込みながら、決然としてそう思った。

5

夕刻、澤日奈子に連絡して、またホテルニューオータニで会うことになった。浅見は早めに行って、このあいだと同じ席を確保しておいた。庭の大きな人工の滝が見える、涼しげな特等席である。

日奈子は額に汗を浮かべて来て、浅見のコーヒーを見ながら、「アルコール、飲んでもいいですか？」と訊いた。

「もちろんですよ。僕は車ですけどね」

「じゃあ、私はカンパリソーダ」

赤い色の冷たい飲み物を注文した。

浅見は日奈子にメモリーカードを返し、プリントアウトした写真を見せた。日奈子はすぐに「この人、見たことがあります」と言ったが、誰なのかは思い出せない。

「群馬県議の名越という人です」

「あ、そうそう、そうですね、確かに。群馬の新聞やテレビでよく見かけました。でも、この人、どの写真にも写ってますね」

「お父さんは名越県議を追いかけていたのでしょうね」

「どうして、ですか？」

「お父さんの工作の相手は、この人物だったとしか考えられません。なんといっても、名越氏は県議会の教育問題を扱う委員の一人ですよ」

「ああ、そういうこと……」

「それともう一人、名越氏の相手の中に、この人物もたびたび現れるのですが、この顔に見覚えはありませんか」

浅見は「紳士」の一人を指さした。

「見たことがあるような気がしますけど……あ、もしかすると、この人、県の教育長さんじゃないかしら。そうだわ、間違いなくそうですよ」

「なるほど。まさに談合の構図が見えてきますね。ほかの連中はたぶん、子弟を教師にしたいと願う、校長や教頭――愚かな親たちにちがいない」

言ってしまってから、浅見は「あっ」と口を押さえた。

「いいんです、気にしないでください。私の父も確かに、親馬鹿だったんですから」

日奈子は悪びれない。

「じゃあ、父を殺したのは、この名越県議だってことですか？」

「さあ、そこまでは断言できません。常識的に言えば、この人にそんな荒っぽい仕事ができるとは考えにくいです」

「でも、誰か、ヤクザ屋さんみたいのに頼めば不可能じゃないと思いますけど」

「いや、そんなことをすれば、今度はヤクザに恐喝されるでしょう。かえって始末の悪いことになりそうです」

「それもそうですね……でも、動機はありますよね」

「そう、動機はある。それに、名越氏が自ら手を下したのではないという根拠もありませんしね」

それからしばらく、二人は黙って、自分の飲み物に専念した。大きなガラスの壁面に暮色が垂れ込めてきた。滝がライトアップされて、じつに美しい。しかしいまの浅見にはそれを観賞する余裕はなかった。この先、どのように展開すればゴールに到達できるのか、そればかりに思念が集中した。

日奈子がカンパリソーダのグラスを置くのを合図にしたように、「これから……」と、二人が同時に顔を上げ、口を開いた。

本来ならば笑うべき現象だが、二人とも少し照れ笑いを浮かべただけで、すぐに真顔になった。

「これからどうするか、ですね？」

浅見が言い、日奈子は頷いた。

「やっぱり、警察に届けるんですか？」

「そうするつもりです。沼田署の刑事さんに知り合いができましたから、その人と相談します。井波さんという人で、このあいだお母さんのところに同行しました」

「ああ、その人なら私も会いました。すごくしつこく、いろんなことを訊かれて。こっちはひどいショック状態なのに、そんなのお構いなしだから腹が立って……」

「ははは、そういえば井波さんもあなたのことを話してましたよ。なかなかしっかりしたお嬢さんだって」

「嘘でしょう。そんな褒め言葉を言うはずありません。ツンツンして、生意気なやつだぐらいに思われたに決まってます」

「そんなことはありません。彼は警察官にしては、なかなか人柄のいい人ですよ」

「まあいいです。刑事さんだって、好き好んで事情聴取するわけじゃないでしょうから。でも、そうだったんですか。母とは毎日のように電話で話してはいるんですけど、どんなでした？　参ってませんでしたか？」

「ええ、心配しなくても大丈夫です。あのお母さんは立派な方ですねえ」

「そうでしょうか。融通のきかない人です。昔、教師をやってましたから」

「そのこともお聞きしました。高崎の春日中学だそうですね。そこでお父さんとお知り合いになり、結婚された……そうそう、不思議なことがあるんです。昨日、お父さんと一緒に写っている女性の話をしましたね。その女性の勤務先が、じつは春日中学でして」

「ほんとですか？」

日奈子は目を丸くした。

「確か、あなたと同じくらいの年代じゃなかったかな。ご本人も、なぜ澤先生の写真の中に合成されていたのか、さっぱり見当がつかないのだそうです」

「じゃあ、その人も気持ちが悪いでしょうね。一種の被害者かもしれない。それにしても、なぜそんなことをされなければならなかったのかしら？」

「一つだけ理由らしきものがあるのです」

浅見はあらためて、梅原彩がかつて、澤吉博の代理として、臨時職員を務めた経緯を話した。

「これはいささか穿《うが》った見方なんですが、お父さんが精神的変調をきたした原因は、その女性の英語力、とくに英会話が達者なのと比較されて落ち込んだのではないかと言う人もいるのです」

「それは違いますよ」

日奈子は少しきつい声で言った。父親の名誉に関わる——と言いたそうだ。

「父が深く落ち込んだのは、すべて私のせいなんですから」

「そのことはもう分かりました。ご本人も気にしているので、事実が分かったら、少しは救われるかもしれません。犯人はおそらく、警察の捜査をミスリードする目的で、そんな仕掛けをしたのか、あるいは、ただの悪質ないたずらの可能性もあります」

「そうですよね。そんなことをするなんて、かなり変質的ですよね。あの名越県議がそういうおかしな人だとは思わなかった」

「ははは、まだ名越氏がやったかどうかは分かりませんよ。もっとも、人は見かけによらないって言いますけどね」

「ああいやだ、気味が悪いですね」

日奈子は寒そうに肩をすくめた。父親が殺されたことよりも、そういう不気味さのほうが実感できるのかもしれない。

「でも、その井波っていう刑事さん……ていうか、警察は浅見さんの話を素直に聞いてくれるものでしょうか。この写真は証拠として役に立つものでしょうか」

「それは何とも言えませんね。じつは僕もその点が気掛かりではあるのです。これだけの資料では、犯行の動機としうるかどうか、説得力がないかもしれない。名越県議が教育長と会っている場面だって、単に話をしているにすぎないとも言えるし、何やら受け渡しをしているように見えるのも、ただの書類だと主張されれば、手も足も出ない。警察としては動きようがないと言いそうです。それと、相手が相手ですから、滅多なことでは事情聴取もままならないでしょうしね」

「じゃあ、ずいぶん前途多難ですね」

「正直なところ、そのとおりです。しかし、名越氏が何らかのカギを握っていることは間違いない。少なくとも、お父さんの預金口座と名越氏の口座が連動している可能性はあります。何といっても、お父さんが苦労して撮ったこの写真の存在が、まったく意味のないものであるはずがありません」

「私が名越さんに会ってみましょうか」

ふいに日奈子が言って、浅見を驚かせた。

「とんでもない！　あなたが会ったって、状況が好転するわけがないですよ」

「でも、この写真を突きつけたら、少しは動揺するかもしれないじゃないですか」

「だめだめ、何を言ってるんだ。絶対にだめですよ！」

浅見はきつい声で叱りつけた。日奈子は父親に叱責されたように悄然として、「はい」と、素直に頷いた。

第八章　報　復

1

七月二十五日に群馬県中学校総合体育大会（県総体）の結団式が行われた。春日中学校からは陸上に三名、水泳に二名、その他、バスケットボール、新体操、バレーボール、卓球などがエントリーされた。陸上競技部キャプテンの大木貴と竹内一記も選ばれた。選手はいずれも、選考会を兼ねた高崎市の総合体育大会（市総体）で優勝、もしくはそれに匹敵する好記録を出した者だが、最も期待されていたうちの一人である、千五百メートル走の山本順英《やまもとじゆんえい》という三年生が惜しくも選に漏れた。

山本の父親は毎日のように練習を「見学」に来ては、息子に、というよりコーチや顧問の梅原彩に発破をかけていた人物だ。

（厄介なことにならなければいいが——）

彩は心配したのだが、恐れていたとおりになって、父親はクレームをつけに来た。いきなり職員室に入ってきて、突然「うちの息子が選ばれなかったのは不当だ」と言うのである。その時、半数近い教師が職員室にいて、いっせいに振り向いた。話がこじれそうなので、彩は父親を相談室に案内して、お茶を出した。

確かに、山本の実力は彩も認めている。日頃の練習では他の部員を寄せつけない強さを発揮する。しかし、市総体では四着に敗れた。記録も悪かった。たとえ負けても競り合った結果、僅差《きんさ》の勝負であれば、選考の対象になり得るのだが、そうもならなかった。見た目では分からなかったが、体調が悪かったか精神的な弱さが露呈したのかもしれない。

「ふだんの記録どおりに走っていれば、県大会でも入賞する力はあるはずだ」

山本の父親はそう主張した。

「おっしゃるとおりです」

「その力を出せなかったのは、梅原先生の指導方法に問題があったんじゃないですかい。市総体にピークを持ってゆくような配慮がなされていなかったとか」

指導といっても、実際のトレーニングに、顧問である彩は関与していない。外部のコーチに委嘱して指導を任せているのだし、陸上競技の素人である彩に、技術的なアドバイスなどできるはずもない。

「そもそも、そういう雇われコーチに任せている状態がまずいんじゃないですかい」

「そうおっしゃられても、コーチもベストを尽くしてやっています。順英君だって同じでしょう。でも、現実にレースは残念な結果に終わったことですし、いまさらどうすることもできませんので」

「そんなふうに諦めてしまうことはない。何とかすればいいじゃないですか」

「何とかといいますと、どういう？」

「決まってるでしょう。選考委員に選手の交代を申し入れるだけです」

「そんなこと、できませんよ」

彩は呆れて、つい声が大きくなった。

「できないって、頭っから決めつけたら、何も前に進まないでしょう。まだ県大会までは三日もある。それなりの筋を通せば、エントリーを変更できるんじゃないですか」

「できませんて。選手選抜は市総体の成績を基に、委員会で論議して纏《まと》めたものですよ。それを変更するなんて、どういう筋を通せばいいとおっしゃるのですか？」

「そりゃあ、もちろん、選考に携わった先生方に影響力のある、偉い人を動かすのです。まあ、早い話、圧力をかけるのですな」

「どういう意味ですか？　偉い人ってどなたのことをおっしゃっているのですか？　圧力をかけるって、具体的に何をしろと言うのですか？」

「へへへ……」

山本の父親は不敵とも卑屈とも取れる、いやな笑い方をした。

「梅原先生だって、分かってるでしょうが。いや、あからさまなことは言いたくありませんがね。先生になるんだって、いろいろ情実があるじゃないですか。梅原先生のお父さんは渋川市の偉いさんだし、前田《まえだ》先生のお母さんはF中学の校長さんでしたしね」

前田というのは、彩よりも五、六歳年長の男性教師で、理科を担当している。

彩はすぐには山本の言っている意味が摑めなかったが、少し遅れて「あっ」と思い当たった。山本は「情実」で教員の不正採用があったと言いたいのだ。

「冗談じゃありませんよ。お父さんのおっしゃりようだと、何か私たちに後ろめたいことがあるように聞こえるじゃないですか。ひどい侮辱ですし、名誉毀損《きそん》ですよ。いくら保護者の方の言葉でも、聞き捨てなりません」

「ほほう……」

山本は面白そうに、少し背を反らせて、彩を眺めた。

「聞き捨てならんというと、どうするつもりですかね。出るところに出るとでも言うんですかい？」

「そうは言いませんけど……」

彩は口ごもった。山本が無礼なことを言ったのは許せないとしても、だから自分はそれに対してどうすることができるか——を考えると、結局、何もできやしないのだ。

侮辱されたことを誰に訴えればいいのか。まさか警察に告訴するわけにもいかないだろう。山本の父親からクレームがあったことを、とりあえず校長に報告するにしても、「情実」うんぬんについては触れようがない。自分のことはもちろんだが、前田教諭の名前を持ち出すのは、さらに具合が悪い。

「まあ、そういう固いことを言わないで、うまいこと根回しをすれば、うちの順英一人ぐらい、何とでもなるんじゃないですか。それには費用がかかるというのなら、私が何とかしますから……」

山本はなおもグダグダと「要求」し続けたが、彩の耳はそれを聞いていながら、聞いていないに等しい状態だった。

山本が彩の父親のことを言った言葉の意味が、次第に胸の奥に浸透してきた。それまでは想像すらしなかったことだ。もしも、大分県で起きた教員の不正採用事件が大きな話題になっていなければ、山本からそういう言われ方をしても、さらに意味がピンとこなかったかもしれない。

(教員採用試験の前に、父が何か、工作めいたことをしたのだろうか？――)

思ってもみなかった疑惑が、ふっと湧いてきて、急速に膨らんだ。

教員採用試験のシステムがどのようなものなのか、彩はまったく知らない。ふつうの大学受験や入社試験と同じように試験が行われ、成績のいい者から順番に採用されるものとばかり思っていた。

もちろん、面接試験があるのだから、ペーパーテストだけで決まるとは思わないが、それでも、常識的に考えて、一次試験の合格者は、成績上位の者の中から順番に選ばれるのだと信じていた。

しかし、大分県のケースを見ると、必ずしもそうではなかったらしい。都道府県それぞれの方法があるのかもしれないが、少なくとも大分県では、選考に携わる内部の者に裁量の余地があるどころか、採点を改竄《かいざん》できるようなカラクリがあったという。

その結果、校長や教頭、教育委員などの子弟は、試験の成績に関係なく、採用が決められていた。新聞記事などによると、その工作の際に渡された金は二百万円が相場だったそうだ。

その「方式」は群馬県でも行われているのではないかという疑惑が、絶対にないとは言えないかもしれない。しかし、彩はそれを自分のこととして考えたことなど、いままで一度もなかった。自分は二度の試験に失敗し、三度目にようやく難関を突破できた。むろんそれは実力の賜物《たまもの》で、それ以外の力が働いたなどと、考えたくもない。

だが、山本はそれを否定しているのだ。彼がそう言うからには、ひょっとするとそれだけの根拠があってのことだろうか。

彩の父親は確かに渋川市の管理職だが、山本が言うような「偉いさん」に当たるほどの地位にはいない。しかし、役所関係の繋がりで、それなりの力のある人と接点をもつことは可能かもしれない。

まして前田教諭の場合は母親が校長をしていることは事実だ。大分県の場合と同じような「働きかけ」があったとしたら——と疑おうと思えば、疑えなくはない。

それらのことが、彩の頭の中でグルグルと渦《うず》を巻いた。肝心の、山本の父親が訪ねて来た本来の目的は、これとはまったくべつの話だ。山本順英が選手選考に漏れたことへの抗議に対して、適切に答えることが、いま自分がやらなければならない当面の問題であるのに、頭の中が真っ白な状態になった。

とはいえ、とにかく何か結論を出して、この厄介な客に帰ってもらうことが先決だ。彩はほとんど思考能力が停止したまま、ついに立ち上がった。

「私がお断りしたらどうなさるおつもりですか？」

「そりゃ、それなりのことをしますよ。群馬県教育界の暗部を抉《えぐ》り出し、引っ繰り返してやる」

「そんな……でも、申し訳ありませんが、やっぱりお父さんのお申し出にはお応えするわけにいきません。どうぞお引き取りください」

たぶん、目は血走り、顔は引きつっていたにちがいない。山本の父親はあぜんとして彩の剣幕を眺めたきり、彩が部屋を出て行くまで言葉を発しなかった。

2

彩はその足で校長室に立ち寄った。一応、この事態を報告しておかなければならない。校長は彩の顔をひと目見て、驚いた。

「何かあったんですか？」

思わず腰を浮かせぎみにしたほどだから、よほどひどい表情をしていたのだろう。

「陸上の山本順英君のお父さんが来て、県総体へのエントリーを変更するよう、選考委員会に申し入れをして欲しいとおっしゃっているのです」

「そんな無茶な。そんなことができるはずないでしょう。お断りしなさい」

「はい、そう言って断りました」

「そう、当然のことです」

「でも、それで済むかどうか分かりません。諦めたようには見えませんでしたから」

「しかし、何を理由にそんな横車を押すようなことを言ってきたのです？」

「要するに、実力は順英君のほうがあるとおっしゃりたいみたいです」

「それはそうかもしれないが、市総体の結果は歴然としたものだから、いまさら引っ繰り返しようがないでしょう。そんな分かりきったことにクレームをつけてきたのかね。常識がないにもほどがある」

　校長は眉をひそめた。

「それはあれじゃないのかな。いわゆるモンスタークレーマーっていうやつ。だとすると厄介だね」

　彩はこれに似た経験を、臨時職員時代に一度、味わっている。授業中に騒ぐワルを叱ったのに、逆ギレしたヤクザの父親が乗り込んできた。一回だけで済んだので、あれがそうだったのかどうか、分からないのだが、最近のニュースなどを見ると、あちこちの学校で「モンスタークレーマー」とか「モンスターペアレント」と称される、異常なほどの執着心と非常識を兼ね備えた保護者が、学校や教師に対してクレームをつけてくるという話題が取り上げられている。

「私が本校に赴任してからは、それらしい事態は起きていないが、前の学校ではいくつかそういう例があった。これとよく似た話で、文化祭の合唱で、ピアノ伴奏を務める生徒の人選にイチャモンをつけてきた母親がいた。自分の娘のほうがピアノの技能は優秀なのに、なぜほかの生徒が選ばれたのかと言って、何度も文句を言いに来るし、音楽の先生のところには毎晩のように電話をかける。こういう人は自分のことしか頭にないんだな。自分の不幸は社会の理不尽によるもので、世の中が間違っているのだから、その間違いを修正しなければならないと思い込んでいる。始末が悪いよ」

「この先、またクレームをつけてきたら、どうすればいいんでしょうか？」

「毅然として断るしかないでしょうな」

「でも、群馬県教育界を引っ繰り返すみたいなことを言っているのですが」

「それは明らかに脅迫ですな。そんな脅しに屈することはない。第一、どうやったらそんなことが可能だと言うんです？　まさか暴力をふるうわけじゃないでしょう」

「ええ、暴力的なことはしないと思いますけど……」

彩はそう言ったが、「教育界の暗部」について説明するわけにはいかなかった。しかし、そのことを言わないかぎり、事態の深刻さを校長に理解してもらえないのも確かだ。

（どうすればいいのかしら――）

結局、解決方法の結論は得られず、悩みと不安を抱えたまま、校長室を出た。

新しい「知識」が生じた目で職員室の中を見渡すと、山本の父親が言っていたような、情実で教師になった人物が、この中にもいるのかと、何とも表現のしようがない不愉快な気分だ。

彩の席からは少し離れて、問題の前田教諭の顔がある。屈託なく、隣席の女性教師と何か話しているが、彼は自分が教師になった背景にそういう工作が行われていたかもしれないことを知っているのだろうか――と思う。

もっとも、それは他人事ではなく、まさに彩自身の問題であった。いまのいままで、自分の「受験」に不正行為があったなどと、想像だにしなかった。いや、いまだって、父親がそんな工作をしたなどとは思いたくもないし、絶対になかったと信じたい。しかし、かりにいわれなき中傷だとしても、山本のような目で見ている人物がいるとすれば、それを無視し、平然としていることなど、到底できっこない。

たぶん、あの前田だって同じだろう。親御さんが勝手にやったことだとしても、自分の実力で合格したのでないと分かったら、どれほど傷つき、親を恨むかしれない。

そのことが心に蟠《わだかま》って、仕事が何も手につかず、午後の早い時刻に帰ることにした。車に乗って、門を出たとたん、目の前に山本の父親がいるのが見えた。あれから三時間は経過している。そのあいだずっと待ち伏せしていたのかと思うと、背筋がぞっとした。

山本は道路に飛び出し、両手を広げ、彩にストップをかけた。右折したばかりの惰性がついているところだ。危うくぶつかりそうな距離でブレーキが効いた。

「危ないじゃないですか！」

彩は思わず車を降りて、怒鳴った。恐怖を通り越して、腹の底から怒りがこみ上げてきた。ブレーキがもし一秒でも遅れていたら、撥《は》ね飛ばしていたにちがいない。そうなれば責任はこっちにあると判断されるだろう。前方不注意か、安全運転義務違反で逮捕されるかもしれない。相手が飛び出して、ストップをかけたことなど、警察は信じてくれはしないのだ。

（こんな理不尽に屈してたまるか――）

怒りに震える彩の前で、山本はニタニタ笑っている。

「何がおかしいんですかっ？」

「先生の怒った顔が、かわいいもんでね」

（何てやつだ！――）

これはふつうの神経の持ち主ではない――と、ようやく気がついた。

周囲を見回したが、通行人もいない。校門を出たばかりだが、校舎からはかなり離れていて、大声を上げても、誰も気づいてくれそうになかった。

「どうかね先生、順英の件は何とかなりませんかね」

「ならないと言ったでしょう。校長先生にも相談しましたが、ぜんぜん話にならないとおっしゃってました」

「へえーっ、例の話もしてくれたんですかい？　あの校長さんだって、叩けばいろいろ埃《ほこり》が出てくるんだけどねえ。おれが口を開けば、群馬県の教育界は引っ繰り返るよ。それでもいいっていうんですかな？」

「あなた、教育界の何を知っているっておっしゃるんですか？」

「そりゃ、いろいろとね。早い話、金銭問題ですよ。誰が教育界を仕切っていて、どこに金を持って行けば裏口が開くか。そういうのはね、蛇《じゃ》の道は蛇《へび》って言うでしょう。いくらうまく立ち回っても、知ってる者は知ってるんです。まあ、常識って言ったらいいかな。知らないのは先生みたいな、うぶで真面目な人たちばかりですよ」

「そんなにご存じなのだったら、どこへでも行って、話したらいいでしょう」

「へえっ、ほんとにいいんですかい？　あとあと困ると思うんだけどな」

「とにかく私はあなたのお役に立つことはできません。お好きなようにしてください」

彩は車に入ってドアを閉めた。

「まあ、ちょっと待ちなさいよ。先生、逃げることはないだろう」

山本は運転席の脇に追いすがり、把手に手をかけた。

彩は内側のロックボタンを押し、エンジンを回したが、このまま発進すれば、山本を引きずって怪我をさせる危険性を感じた。

「すみませんけど、放してくれませんか」

窓に少しだけ隙間を作って、できるだけ冷やかな口調で言った。

「じゃあ、言うけどさ」

山本は把手を握ったまま、ガラス越しの彩に向かって、声を張り上げた。

「このあいだ、沼田の中学で先生が殺されただろう」

「えっ……」

彩は息を呑んだ。

「どういうことなんですか？　あなた、あの事件の真相を知ってるんですか？」

「だからア、蛇の道は蛇って言ったじゃないですかい。教育界なんて、きれいごとみたいな世界だけど、まかり間違えばああいうことだって、起こり得るってことですよ」

「でしたら、警察に通報するべきでしょう。黙っていたら共犯と同じですよ。それとも、あなたも犯人の仲間なんですか？」

「馬鹿言っちゃいけねえ。そんなわけないでしょう。だけどさ、警察に言ったたって、一円にもなりゃしない。それよか、チクチク突ついたほうがいいってこと」

そう言った時の山本の目は、歌舞伎のニラミのように恐ろしかった。この男の本性が剝き出しになった。

考えてみると、ほとんど毎日のように息子の練習を「見学」に来るほどのひまが、まともな社会人にあるはずがないのだ。何を「職業」にしているか、想像に難くない。ひとたび本性が爆発すると、何をしでかすか、分かったものではないのだ。

彩は急に、体が震えるほど恐ろしくなった。このまま相手をしていると、それこそ蛇に睨まれたカエルのように、この男の意のままになりそうな気がした。

「失礼します」

ひと声残して、車を走らせた。急発進しなかったのは、辛《かろ》うじてその程度の理性は働いたということだ。

「おいっ、待てよ！」

そう怒鳴ったものの、山本もさすがに、把手を摑みっぱなしではいなかった。彼の姿が車から離れるのを見届けて、彩はスピードを上げた。

3

帰宅して父親の雄一朗の顔を見るのが、彩は辛かった。（まさか――）とは思いながら、父親が「有力者」の前で卑屈に頭を下げ、なにがしかの金品を贈っている場面を想像してしまう。

そうとは知らぬ彩は、試験場で懸命になって問題に取り組んでいたのだ。

（まさか、父がそんなことをするはずがない――）

何度も何度も打ち消したが、いったん取りついた疑念は、クモの巣のように全身にまつわりついて離れない。

だからといって、雄一朗に疑惑をぶつけ、ことの真偽を確かめることなど、絶対にできそうにない。かりに山本の言ったとおりのことが行われていたとしても、それを知ったからといって、問題がすっきりするわけではないのだ。それどころか、彩自身の進退を考えなければならなくなるだろう。もちろん、父と娘の関係は最悪のものとなる。そんな破滅的なことになるくらいなら、じっと、ひたすら耐えて、何もなかったような顔をし続けていたほうがましだ。

（だけど――）と、彩の苦悩は尽きない。その問題もさることながら、山本の父親がいつまた現れ、クレームを突きつけるか、それが心配だった。学校に来るならまだしも、自宅のほうに直接、それも深夜などにやって来られたら、それこそ警察沙汰にしないわけにはいかなくなる。そうなれば父親の「不正工作」が明るみに出てしまう。

そうして、何事も起こらないよう祈るような気持ちの、重苦しい日々が過ぎ、県総体の初日を迎えた。県総体は県営競技場で、七月二十九日から四日間にわたって開催される。

山本の父親はついに現れなかった。どうやら諦めてくれたらしい――と、彩はひとまず胸の凝《しこ》りがとれた気がした。とはいえ、このままでは済まないような懸念も、相変わらず頭の中から消えはしない。そして、その懸念は最悪の形で的中した。

七月三十日の朝のことである。梅原家の茶の間で、家族三人の見ているテレビが、県内版ニュースの中でその「事件」を報じた。

〔けさ早く、安中《あんなか》市下秋間《しもあきま》の県道脇を流れる秋間川に、男性が浮いているのを、近くに住む男性が発見、警察に届けました。警察が調べたところ、所持品等から、その男性は高崎市の著述業、山本浩司《ひろし》さん四十四歳で、すでに亡くなっており、死後十時間ほど経過しているものと見られます。警察では何らかの事件に巻き込まれた可能性があるものとみて、安中警察署に捜査本部を設け、捜査を開始しました」

彩は「えーっ」と、悲鳴のような声を発してしまった。両親は驚き、雄一朗が「どうしたんだ、はしたない」と叱った。

「だって、この人、うちの学校の、山本君のお父さん……」

「ほんとか？……」

雄一朗は視線をテレビ画面に戻したが、ニュースは次の話題に移った。事件が発生してから時間も経っておらず、まだテレビで詳細を告げるほど多くの情報があるわけではないらしい。

「その生徒は彩が担任なのか？」

「そうじゃないけど、私が顧問をしてる陸上競技部の有力選手なのよ。お父さんはいつも息子さんの練習を見に来ていたわ」

言いながら、彩はその時の山本の様子を思い出していた。必ず彩の背後に立って、息子へなのかコーチへなのか、それとも彩に対してなのか、「しっかりしろ！」と掛け声をかけていた。煩《うるさ》かったが、多少は微笑ましくもあった。その顔と、校門の前で車を止め、悪意たっぷりにクレームをつけた時の、憎々しげな顔が交錯する。

（あの男が、もうこの世にいない――）

そう思うと、恐ろしいのとは裏腹に、どこか、頭の上の重しが取れたような、ほっとする気持ちがあるのも否定できない。

ともあれ、陸上競技部の顧問としては、選手の父親の不幸に、知らん顔をしているわけにはいかないにちがいない。何しろ彩にとって初めての経験だ。校長に電話すると、まだ事件のことは知らなかったという。

「これは難しいな。ふつうの病死だったら、すぐに駆けつけて慰めなければならないところだが、いまは警察や新聞やテレビの連中が来て、ごった返しているだろうからね。それと、間違いなく山本順英君の父親かどうか確かめる必要もある。ちょっと警察に問い合わせてみよう」

さすがに校長は冷静な判断をする。山本浩司という名前はよくありそうだ。それを確かめもしないで慌てふためいた自分を、彩は反省した。

しかし、間もなくかかってきた電話で、校長はやはり間違いないことを伝えた。

「事情聴取が一段落して、遺族はすでに自宅に戻った頃だそうだ。見舞いに行くのは構わないということなので、なるべく早く行くといいでしょう。担任の古賀先生にも連絡したが、留守でした。まだ事件のことは気づいてないかもしれない。あなたは県総体のほうに行かなきゃならんのでしたな。とりあえず私が先に行っているので、そっちの用件が済み次第、駆けつけてください」

校長が言ったとおり、彩は陸上競技部の引率で県総体へ行かなければならなかった。引率のほうは他の教師に代わってもらうにしても、競技の進行など、大会運営の役割もあてがわれている。そっちのほうも何とか、大会役員に事情を説明して、役目を早めに切り上げさせてもらった。

山本家が入っている市営住宅のアパート前の道路には、報道関係者の車が連《つら》なって停まっていた。炎天下で全員が車の中にいて、近づく人が現れると車から飛び出し、誰かれ構わず質問を浴びせようという構えだ。通りすがりの人でさえ、その被害に遭っている。弔問客らしい姿もちらほら見かけるのだが、記者たちに質問されたりするのを敬遠するのか、近くまで来ていながら、そのまま引き返してしまう人もいた。

彩は躊躇《ためら》っているわけにはいかない。記者たちの囲みを押し退《の》けるようにして、三階建てのアパートに入った。途中、何人もの記者から「山本さんとはどういうご関係ですか？」と質問を浴びたが、無視して通り抜けた。

玄関に刑事らしい男が待機していて、客の素性を聞くと、軽く挙手の礼をして通してくれた。山本家は三階の、階段を上がったとっつきで、ちょうど校長と教頭が出てきたところだった。

「おお、来ましたか。どうぞ入って、ご挨拶してください」

校長が閉まったばかりのドアを開けた。

全部で2DKぐらいだろうか。あまり広くないリビングルームで、山本順英と彼の母親は、親戚の人か近所の人か、男性一人と女性二人の親しげな人々に守られるように、テーブルを囲む椅子に坐っていた。

順英は彩の顔を見ると、「あっ、先生！」と叫んで、立ち上がった。青白く怯《おび》えた顔に、かすかに赤みが差した。

母親もほかの三人も立って、黙ってお辞儀をしている。彩は「このたびは思いがけないことで……」と深々と頭を下げた。

部屋の中は意外なくらい、ふだんどおりの様子だ。考えてみると、遺体はまだ病院にあって、これから司法解剖が施されるということなのだろう。被害者の遺品の調べなど、警察のひとどおりの作業が終わるまでは、家の中の物も、何も手をつけられないにちがいない。仏壇もなく、とりあえずタンスの上の小さな写真立てに遺影を飾ってある。スナップ写真の元気そうな笑顔だ。彩はそれに向かって掌を合わせた。

「何かお手伝いできることがあったら、遠慮なくおっしゃってください」

最後に型通りの挨拶をして、ひとまず引き上げることにした。母親は虚脱した表情で、「ありがとうございます」と言っただけだが、順英がドアまで送ってきて、彩の耳元に囁くように、「先生、父さんが、すみませんでした」と言った。ずいぶん泣いたのだろう、目が充血して、瞼が少し腫《は》れている。

「ううん、何とも思っていない。きみはしっかり頑張ってね」

彩は思わずもらい泣きした。父親が学校に怒鳴り込みに行ったことを知っていて、順英なりに胸を痛めていたにちがいない。そのことだけで、彩は彼の父親の暴言や行動を許してやれると思った。

しかし、それでことが済むわけではなかった。彩の胸に残った凝りは消えはしなかったし、それどころではない災難が、新たに押し寄せてきたのである。

県総体が終わった翌日、梅原家を刑事が二人、訪れた。チャイムが鳴ったので彩が玄関に出ると、明らかにそれと分かるような二人の男が佇んでいた。彩はひと目見ただけで、不吉な予感に心臓が押しつぶされそうだった。

「梅原彩さんですね？」

男の、少し年配のほうが言って、警察手帳を示した。

「ちょっとお訊きしたいことがあるのですが、お邪魔してもよろしいですか？」

彩は「どうぞ」と招じ入れた。外気の暑さと一緒に、刑事は中に入った。

「いやあ、涼しくてほっとしますね」

刑事は世辞を言った。むろん本音だろうけれど、気を許すことはできない。

「じつは、山本浩司さんが亡くなった事件のことについてなのですが」

案の定、刑事はすぐに切り出した。

（やっぱりきたのね——）

彩はすでに覚悟を決めていたが、それでも緊張で震える思いだった。

4

刑事は「安中警察署の者です」と名乗り、一人が名刺をくれた。「安中警察署刑事課巡査部長 小濱和彦《こはまかずひこ》」とあった。三十代半ばくらいだろうか。背は百七十センチほどで、あまり大柄ではないが、肩幅が広く、威圧感がある。もう一人のほうは少し若く、小濱の部下といった印象だ。質問役はもっぱら小濱が務め、部下が手帳に書き取っている。

「お上がりになりますか」

彩は訊いたが、「いや、ここで結構です」と、玄関での立ち話になった。

「梅原さんと山本さんの関係は、山本さんの息子さんが通う春日中学の先生ということでいいですか」

「ええ、そうです。山本君の担任ではありませんが、彼が入っている陸上競技部の顧問をしています」

「何か、山本さんとのあいだでトラブルがあったと聞きましたが」

「そうですね。トラブルと言えるのかどうか分かりませんが、山本君が県の総合体育大会に出場できなかったことについて、お父さんとしてはご不満があったようで、その件で学校にお見えになりました」

「それはいつのことですか？」

「七月二十六日だったと思います」

「かなり強硬なクレームだったそうですが、どんな感じでした？」

「ですから、県総体に出られないことについて、不満をおっしゃってました」

「具体的には、どういう言い方をしたのでしょう？」

小濱はネチッとした口調で、彩の言葉尻に絡みつくように質問を重ねてくる。「どういうって……」と、彩は答え方を模索した。正直に答えるのは、いろいろな差し障りが生じそうだ。

「お子さんの実力から言えば、県総体で入賞できるはずだと主張しておられました」

「それで、どう答えたんですか？」

「おっしゃるとおりですが、市総体で実力を発揮できなかったのは残念でした、と申し上げました」

「それで？」

「私やコーチの指導方法に問題があったのではないか、などと、ご不満のようでした」

「なるほど。それに対しては何て答えたんですか？」

「コーチも私もベストを尽くしています。順英君も同様です。その結果ですから、いまさらどうすることもできません、と」

「しかし、それでは引き下がらなかったのではありませんか？」

「ええ、納得できないご様子でした」

「どんなふうにですか？」

「選手のエントリーを変更できないか、といったようなことをおっしゃってました。でも、そんなことは無理に決まってます」

「無理と分かっていてそう要望するには、何か理由があったのではありませんか？」

「さあ、それは知りません」

彩はそう答えたが、刑事の質問が、じつは何かを知っていて、そういう訊き方をしているように思えて、不気味だった。案の定、小濱はチラッと部下に視線を走らせてから、言った。

「これは根も葉もない話だと思って聞いてもらってもいいんですがね。山本さんは事件の少し前、奥さんに、息子さんの県総体出場は間違いないと話していたそうです。市総体では落とされたが、ある筋から頼めば選手になれるんだというような意味のことだったようです。それについては、何か思い当たることはありませんか」

「いいえ」

彩は反射的に首を横に振った。

「そういう話は出なかったのですか？」

「ええ」

即答したのがまずかったかもしれない。小濱は怪しむような目になった。彩は緊張のあまり、心臓の鼓動が相手に聞こえはしまいかと心配するほどだった。

しかし、小濱はそれ以上の追及は諦めたらしい。「分かりました」と切り上げた。

「また何か思い出すことがあったら、教えてください」

その時はそう言って引き上げたが、それだけで済むとは思えなかった。警察や刑事はそんなに甘いものではないだろう。

刑事が帰った後、雄一朗が玄関の様子を見に、不安そうな顔を覗かせた。

「刑事が来たのか？」

「うん」

「何か厄介な問題か？」

「ううん。山本君のお父さんの事件で、いろいろ訊いて歩いているみたい」

「そうか、心配はないんだな」

ほっとしたように踵《きびす》を返したが、彩はむしろその父の様子に違和感を覚えた。そもそも刑事が訪れた時点で、玄関に現れなかったことがおかしい。娘の身を案じるのなら、何事か──とばかりに出てきそうなものではないか。べつに何でもないことかもしれないが、山本の脅迫めいた言葉を聞いているだけに、父親の態度に不審なものを感じた。

翌日、同じような時間に、また刑事がやって来た。ひそかに懸念していたとおりだ。

「ちょっと、上がらせてもらってもいいですか？」

今回は刑事のほうからそう言った。ということは、話が長くなる可能性のあることを意味している。

応接間に通して、お茶を出した。そんな必要はないのかもしれないが、そうすることで、「尋問」に少しは手心が加わるような気がしたのだ。そんなことを考える自分に、彩は嫌気がさしていた。

「昨日と同じようなことをお訊きすることになりますがね」

小濱はお茶に手を出さず、切り出した。

「じつは、被害者の悪口は言いたくないが、山本さんは企業ゴロみたいなことをやってたんですよ。それで梅原さんに対しても、不穏当なことを言っていたのではないかと、自分はお訊きしたのだが、梅原さんはそんなことはなかったと言いましたね」

「はい」

「しかし、実際はそうじゃなかったのじゃありませんか。これはある人から聞いたんですがね、山本さんは、有力者に頼めば選手選考の結果が変わるとか言っていたそうです。あなたにもそういったようなことを言っていたんでしょう？」

「いえ、そんなふうには……」

「まあ、言葉の内容は厳密には違うかもしれませんがね、似たような意味のことを言ったんじゃないですか？」

「よく覚えていません」

「梅原さん、正直に言ってもらわないと困るんですがねえ」

刑事は初めて、威圧的な態度を見せた。

「さっき言ったことを正確に言うとですね、山本さんは、選考委員の先生方に力のある人物を動かせば、選手登録の変更も可能なのではないか、というようなことを言っていたというのですが、違いますか？」

「それは……どなたですか？　そんなことをおっしゃるのは」

「梅原さんのよく知っている人です」

「誰ですか？」

「誰でもいいじゃないですか。とにかく、山本さんが梅原さんにそう言ったという事実があることを知っている人ですよ」

「そんな……知ってる人なんているはずがありませんよ。私は誰にもそんな話はしてないのですから。でたらめはおっしゃらないでください」

「でたらめ、ですか」

小濱はニヤリと笑った。刑事の職業的ないやらしさが露骨に姿を見せた。

「それじゃどうですか。校長先生は知っているんじゃないんですか？」

「えっ……」

彩はいっぺんで動揺したが、危ないところで踏みとどまった。

「私はその話は校長先生には話していませんよ」

「なるほど。つまり『その話』自体はあるにはあったのですね？」

小濱は勝ち誇ったように言った。

（しまった――）

彩は唇を噛みしめた。刑事が仕掛けた罠にまんまと嵌《はま》ったことを悟った。

「それは……そう言われれば、そんなようなことを、山本さんはおっしゃっていたかもしれません。でも、はっきりしたことは覚えていないんです」

「いや、いいんですよ、そんなふうに細かいところまで気を遣わなくても。しかし、そういう話があったのならあったと言ってくれないと、自分らの作業が停滞してしまう。それどころか、実際には事件に関係のない、たとえば梅原さんみたいな人にまで、あらぬ疑いをかけなければならなくなったりもするわけですよ」

グサリと突き刺すような脅しを言った。

「要するに梅原さんとしては、ほかの人に迷惑がかかるといけないと思って隠したかったんでしょうね」

「まあ、そうです」

仕方なく、彩は頷いた。

「それで、山本さんはどういう言い方をしたんですか？」

「はっきり覚えてませんけど、選考委員に影響力のある人を動かせばいいとか、そういうことでした」

「その人の名前は？」

「いえ、名前まではおっしゃってません」

「名前はともかく、動かす方法があるというわけですね。その方法とはどういうことを言ってました？」

「…………」

さすがに彩は躊躇った。これ以上のことを言えば、差し障りが生じるであろうことは間違いない。

「お願いしますよ」

小濱は一転、懇願する口調になった。

「自分らもこうして、毎日、足を棒にして歩き回っているんです。それを妙な隠しごとをされたりすれば、こんなふうに二度三度と無駄足を踏まなければならないわけで、そんなことにならないよう、ぜひともご協力、お願いしたいのです」

頭を下げられては、拒むわけにいかなかった。彩は「分かりました」と言って、少し思案してから、口を開き、相談室で山本に理不尽な要求をされた時の一部始終を話した。

5

刑事が引き上げてから間もなく、リビングにいると雄一朗が現れた。

「また刑事が来ていたみたいだな」

「なんだ知ってたの？　だったら、お父さんも出てくれればよかったのに」

「いや、私は邪魔になるだけだろう。それより、何かややこしいことになっているんじゃないだろうな」

「べつに大したことじゃないわ。参考意見を訊かれただけよ」

彩は言いながら、父親に対して抱いた疑念を、はっきりさせてしまいたくなった。

「……お父さんに訊いておきたいことがあるんだけど」

「何だい？」

「変なことだけど、正直に答えてね」

「なんだ、刑事みたいなことを言うな」

「ははは、そんなんじゃないわよ。私の教員採用試験のことだけど、まさかお父さん、誰かに頼んだりしてないわよね」

「なに？　どういう意味だ？」

「だから、採用試験のために、誰かに根回しして、合格させてくれるよう、お願いしたりしなかったでしょうねって訊いてるの」

「おいっ、冗談で言ってるのか？」

「違うわよ、真剣よ。ほら、大分県でそういう事件があったじゃない。不正採用っていうのかな。群馬県でだって、そういうことがないとは言えないし、ひょっとして私がそうだったらどうしようと思って」

「馬鹿なことを言うな。私がそんなさもしい人間だと思っているのか？」

雄一朗は、これまで見たこともないような険しい表情になっている。

「第一、そんなことをしたら娘のおまえに対して失礼だろう。事実、彩はそんな情実に頼らなくても立派に合格したじゃないか。まあ二年間は棒に振ったけど、苦労のし甲斐はあったと思っている。それを何だ？　根回しだと？　不正採用だと？　自分を貶《おとし》めるようなことをよく言えたもんだな」

「ごめんなさい」

彩はテーブルに手をついて謝った。急にこみ上げるものがあって、ポロポロと涙を滴《したた》らせた。これには雄一朗も驚いたのか、さらに何か怒声を浴びせようとした気配が引っ込んだ。

「いや、分かればいいんだ。それにしても、いったい何があったんだ？　彩らしくもないじゃないか。あの刑事に何かそれらしいことを言われたのか？」

「ううん、そうじゃないけど……あの、亡くなった山本さんが、私にそう言ったの。教師になるには、いろいろ情実がある。あんたのお父さんは渋川市の偉いさんだし、とか。ほかの人の名前も挙げて……」

「馬鹿馬鹿しい。私にそんな力があるはずないだろう。いや、たとえあったとしても、そんな姑息《こそく》なことはしないがね」

「だけど、お父さんはしなくても、実際にそういうことはあるんじゃないかしら。でなければ、山本さんがあんなふうに、自信たっぷりに言うはずはないと思う」

「うーん……それについては、私も確信のあることは言えないな。そういう噂を聞いたことは否定しないよ。しかし、事実かどうかは分からない。群馬県の場合、採用試験はかなり厳しいそうだから、現実には不正の入り込む余地はないのじゃないかな。かりに不正工作があったとしても、賄賂のおかげで合格したと思っているのは贈った当人だけで、実際は実力で合格したのかもしれない。いまのおまえみたいにな」

「ごめんなさい」

　彩はもう一度、謝った。頭の中を同僚の前田の顔が過った。あの前田だって、母親の七《なな》光《ひかり》なんかでなく、立派に実力で合格したにちがいない——そう思いたかった。

「いや、気にしてないよ」

　雄一朗は照れくさそうに笑った。

「彩も澤さんの事件で、いいかげん憂鬱になっているところに、また今度の事件が関わってきたんだからな。ノイローゼにならないのがおかしいくらいだ。しかし、くよくよしないほうがいいぞ。と言っても、彩にしてみればそんな呑気なことも言っていられないのかもしれないがな……こんな時に、彼がいてくれたら、何かと相談に乗ってもらえるのだがねえ。ほら、浅見さんのことさ」

　その時、玄関のチャイムが鳴った。彩が慌てて涙顔を直していると、奥の部屋で掃除をしていた千鶴子が「はーい」と返事をしながらやって来た。

「なんだ、二人ともそこにいたのなら、出てくれればいいのに」

　文句を言って、玄関に出た。客は浅見光彦だった。

「あーら浅見さん」

　母親の若やいだ声で、彩は思わず腰を浮かせた。たったいま噂をしていたところだ。彩と雄一朗は顔を見合わせた。雄一朗のくすぐったそうな笑顔に追われるように、彩は玄関に向かった。

浅見は白い半袖のポロシャツ。右手にズックのバッグ、左手に薄手のブルゾンを摑んだ恰好で佇んでいた。彩の顔を見ると「やあ、どうも」と白い歯を見せて嬉しそうに会釈した。

「さあ、どうぞ。暑かったでしょう」

千鶴子がスリッパを出して、応接間のクーラーを点《つ》けた。彩は傍観するばかりで、何もできずに突っ立っている。

「ほら、彩、浅見さんのお相手をして。いますぐ、冷たい麦茶をお持ちしますからね。それともビールのほうがいいかしら」

「いえ、僕は車ですから、遠慮なく麦茶を頂きます」

浅見はそう言うと、応接間に入り、クーラーの風に吹かれて、気持ちよさそうにしている。

「あの、今日は何のご用ですか？」

彩は浅見の背中に向けて言った。

「あ、失礼」

浅見は慌てて振り向くと、あらためて軽くお辞儀をして、ソファーに坐った。

「じつは今日は、お父さんにちょっとお話ししたいことがあって、お邪魔したのです。ご在宅ですか？」

言葉の途中で、雄一朗が顔を見せた。

「私に用事ですか？　何ですか？　例の伊香保のミステリーツアーのことで、何かご相談でもありますか？」

「あ、いえ、そっちのほうはおかげさまで作業が進んでいるので結構なのですが、まったく別のことで、お知恵を拝借できないかと思って参りました」

「ふーん、私に浅見さんのお役に立てるような知恵があるとも思えませんが。何でしょうか？　それよりも、こちらのほうこそ、浅見さんにぜひご相談したいことがあるのですがね。なあ、彩」

父親に振られて、彩は「ええ」と頷いた。浅見は興味深そうに父親と娘を交互に見た。

「しかし、その前にまず、浅見さんのお話というのをお聞きしましょうか」

雄一朗が言って、浅見と向かい合う椅子に腰を下ろした。彩もそれに続こうとすると、浅見が「すみません」と言った。

「お父さんと二人だけで、話をさせていただきたいのです」

「ほう、何やら難しそうですな。しかし、そういうことなら彩、席を外しなさい」

雄一朗に目配せされ、彩は不承不承ながら部屋を出て行くことにした。ドアを閉める寸前に、見送る浅見の視線を感じて、彩はなぜかドキリとした。

第九章　恐喝者

1

雄一朗に「ぜひご相談したいことがある」と言われた時、浅見は彼の本能と言ってもいい勘のよさで、この家が何か複雑な事情を抱えているような印象を受けた。偶然とはいえ、そのタイミングで梅原家を訪れたのは、正解だったかもしれない——と思った。

「じつは、話というのは、あまり愉快なことではないので、ひょっとすると梅原さんにお叱りを受けるかもしれないと、ある程度、覚悟を決めているのですが」

浅見は前置きをした。

「いや、何を言われても私は文句は言いませんよ。このところ、それどころではないゴタゴタに悩まされていますからね。多少のことでは驚きません」

冗談めかして言っているが、雄一朗がそう言うのは、切実な本音らしい。

「先日、亡くなった澤さんのお嬢さんに会ったのです」

浅見は澤日奈子とのことを話した。

「彼女との話の中で、澤吉博さんの事件の背景にあるものが、浮かび上がった可能性があるのです。それは何かと言うと、彼女の教員採用試験に絡む疑惑です」

「ほうっ……」

ついさっき、多少のことでは驚かないと言っていた雄一朗にしては、意表を衝かれたような反応であった。

「彼女に言わせると、群馬県の教員採用試験には、何らかの不正が存在しているのではないか——というのです」

「驚きましたねえ。そのことについて、たったいま、娘と話していたところですよ。それで、その女性は何と言ってるんです？」

「彼女はこれまで四度の受験に失敗しているのですが、父親の澤さんが不正工作、つまり賄賂を贈っていた気配があったというのです。しかしそれでも合格することはなかったのですね」

「ちょっと待ってください」

雄一朗が言った。

「それはむしろ、賄賂や不正工作が功を奏さないということを証明しているのではありませんか。彼女が落ちたのは、やはり実力のしからしむるところという」

「その可能性もあります。しかし、彼女が親しい友人にテストの解答について聞いたところによると、自分のほうがはるかに成績がよかったはずだというのです。にもかかわらず友人のほうは合格している。これは明らかに不正工作が行われた証拠にちがいないと言っています。そこで、群馬県には実際、そういう疑惑が存在するのかどうか、澤さんと似たような経験をお持ちの梅原さんに、ナマのご意見を伺いたいのですが」

「つまり、私が不正工作や賄賂を贈ったりしたかどうかですか?」

苦笑する雄一朗に、浅見はむしろ憤然とした表情で言った。

「いえ、僕はそんなことは毛頭、考えてもいません。とはいえ、あまり愉快な話ではないので、お嬢さんには席を外していただきました。生意気を言うようですが、僕は梅原さんは清廉潔白《せいれんけつぱく》の人だと信じています。だからこそ梅原さんに、こんな失礼な質問ができるのです」

「ははは、私はそんな立派な人格者じゃありませんよ。確かに、娘は受験に二度失敗しているし、妙な言い方をすれば、私にも賄賂を贈る資格はあったのですが、そうする気はまったくなかった。娘の実力を信じたこともありますが、もし実力で落ちるようだったら仕方のないことだと思ってましたからね」

浅見は深々と頭を下げ、敬意を表した。

「ところが、澤さんの場合は、その親心が働いて、不正工作をした。その努力も虚しく、お嬢さんは合格しなかった。澤さんが受けた経済的な打撃はもちろん、精神的な傷のほうが大きかったでしょうね。とどのつまり澤さんはああいうことになってしまった。常識的に言って、そのことと澤さんが殺された事件と、何らかの関係があるのではないかと考えられます」

「関係とは、具体的にどういう？」

「つまり、澤さんは、不正工作を請け負いながら裏切った相手に対して、告発を匂わせて脅しをかけたのではないでしょうか。まあ、澤さんにしてみれば、乾坤一擲《けんこんいってき》、最後の賭《か》けのようなものだったにちがいありません。その賭けに打って出るに当たって、澤さんはできるかぎりの証拠を集めようとしたのでしょう。そのことを物語るように、不正工作を思わせる現場を撮影した夥《おびただ》しい写真を、娘さんに預けていたのです。それを見ると、もはやふつうの精神状態ではなかったことを思わせます。放置しておくと、何をするか分からない。相手にとってはさぞかし脅威だったでしょう。そうなる前に、何か手を打たなければならない。そして、事態は最悪の結末に向かった……これまでのデータから得た、これが僕の推理です」

話し終えて、しばらく沈黙が漂った。

「驚きましたなあ」

雄一朗は、驚くというより呆れ顔になって言った。

「ということは、要するに教員採用試験の結果を左右できるような人物が、澤さん殺害事件の犯人である——ということになるのじゃありませんか」

「おそらく」

「それが事実だとすると、群馬県の教育界は大騒ぎになりますね。それ以前に、下手に手を出すと、名誉毀損や虚偽告訴罪に抵触する危険性がありませんか」

「おっしゃるとおりです。いくら現場の写真があっても、かりに銀行口座に不自然な出入金があっても、それらはあくまでも状況証拠にすぎませんから、犯罪、ことに殺人事件を立証するのはかなり難しいでしょう。それ以上に、関係する人たちの名誉を毀損するおそれのあることに配慮しなければならない。警察だって、なかなか動きにくいにちがいありません。何も手をつけずに、あいまいなままで終わってしまいかねない世界です」

「いったいその人物とは誰なのか。どうなんでしょう、浅見さんにはすでに心当たりがあるのじゃありませんか?」

「ええ、もちろんあることはあります」

浅見は頷いた。

「澤さんが執拗に追いかけて、写真を撮り続けていた人物というのは、群馬県議の名越敏秋氏です」

「えっ、名越さん、ですか……」

雄一朗はあぜんとしたが、一瞬のうちに思い巡らしたのだろう。

「なるほど……あの人ならあり得るかもしれませんな。名越県議は言ってみれば教育界を牛耳《ぎゅうじ》っているボスみたいな人ですから」

「ただし」と浅見は言った。

「名越氏を犯人とするのは、かなり無理があります。名越県議は七十歳前後でしょうか。沼田のQ中学に澤さんを呼び出して殺害するのは、年齢的に言っても、それにかなりの有名人——県議員としての立場からしても、現実には不可能と言っていいでしょう」

「確かにそうですね。しかし、共犯者がいれば解決するんじゃないですか？」

「そこが問題です。共犯者と言っても、おいそれと殺人を実行するような人物がいるものでしょうか。巨額のカネを手に入れるといった目的なら、喜んで引き受けるかもしれませんが、そういううま味のない殺人です。ヤクザの世界でもあるまいし、親分のために身を捨てるほど、忠実な秘書さんがいるとも考えられません」

それが、いまは最大の難問であった。

2

「じつはですね……」

雄一朗は何か言いかけてから、論旨をまとめるように考え込んだ。浅見はその様子を見ながら、じっと待った。一分ほどの思案の後、雄一朗はようやく口を開いた。

「さっき、浅見さんにご相談したいと言ったことなのですが、彩が顧問をしている、春日中の陸上競技部の子の父親が、殺害されるという事件が起きたのです」

雄一朗は「ちょっと待っていてください」と奥へ引っ込んで、新聞の切り抜きを持って来た。山本浩司という男が、安中市の川で死体となって発見されたという事件だ。東京の新聞にも出ていたのかもしれないが、浅見は気づいていなかった。

「その山本氏の事件で娘の彩が事情聴取を受けているのですよ」

そのために、二度にわたって刑事が来訪したという話だ。

「もちろん、容疑者になっているわけではないでしょうが、前の澤さんの事件といい、気持ちが悪い話です。娘もけっこう、気に病んでおりましてね」

「それはご心配でしょう。どうでしょうか、よろしければ、お嬢さんから直接、お話をお聞きしたいですね」

浅見は言った。

「それなんです。そのことをこちらからお願いしようと思って、娘とも話し合っていたところです。ご面倒でしょうが、相談に乗ってやってください」

雄一朗は彩を呼んできた。彩本人はいざとなると踏ん切りがつかないのだろう。尻込みしたいような面持ちだったが、父親に押し切られる恰好で、部屋に入った。

「山本氏の事件のことで、警察があなたに関心を抱いているそうですね」

浅見は単刀直入に切り出した。

「ええ、でも、私は事件とは関係ありませんよ。何も知らないんですから」

強く反発されて、浅見は苦笑した。

「分かってます。ただし、事件に至るまでの山本氏の行動や心理状態を推し量るには、彼がどういう性格の人物なのかを知る必要があります。とりわけ、事件直前にどんな動きをしていたかは、直接、事件に関係している可能性がありますからね。警察があなたに関心を持つのも不思議ではありません。とりあえず、あなたと山本氏のあいだにどういうことがあったのかを教えてください」

どうしようかしら――と、彩は父親を振り返った。雄一朗は黙って頷いた。

「少し前のことになるのですけど」

彩は話の筋道を模索してから、言った。山本の息子が県総体へのエントリーから外れたこと。それに対して、山本が学校に乗り込んでクレームをつけてきたこと。それが今度の騒動の始まりで、警察はそこに事件の根っこがあると見ているらしいこと。

ずいぶん複雑な話かと思ったのだが、かいつまんで話すと、それほど長くはならなかった。山本の行為は、親馬鹿の典型的なケースと言ってしまえば、それまでのことだ。

「なるほど……」

浅見は黙って聞いていたが、物足りないものを感じた。実際に山本に会っているわけではないので、新聞で見た年齢と表向きの職業以外に、山本がどういう性格の人間なのか、何よりもクレームをつけている時の山本の表情が思い浮かばない。

「山本氏は、最初、何と言って抗議してきたのですか？」

「ですから、息子さんが選手に選ばれなかったのは不当だって、怒っていたんです」

「それはどこで、ですか？」

「どこって……最初は職員室に怒鳴り込んできましたけど、周りの人たちに迷惑なので、すぐに相談室に案内して、お茶を出したりして、話を聞きました」

「とすると、そのことは職員室の先生方も大勢、聞いていたのですね？」

「ええ、まあ」

「相談室にはほかに誰かいたのですか？」

「いいえ、誰も」

「校長先生は知らないんですか？」

「校長先生にはあとで報告しました」

「山本氏は、ただ怒っただけではないのでしょう？」

「ええ、息子さんをどうしても出場させろ、選考委員に働きかけろと言って、しつこく粘りました」

「そんなことをしても、選考結果が引っ繰り返るとは思えませんが」

「そうですよ。だからそう言いました。そしたら、選考委員に影響力のある偉い人を動かせばいいって。その人から委員の先生方に圧力をかければいいって……そんなの、ばかみたいだと思いません？」

「思いますね。その偉い人というのは、誰のことなのですか？」

「誰って、名前は言いませんでしたけど、いろんな例を挙げて」

「例とは？」

「ほかにもそういうケースがあるだろう、という意味だと思います」

「ほかのケースというと？」

その問いに、彩は答えず、チラッと父親のほうに視線を投げた。浅見は根気よく、彩の口の開くのを待った。

「こういうことのようですよ」

雄一朗が娘に代わって言った。

「つまり、私の名前を挙げて、彩が教員採用試験に通ったのは、私がそれこそ、有力者に根回しした、情実によるものだろうと言ったらしい。馬鹿げた話です」

「それだけじゃないんです」

彩は父親の名誉に関わる——とばかりに言った。

「私の学校の同僚についても、お母さんが校長をしているからと、あからさまに不正があったことを匂わせたんです」

話を聞いてみると、澤の事件と相通ずるものがある。というより、ほとんど同じ土壌で発生した事件と考えて差し支えなさそうだ。

「この山本という人が、澤さんのケースと同じように、不正工作や賄賂事件の存在を嗅《か》ぎつけていて、それをネタに誰かを脅そうとしたのが事件の背景だということですね……その山本氏というのは、職業は著述業と紹介されていますが、実際には何をやっていたんですかね？」

「確かに、テレビや新聞なんかだと著述業っていうことのようですけど、どういうものを書いているのか、実際はどうなのか分かりません。何となくヤクザっぽい感じがして、もしかしたら、こういう話をネタに、暴露記事を書いたりしているんじゃないかって思いました。刑事さんも、企業ゴロと言っていましたし」

話しているうちに、だんだん激してくるのか、彩は口調までが激しいものになった。

「おいおい彩、少し抑えなさい。おまえはどうも、ときどき言い過ぎることがあるからな」

雄一朗が脇から窘《たしな》めた。彩は大いに不満そうである。

「ところで、いまお聞きしたかぎりでは、山本氏のクレームは確かに理不尽ではあっても、殺人事件にまで発展するほど、重大な軋轢《あつれき》のようにも思えませんね。あなたにだって、殺意なんか起きなかったでしょう？」

「当たり前ですよ」

彩は目を剝き、浅見は苦笑した。

「それにもかかわらず、あなたのところに警察が二度も事情聴取にやって来るからには、常識的に言って、いまお話を聞いた以外にも、もっと犯行動機に結びつくようなトラブルがあったことを摑んだから――と考えたくなるのですが」

「そういえば……」

彩が呟くように言った。

「何か思いつきましたか？」

浅見は目敏《めざと》く、彼女の様子に不審なものを感じて、訊いた。

「ええ、その後、学校を出る時に、こんなことがあったんです」

車で校門を出た時、山本が待ち伏せしていて、いきなり車の前に飛び出し、危うく撥《は》ね飛ばしそうになったことを話した。

その話をする彩の表情は、いちだんと険しくなって、怒りのボルテージが爆発しそうなところまで高まるかに見えた。

「ほんとに危なかったんですよね。だから、思わず車を降りて、怒鳴りつけました。それなのに、山本さんはニタニタ笑ってるんだから、頭にきましたよ」

「そこではどういう話をしたのですか？」

浅見は彼女の「激情」に流されないように、努めて静かに訊いた。

「どういうって、ですから、さっきの話の繰り返しですよ」

「具体的にどんなことを言ったか、細かい部分まで思い出して話してください」

「ですから、息子さんの件は何とかならないかっていう……」

「趣旨はそれでしょうけれど、話の内容はどうだったのか、ゆっくり思い出して……」

浅見は幼児を宥めるような手つきをして、彩を落ち着かせた。

「それは……そうそう、校長先生に相談したことを言ったら、校長さんだって、叩けば埃が出てくるって。それから、おれが口を開けば、群馬県の教育界は引っ繰り返るとか。誰が教育界を仕切っていて、どこにお金を持って行けば裏口が開くとか。蛇の道は蛇だとかも言ってました」

「すごいですねえ」

浅見は呆れて、笑ってしまった。

「そんなことを往来の真ん中で怒鳴ったんですか？　道行く人が驚いて、人だかりができたんじゃありませんか？」

「それが、残念ながら、人っ子ひとり、通らなかったんです。だから、いったんは騎虎《きこ》の勢いでカーッとなったのが引いてしまうと、恐ろしくなっちゃいました。殺されるんじゃないかって……」

彩は本当に引きつったような表情を見せた。

「そのことを刑事に話して、刑事は何て言ってました？」

「刑事さんには、車の前に飛び出したっていう、その部分は話していないんです」

「ほうっ、言ってないのですか」

浅見は妙だな——と首を傾げたが、気を取り直して、訊いた。

「それからどうしたんですか？」

「車に入って、ドアをロックしました。そしたら、山本さんはノブを摑んで、このあいだの澤さんの事件のことを言って、教育界だって、まかり間違えば、ああいうことも起こり得るんだって」

「ほうっ、まるで事件の背景を知っているような口ぶりですね」

「そうなんです。だから私もそう言って、もしそういうことを知っているのなら、警察に通報すべきだって言いました。けど、山本さんは、それじゃお金にならないから、チクチク突ついたほうがいいんだって。それって恐喝でしょう。そう思ったら、急に恐ろしさが募って、山本さんが掴まっているのを振り払って逃げました」

彩は思い出すだけで虫酸《むしず》が走るのか、肩をすくめて震えてみせた。

3

「警察はもちろん、山本氏の仕事については把握しているはずです。すでに山本氏の遺品も確認しているでしょうから、過去の恐喝の事実を示すような、メモなどの証拠品が出ているかもしれない。そんな山本氏ですから、梅原さんのところに怒鳴り込んだことをキャッチすれば、今回の殺人事件と結びつけて考えるに決まっています」

「こっちにしてみれば、ひどい迷惑です」

「ただ、ちょっと腑《ふ》に落ちないのは、梅原さんの場合、恐喝の直接の対象になっているわけではないのですよね。それと、さっきお聞きしたところによると、刑事の事情聴取に対しては、澤さんの事件を匂わせた話まではしていなかったのですね？」

「ええ、してません。あくまでも、誰か力のある人を動かして、選考委員の先生方に働きかけるという話だけです」

「しかし、さっきも言いましたけど、その程度のことで、刑事が二度も足を運んで、事情聴取を行うというのは、ごく珍しいのです。くどいようですが、校門前での話は、刑事にはしていないのですね？」

「してませんて。浅見さんも刑事さんみたいですね」

彩は顔をしかめて、皮肉を言った。

「だとすると、山本氏は誰かほかの人物を突ついていたのですかねえ……それこそ、殺されるほど執拗に」

「それですがね」と、雄一朗が言った。

「殺したくなるとしたら、よほどのことですよ。彩が山本さんから受けたようなのは、いわば要請というか、懇願に近いものでしょう。そんな生易しいものでなく、それこそ群馬県の教育界を引っ繰り返しかねないゴツイ話でなければ、殺したり殺されたりはしないでしょう」

「そうですね。かりにも殺人事件に発展するには、二つの要素が働いていると考えられます。一つは、犯人側にとって、恐喝がのっぴきならないものであると思われたこと。もう一つは、その前の、澤さんが殺害された事件との絡みです」

「えっ、澤さんの事件が関係してるんですか？」

「これは憶測ですが、もし恐喝を受けた人物が澤さん殺害の犯人だったとしたら、山本氏が接触してきた時点で、そのことを含めて恐喝されると恐れたはずです」

「じゃあ、同一犯人による犯行ですか」

「たぶん……そうは言っても、山本氏のような海千山千の人物が、まともに危険を冒すとも思えないので、その点が理解できないのですが」

「そうですよ」

彩が言った。

「危険だから、私みたいな者を手先にしようと思ったんじゃないですか。でなければ、山本さんが直接、その有力者とかに働きかければ済むはずですもの」

「そのとおりです。冴《さ》えてますねえ」

浅見は手を叩いて褒めた。

「ふざけないでください」

彩はかえってむくれている。

「いや、真面目な話、山本氏がなぜ執拗に梅原さんに迫ったのか、不思議だったのです。そこまで事情に通じているのなら、梅原さんの言うとおり、有力者を脅せば話が早かったでしょう。しかし、実際はそうはしなかった。学校に現れるなんて、回りくどいことをしたのは、そうしない理由があったからなのでしょうね。その理由の一つは、自ら動くことにはよほどの危険が伴うのを恐れたこと。そしてもう一つは、まだ正面切って有力者に迫れるほどの証拠がないので、とりあえず梅原さんを通じて揺さぶりをかければ、相手が反応するだろうという思い込みがあったことです」

「そうか、それで埒《らち》が明かないもんで、我慢できなくなって、直接行動に出たために殺されたんですか」

雄一朗が結論を出した。

「そこなんですが、僕は少し疑問に思っています。本当に山本氏は恐喝に走ったのでしょうか？」

浅見は首をひねった。

「そうですよ、そうに決まってます」

雄一朗は力を込めて言うが、彩までが「そうかなあ……」と、浅見を真似て首をひねっている。

「いくら息子がかわいいからって、自分の身を殺される危険に晒《さら》してまで、虎の尾を踏むような真似をするものかしら？」

「だけど、現実に殺されちまったんだから、それしか考えられないだろう。ねえ浅見さん、そうじゃありませんか」

「それなら話は簡単ですが、そんなものですかねえ。僕なんかには、たかが県大会の選手に選ばれるかどうかなんて、大した問題じゃないと思えるのですが、それが親心というものなんですかねえ」

「そうですよ、それが親心ですよ。さっきの澤さんの話にしたって、娘さんを教師にしたいばかりに、とどのつまり殺されるようなことになってしまったんじゃないのですか。愛するわが子のためなら、後先のことも見えなくなって、身を捨てる気持ちにもなるものです」

「あら、それじゃ、お父さんも私のためにそういう気持ちになってくれたの？」

彩に突っ込まれて、雄一朗は慌てた。

「いや、私はそんなことは考えもしないよ。そのことはさっきも言ったじゃないか。何もしなくても彩は難関を突破したんだからな」

「ふーん、それはそれで、ちょっと寂しい感じはするけど」

彩は不満そうに頬を膨《ふく》らませた。

「まあ、それはともかくとして、山本氏が実力行使に踏み切って、それこそ虎の尾を踏んだのかどうかは、警察の捜査に委《ゆだ》ねるしかありませんね」

浅見は父娘の対立に割って入った。

「警察の捜査力をもってすれば、山本氏の事件直前の足取りは、かなりのところまで摑めるはずです。とくに、その有力者と見られる人物の周辺を洗ってゆけば、山本氏の消息は必ず残っているでしょう。そうなれば、もう二度と、刑事がこちらに現れるようなことはないと思います。ただ、僕の直感から言うと、どうしても山本氏がそんな愚挙に出たとは思えないのですけどね」

「しかし、現実に山本氏は殺されたんですから、犯人側が山本氏の動きに脅威を感じたためとしか考えられないでしょう」

「それは確かにそうなのですが……」

その点は浅見も認めざるを得ないのだが、山本が直接、動いたということが、どうしても納得できない。それではなぜ？——となると、それもまた説明がつかない。思案は堂々巡りに陥《おちい》りそうだ。

山本が動いたのではないにもかかわらず、犯人側に脅威を与えたというのは、第三者が山本の「脅威」を犯人側に伝えたため——であるとしか考えられない。その「第三者」としては、いまのところ梅原彩だけしか浮上していない。

「確認のためにお訊きしますが」と浅見は言った。

「山本氏が有力者を恐喝するといったニュアンスのことを言ったという事実は、梅原さん以外に知っている人はいないのですね？」

「ええ、校長先生に相談した時は、山本さんが群馬県の教育界を引っ繰り返してやる——みたいな、威勢のいいことをおっしゃっていたっていう、それだけで、恐喝するというニユアンスではありませんでした。その後、私が一人の時に、澤さんが殺されたことを例に挙げて、そういうことも起こり得るとか、チクチク突つくとか、より具体的な言い方をしたんです。それって明らかに恐喝するっていう意味ですよね」

「そのことは、梅原さんは誰にも話していませんね」

「話してません。山本さんが、私以外の人にも喋っていたかどうかは知りませんけど、私は話してません。父にだって話してなかったんですから」

「そうなんですよ。まったく水臭いったらありゃしない」

雄一朗は憤慨してみせた。

となると、やはり、山本は自ら動いたということになるのだろうか。

浅見にはどうしてもその点が納得できない。澤という前例があるのを知りながら、山本が澤の轍《てつ》を踏むような真似をするとは考えられないからである。

澤の場合は、贈賄目的に、なけなしの金を使いはたしたあげく、裏切られ、何の成果も挙げられなかったことで、それこそ後先の分別もつかなくなって、頭から突っ込んでしまったのだろう。

しかし、山本の場合はそれとはまったく異質だ。あくまでも、たかが息子が選手選考から外れたということでしかない。腹立ちまぎれに、中学校に怒鳴り込み、女教師に厭味《いやみ》を投げつけたり、恐喝まがいに凄《すご》んでみせたと言っても、そんなのはモンスターペアレントと呼ばれる、悪質なクレーマーと大して変わらない。犯人側からすると、澤吉博のほうが比べようがないほどのモンスターだったことだけは間違いない。

本当のところ、山本は「有力者」のところに恐喝に行ったのだろうか？　それ以前に、口で言ったほどに、本気で恐喝する意思があったかどうかさえ、浅見には疑問に思えてならないのだ。そうは言っても、山本浩司が殺されたという現実は動かない。その推測と事実とのあいだにあるギャップに、浅見は当惑した。

ひょっとすると、山本の事件は、梅原彩が遭遇した「災難」とは、まったく別の次元に原因や動機があるのではないか——とさえ思えてくるのである。

第十章　現場検証

1

しばらくは、警察の捜査の動きを静観することにしよう——という結論を残して、浅見は帰っていった。

あれほど煙たかった浅見だが、いざいなくなってみると、そこはかとない寂しさを彩は感じた。それは雄一朗も同様らしい。「あの人は頼りになるねえ」と、浅見が消えたドアを見つめていた。

「私はあんなふうに言ったが、浅見さんの言うことにも一理ある。たかが、息子が選手になり損なった程度で、恐喝に出掛ける親がいるかどうか、じつのところ、自信はないんだ。かといって、そうじゃないとすると、彩がその、有力者に告げ口したとでも勘繰られかねないからな」

「えーっ、お父さん、そんなことを考えていたの？　ばかみたい。第一、私がそういう有力者みたいな人、知ってるはずがないじゃないの」

「いや、おまえは知らなくても、間接的に知ってる人はいるだろう」

「え？　それって、誰のこと？」

「たとえばこの私がそうだし、校長先生だってそうだろう。私や校長先生に話したことが犯人側に伝わったと考えるかもしれない。もちろん、実際にはそんなことはなかったし、あり得ないことだが、刑事みたいに勘繰るのが商売の連中が、何を考えようと、止めることはできないよ」

「いやだあーっ、それでお父さん、浅見さんにあんなに強く楯突《たてつ》いたのね」

「いや、楯突いたわけじゃないさ」

「ううん、楯突いてたわよ。いくら私に累《るい》が及ぶのを避けるためだからって、浅見さんがせっかく、いろいろ推理しているのを、全否定するようなことを言っちゃ、悪いわよ」

「全否定なんかするもんか。私はただ、自分の意見を言ったまでだ。それに……」

雄一朗は思慮深い目をして、言った。

「浅見さんは本当は、私のそういう考えを見抜いていると思うよ。あの人は論理的に物事を考えることはもちろんだが、人の気持ちや心理の動きを察知する能力に長《た》けている。なかなか恐ろしい人だよ」

「ふーん、そうなんだ……」

だったらいいけど――と彩は思った。

翌日、学校に行くと、待ち構えたように校長に呼ばれた。

「昨日の夕方、家に刑事がやって来てね、前と同じようなことをしつこく訊かれましたよ。梅原先生は山本さんに何を言われたか、このあいだ聞いた以外の報告はなかったか、正確なことを教えてくれってね。何度訊かれようと、私が聞いていること以上の話は答えようがない。それとも梅原先生、あなた何かほかのことも知ってるんじゃないの？」

探るような目で訊かれた。

「知りません。校長先生にお話ししたこと以外に、何も知りません」

言いながら彩はふと、あの道路での悶着《もんちゃく》を見られていたのではないだろうな――と、心配になった。校長室の窓からは、あの場所は見えないはずだが、絶対にないとは言い切れない。

しかし、校長はそれ以上のことは言わず、「そうですか。とにかく、しばらくは言動に気をつけてくださいよ」と、あっさり矛《ほこ》を収めた。

帰りに彩はスーパーユリーに寄った。母親に頼まれたおでんセットと、父親のためのアイスクリームを買うつもりだ。この店に寄ると、条件反射のように、あの白い鎧窓の家の結という男のことが頭に浮かぶ。会うといやだな――と思う反面、会いたい気持ちも半分ある。我知らず胸がときめくのを、疎《うと》ましくも思う。

ところが、その結ではなく、妙な男から声をかけられた。

籠を手に取った時、視線を感じて、その方向に目を向けると、男がキョトンとした顔をしていて、すぐにニッコリ笑ってペコリと頭を下げた。「どうも」と言いながら、商品で膨《ふく》らんだレジ袋を両手に提げて近づいてくる。中年のがっちりした大柄の男だ。五分刈り頭で、怒ると怖そうだが、笑った顔は人懐こく、ほっとさせるものがある。

彩も「どうも」とお辞儀をした。どこかで出会ったことのある顔だが、誰かは思い出せない。たぶん生徒の保護者なのだろう。まだ半年も勤務していないので、保護者会などで会った人など、到底、覚えきれない。山本の父親などは、しょっちゅうグラウンドで見かけていたから、特殊なケースだ。

かといって「どなたですか？」とは訊きにくい。そのうちに思い出すかもしれないが、それまでは、分かっているような顔をして、応対するよりほかないのである。

「どうも、久しぶりですなあ」

「ええ、ほんとに」

「先生もこの店に来られるのですか」

「ええ、ごくたまにですけど、学校の帰りに寄ることがあります」

「あ、なるほど」

会話の中で、何とか、相手の素性や名前を思い出そうと試みるのだが、さっぱり思い浮かばない。

「お父さんもこのお店にはよくいらっしゃるのですか？」

カマをかける意味で「お父さん」と言ってみた。

「いや、ここは遠いですからな、滅多に来ることはないです。女房に頼まれて仕方なしに、ついでがあった時には寄りますがね。この店は品数が揃っているのがいい」

照れくさそうに言った。どうやら生徒の保護者ではあるらしいのだが、これではさっぱり捉えどころがない。あまり話し込むと、ボロが出そうなので、彩は「それでは失礼いたします」と、先を急ぐふりを装って、その場を離れた。

簡単な買い物はすぐ終えた。駐車場に向かおうとして、店を出た時、五、六台先の車の脇に先ほどの男が佇《たたず》んで車内の誰かと話しているのが見えた。広い駐車場に車が立て込んでいたが、その情景はすぐ目についた。

彩はドキリとして、慌てて店内に戻った。車の中の人物が結であることに気づいたのだ。男が結と知り合いであることに驚いてしまった。どういう間柄なのだろう？——と興味が湧く。年齢はどう見ても十数歳は離れているにちがいない。近所同士の付き合いということもなさそうだ。男はさっき「遠い」と言っていたのである。

人品骨柄《じんぴんこつがら》——という点でも、男と結とではかけ離れている。応対の仕方を見ていると、年長であるはずの男のほうが、結に対してずいぶんへりくだったような感じで接している。言ってみれば、商売のお得意さんといった印象である。

そのうちに、二人の男は挨拶を交わし、結の車は駐車場を出て行った。男はそれを見送ってから、自分の車に乗り、駐車場を去った。彩はようやく呪縛《じゅばく》から解かれたようにユリーを出た。

それにしても、あの中年男は誰だったのかが、どうしても出てこない。どこかで会っていることは確かなのだ。それも、単なる通りすがりではなく、しっかりと顔を合わせているという、漠とした記憶がある。さっきの好意的な物腰からいって、悪い関係ではなさそうだ。

車に乗ってからも、記憶を呼び出せないもどかしさに悩まされた。生徒の保護者の顔を片っ端から想起するのだが、該当する顔には出会わなかった。

その日の夕食に、千鶴子が「冷しゃぶ」を作ってくれた。大皿に氷を敷き、その上にレタスと、湯通ししたしゃぶしゃぶ用のロース肉を載せる。ポン酢をつけて食べるだけの、簡単な料理だが、夏向きで、何よりも彩が子どもの頃からの大好物だ。

「どうしちゃったの？　大盤振る舞いじゃないの。何かの記念日だっけ？」

彩が言うと、千鶴子は厳粛な顔で、「彩にご苦労さまっていう気持ちよ」と言った。

「へえーっ、私のためになの？」

「そうよ。五月病にもならず、夏の暑さにも負けず、立派に先生を務めているんだもの、労《いたわ》ってあげようと思って」

「そうだな」と雄一朗も言った。

「思えば、二年前に臨時職員をしてから、よく頑張ったもんだ。立派、立派」

「やめてよ、そんな大げさな……」

彩はふっと涙ぐみそうになって、その瞬間、「あっ」と言った。あの男が誰だったのかを思い出した。

2

彩が突然、大声で叫んだので、雄一朗も千鶴子も腰を浮かせるほど驚いた。娘の努力を労って、しんみりした気分に浸っていただけに、腹立たしくもなっただろう。

「何だ、急に大声を立てて、びっくりするじゃないか」

雄一朗は苦々しげに言った。

「ごめん、ちょっと思い出したことがあったものだから」

「何を思い出したんだ？」

「お父さんたちは知らないことだけど、二校目の学校——沼田のQ中学に臨時で勤めていた時、学校でいやなことがあったのよ」

「いやなことって、校長先生に叱られでもしたのか？」

「そんなんならいいけど、そうじゃなくて、生徒の親が怒鳴り込んできたの。生徒のほうが、どうしようもないワルで、私がこっぴどく叱ったんだけど、そっちの悪いことは棚に上げて、逆恨みっていうか、まあ、モンスターペアレントみたいなものだわね」

「ふーん、そういうことがあったのか。おまえは、学校で何があったか都合の悪いことは、あんまり話さないからな。だけど、そのモンスターがどうかしたのか」

「その人に今日、会ったのよ。スーパーユリーで、バッタリと。どこかで見た顔だと思ったけど、どうしても思い出せなくて。その時とは服装も、それに顔つきまで違った感じだったせいもあるんだけど。そしたらいま、お父さんが臨時職員の話をして、その瞬間に思い出した。ああ、あの時のヤクザのお父さんだって」

「ヤクザ？」

「うん、生徒も相当にワルだったけど、お父さんが本物のヤクザだったのね。自分でヤクザって名乗ったんだから、間違いないわ」

「それで、どうなったんだ？」

「結局、校長先生と教頭先生が謝る形で、何とかその場は収まった。私は絶対に謝るもんかと思ったけど」

「そうだ、悪くないのに謝ることはない」

雄一朗は自分のことのように憤然とした。

「でしょう。学校の管理職なんて、ほんと、だらしがなくて、いやになる。今度の山本さんの一件だって……」

「それはともかく、彩、そのモンスターに会って、どうかしたのか？　店の中で、言い争いなんかしたんじゃないだろうな。仮にも彩は教育者なんだから、あまりみっともない真似はしないでくれよ」

「まさか、そんなことにはならなかったわ。むしろ、すごく友好的な感じで挨拶して別れた。もっとも、私はずっと、その人が誰だったか分からないまま、話の調子を合わせていただけだけれど」

「呆れたな、おまえもそういう芸当ができるようになったのか。人間的に成長したと言うべきか、堕落《だらく》したと言うべきか」

「たぶん堕落のほうよね」

言いながら、彩はあの男のことを考えていた。ヤクザの男とはあまりにも不釣合な結という男のことを――である。

あの二人がスーパーユリーの駐車場で親しげに話していた情景は、ひどく謎めいている。ヤクザのほうは、沼田市のQ中学の学区内に住んでいたはずだ。本人も言っていたように、何かのついでもなければ、こんな遠く離れた店に買い物に来ることはあるまい。その、たまたま立ち寄った店で、彩と同じように偶然、結に出会ったということなのか。

それにしても、ヤクザと結のイメージが、いかにも不似合いだ。ヤクザのほうは、文字どおりのヤクザらしい強面だし、結は実力のほどはともかく、一見した印象は優男《やさおとこ》。にもかかわらず、強そうなヤクザのほうが卑屈なくらい、へりくだった態度だった。

結は「貧乏な投資家」と、冗談まじりに言っていたから、ひょっとすると金貸しでもしていて、ヤクザのほうに借金の弱みがあるのかもしれない。

正体が分かって、ひと安心といったところだが、彩の気分は晴れなかった。何か心のどこかに引っ掛かるものがある。やはり、結とあのヤクザの繋がりが気になっているのかもしれない。

両親には「ヤクザ」の話はしたものの、結の存在は口の端にもかけなかった。なぜか結のことは誰にも知られたくない気持ちだ。ただの行きずりではない「大切なひと」になる可能性を予感していた。

その結が、こともあろうにヤクザと付き合いがあるらしいというのは、彩にしてみれば大いに不本意である。もっとも、結に対する感情など、彩自身の中に秘められているだけで、相手は彩がどう思おうと、何の痛痒《つうよう》も感じないのだけれど。

学校への行き帰りに、また結に会うのではないか――という期待感は、無意識のうちに彩の胸で高まっていた。さして必要もない買い物に事寄せて、スーパーユリーに時折、立ち寄るのは、そのためでもある。

八月六日から八日までの三日間、伊勢崎《いせさき》市にある群馬県総合教育センターで、宿泊研修が行われた。対象は彩のような新年度採用の新人教員たち。宿泊研修というと、学生時代のレクリエーションを兼ねた、楽しいものを想像するのだが、これは違った。三日間、びっしり、厳しい日程で研修講座が組まれ、原則として外出も禁止される。

研修はなかなかハードだが、そのおかげで山本の事件のことなどの雑事から、体も意識も離れることができた。もっとも、結のことは折に触れて思い出す。もちろん、例の浅見のことも忘れているわけではない。刑事たちの動向も気にはなっている。ほんの三日間だけだけれど、事件を巡る新しい動きはあったのだろうか。気にはなった。

八日の夕方、バッグと疲労感を抱えて帰宅すると母の千鶴子が、浮かない顔で言った。

「昨日の夕方、このあいだの安中署の刑事さんが来たけど、留守だって言ったら、そのまま帰ったよ」

「ふーん、しつこいわねえ。まだ何か用事かな？」

「どうかしらねえ。あ、それから、浅見さんから電話があった。お急ぎなら、宿泊先に連絡しましょうかと言ったら、お帰りになってからで結構ですって言ってた」

「何だろう？」

刑事に対するほどではないが、浅見からの電話というのも、必ずしも嬉しいものではなかった。その浅見からの電話は九時過ぎにかかってきた。

「昨日、安中署に行ってきました。小濱さんという部長刑事に会ったのですが、事件捜査のほうはあまり進展していないようでした。それから、やはり、梅原さんと山本氏が道路で言い争いになったことについては、何も知らないようです」

「えっ、そのこと、浅見さん、喋っちゃったんですか？」

「いや、まさか、そんなことはしません。先方の話の様子から推測しただけです。それにしても、山本氏が実際に恐喝を行ったかどうか、警察がいまだにキャッチしていないのには驚きました。警察は事件前数日間の山本氏の行動の、かなりの部分を把握できたようなのですが、肝心の恐喝については、事件直前の段階でも、それらしい動きがあったという情報を得ていないのですね」

「じゃあ、山本さんは恐喝に行った先で、いきなり殺されてしまったということなんじゃないですか？」

「そう、僕もそう思ったのですが、どうもそうではないらしい。山本氏は家の人に、パチンコをしに行くと言って、家を出ているのです。服装も普段着だったので、家人は疑いもしなかったそうです」

「でも、家の人には嘘をついたんじゃありませんか。まさか、恐喝に行くなんて、言うはずがないじゃないですか」

「ははは、面白いですねえ」

浅見は喜んでいるが、彩は真剣だ。

「笑い事じゃないですよ。もし本当にパチンコ屋へ行ったのなら、パチンコ屋の中でか、それとも行き帰りのどこかで、恐喝とは関係のない、何かトラブルがあって、殺害されたっていうことになるかもしれないじゃないですか」

「素晴らしい、そのとおりです」

「えっ、ほんとにそうだったんですか？」

「それ以外には考えられません。山本氏はパチンコ屋へ行く途中か、帰り道か、あるいはパチンコ屋の駐車場で何者かに拉致され、そのまま事件に巻き込まれたと、警察は考えています。僕もそう思います」

「えーっ、じゃあ、恐喝とは関係なかったということですか？」

「そうは言ってません。犯行の動機は恐喝がらみだったとしか、いまの時点では考えられないのです。ただしさっきも言ったように、警察はまだ、山本氏が実際に恐喝を実行した形跡は摑めていません。つまり、犯人側は、山本氏の恐喝が実行される前に察知して、犯行に及んだと考えているのです」

「えっ？　じゃあ、まだ恐喝もしていないのに殺されたっていうことですか？」

「そうですね。少なくとも、山本氏が犯人側に接触した形跡が残ってからでは、事件後、まずその連中が疑われることになりますからね。危険な芽が出る前に摘み取ったということなのでしょう」

「でも、電話で恐喝していたとしたら、第三者には分からないんじゃありません？」

「その点も一応、考えてはいます。しかし、常識的に考えて、電話で恐喝する場合、自分の正体をバラすことはしないものです。もしバラしたら、四六時中、襲撃されることを警戒していなければなりませんから、とても、呑気にパチンコ屋に出掛けて行く心境にはなれないはずです」

「じゃあ、どうして？……」

「そう、どうして犯人側は山本氏の恐喝を、事前に察知し得たか……です。そう考えると、誰かの口から聞いたのではないかという推測が成り立つわけです。そこで梅原さんに白羽の矢を立てる。梅原さんが何か知っているのではないかと……」

「そうか……そうなんですね。それで昨日も刑事が……」

「ははあ、やはり行きましたか。刑事は何て言ってましたか？」

「私は留守でしたから、そのまま引き上げたそうです。でも、また来ますよね」

「たぶん……警察にしてみれば、目下のところ、梅原さん以外に頼るところはないのですからね」

「迷惑ですよ、そんなのに頼られるのは。第一、私は何も知らないんですもの」

「いや、山本氏が恐喝の意思を持っていたことを知っているのは、家族以外では梅原さんだけなのですよ。ほかに校長先生もいますが、梅原さんほどには、山本氏が本気で恐喝しそうな様子だったことは知りません」

「そう言えばそうですけど……もし刑事が来たら、どうしたらいいんですかね」

「山本氏が澤さんの事件を例に出して、恐喝めいたことを言っていたと、その時の道路上での言い争いの様子を正直に話すことですね。刑事は当然、その件を、誰かに話したかと訊くはずです。しかし、誰にも話していないのですから、そう答えて、それで終わりでしょうね」

「それで済みますか？」

「はい、それで済みます」

浅見は明るい声で、いとも簡単に結論づけた。彼のそういう口ぶりを聞いただけで、彩の頭に重くのしかかっていたものが雲散霧消した。

3

彩を安堵させたものの、警察同様、浅見の「捜査」もさっぱり進展しない。電話を切ったあと、浅見はしばらく、ぼんやりと考えに沈んだ。

昨日、安中警察署の捜査本部を訪れて、小濱部長刑事から状況を聞いた。小濱は見るからに生真面目そうな男で、本来ならルポライターなど相手にしそうにないのだが、あらかじめ県警の森山警部に紹介の電話をかけておいてもらったので、想像していたよりも好意的に対応してくれた。

小濱の話を聞いて、警察の判断は大筋において間違っていないと浅見は思った。

梅原彩の証言によって、山本浩司が何者かに圧力をかけようとしていたらしいことは分かったものの、実際に行動に移したという事実を、警察は摑んでいない。

「正直言いますと、本部内の意見は二つに分かれていましてね」

と小濱は言った。

「一つは、実際に恐喝に動こうとした矢先、その情報をキャッチした犯人側が先手を打って山本を殺害したというもの。もう一つは、じつは山本には恐喝の意思はなかったのではないかというものです。つまり素人相手に威勢のいいことを言ったものの、それを実行に移すほどの度胸はなかったというわけです。現に、山本には恐喝の前科はないですしね。いろいろ、誹謗中傷に類するものを書いてはいるので、それなりに『モミ消し料』程度の稼ぎはあったでしょうが、それ以上、相手を失脚させるほど追い詰めるところまではしていません。金づるを失脚させてしまっては、元も子もなくしちゃいますからね」

彩との電話では、そのことを浅見は言わなかった。言えば「素人」扱いされたと、彩の自尊心を傷つけそうだ。

小濱の言うとおり、恐喝がらみでないとすると、犯行動機はまったく別のところに求めることになって、想定する犯人のイメージもぜんぜん別のものになる。捜査は一から出直し。振り出しに戻るわけだ。

しかし、浅見は山本の事件もまた、澤吉博が殺害された事件と同根だと信じている。犯人側が山本の殺害を急いだのは、前段に澤の事件があるからだ。神経過敏になっているところに、山本に恐喝の動きが見えたから、果断の措置に走ったにちがいない。

問題は、犯人側がどうやってその山本の動きを察知したか――という一点に絞られる。警察が言うように、山本がまだ恐喝を実行に移していなかったとすると、恐喝の意思表示は、梅原彩を脅した時に行った以外、ほかの何者かに同じことを話した可能性のあることしか考えられないわけだ。それがなぜ、どういう経路で犯人側に伝わったのか――。

現在、浅見が持っているデータだけでは、どうしてもその疑問が解決しない。浅見の知らない何かが、どこかに眠っているような気がしてならない。すぐそこにありながら、見えてこないもどかしさで、浅見はベッドに入ってからも苛立《いらだ》ちが募った。

翌日は土曜日だったが、浅見はいつもより早く起きて、梅原彩に電話した。

「今日、そちらにお邪魔したいのですが、学校とお宅と、どちらに伺えばいいですか」

相手のスケジュールを確かめもせずに、いきなり訊いた。ひょっとして、彩にはデートの約束でもあるかもしれないのに、だ。

「今日は学校は休みですから、一日中、家のほうにいる予定です」

彩の口ぶりからは、迷惑がる気配は感じ取れなかった。

道路は行楽の車で混んでいたが、十一時前には、渋川市の梅原家に着いた。玄関に入ると、奥のほうのテレビから、甲子園の高校野球放送が流れていた。

「父は野球に夢中で、ご挨拶にも出てこないかもしれません」

彩は恐縮しながら、応接間に案内した。

「暑い中、大変ですね。お電話では済まないことなんですか？」

「ええ、電話ではだめなんです。きわめて重要なことなので、ぜひ梅原さんに協力していただきたいのです」

「えっ、私にですか？　重要なことって、何でしょうか？」

「いまさらのような話ですが、梅原さんが山本氏に脅された時の、現場検証をしていなかったことに気がつきましてね」

「現場検証……」

彩はあっけに取られた顔になった。

「そうです。山本氏がどんな状況で、どんな様子であなたを脅したのか、その時の状況のまま再現してもらいたいのです」

「というと、学校を出たところの道路で、ですか？」

「そうです。お願いできますよね」

「ええ、それはまあ、いいですけど、そんなことをして、何か役に立つんですか？」

「それは分かりません。しかし、事件捜査の要諦《ようてい》の第一に、現場に立てというのがありましてね。物事はそこから始めるべきだったのです」

彩はチラッと時計を見た。昼まではまだ一時間。昼過ぎ頃までには往復して来られる時間であることを確かめたらしい。

「分かりました。それじゃ、すぐに行きましょうか」

浅見の運転するソアラで高崎へ向かう。それほどの距離ではないが、急ぎなので関越自動車道を使った。春日中学校の校門前には十一時半ちょうどに着いた。学校の前の道路、彩があの日、校門から出て、山本にストップをかけられたという位置に車を停めた。

「こんな感じですか？」

「そうですね、そんな感じです」

右折を完了していない、道路脇にやや斜めに寄せた、中途半端な状態だ。

二人とも車を下りて、彩が運転席側、浅見が助手席側のドアの脇に立った。「あの時」の彩と山本が対峙《たいじ》した状況の再現だ。

「こんな状態で言い合ったのですね？」

「ええ、そうでした」

浅見は左右を見渡した。夏の盛りの、さらに日盛りである。アスファルトの反射で、目が眩《くら》むばかりだ。陽炎《かげろう》が立つ道路上には、はるか遠くまで人影がない。

「その日も、こんな感じで、人通りがなかったのですね？」

「ええ、ぜんぜん。だから、誰かに救いを求めようがなかったんです」

休日の学校は閑散としているが、車と校舎との距離は、いちばん近いところでも三十メートルは離れている。職員室はクーラーをつけているから、窓は閉め切っていただろう。クラクションでも鳴らさなければ、「異変」に気づいてもらえなかったにちがいない。

浅見は反対側の民家を見た。すぐ前には白い鎧窓のある二階家がある。門の内には車が見えるので、人が住んでいることは確からしいが、門柱に表札はない。

「こちらのお宅は何ていう名前ですかね？」

「さあ……」

彩は首を傾げた。

「その時の騒ぎには、気づいていなかったのでしょうか？」

「たぶん……どなたも、姿が見えませんでしたから」

「訊いてみましょうか」

浅見は門に近寄った。

「えっ、訊くって……やめたほうがいいんじゃないですか」

彩がうろたえぎみに言った。

「どうしてですか？」

「だって、ご迷惑をおかけするでしょう。学校のご近所は、日頃からいろいろと、学校の存在や生徒たちのやかましさに、迷惑してらっしゃるから……」

「しかし、今回は特別です」

浅見は構わず、インターホンのボタンを押した。応答がなかったので、念のため、もう一度押してみた。しばらく待って、諦めかけた時、「はい」と、男の声が聞こえた。

「突然、お邪魔して恐縮です。ちょっとお伺いしたいことがあるのですが、お話を聞かせていただけませんか」

「どういうことです？」

「先日、七月の下旬のことですが、こちらのお宅の前で、ちょっとしたトラブルがあったのです。男の方と女の方が言い合うような、そういうトラブルです。それでですね、こちらのお宅のすぐ前ですので、何かお聞きになっていらっしゃるのではないかと思いまして、そのことでお話をお聞きしたいのです」

「お宅、警察ですか？」

「いえ、そうではありませんが」

「なんだ、違うの。いや、どっちにしても、何も聞いてませんよ。そういうことがあったこと自体、知りません。いま仕事中なので、失礼しますよ」

にべもなく言って、通話が切れた。

4

浅見が目の前の家を訪ねて話を聞くと言いだした時には、彩は心臓が飛び出るほど動揺した。夢中で「やめたほうがいい」と言ったが、それでやめる相手ではなかった。浅見の指がインターホンにかかるのを、祈るような思いで見つめた。

インターホンから出てきた声は、まぎれもなく結のものだった。不機嫌そうな口調に、まるで彩自身が叱られているような緊張を強いられた。もし結が応対に現れて、彩と顔を合わせたらどうしよう――と、気が気ではなかった。いっそ、車の中に逃げ込もうかとさえ思った。

幸か不幸か、結は冷淡な応対のまま、インターホンを切った。彩はほっと胸をなで下ろしたのだが、浅見は逆に「怪しいな」と、しきりに白い鎧窓のほうを見上げている。もしかすると、あの窓からこっちを見下ろしているかもしれない――と、彩は不安だった。

浅見はすぐに視線を外したが、勘の鋭いこの男は、結との僅かばかりの会話の中から、何かただならぬ気配を感じ取ったのかもしれない。それはそれで、彩を脅えさせる。

「この距離だったら、騒ぎに気づかないはずはありませんよね」

浅見は言った。道路と建物のあいだは、せいぜい五メートルほどである。

「さあ、どうでしょうか。お留守だったのかもしれませんよ。それに、家の奥のほうで何かしてたら、気づかないんじゃないですか。学校の近くのお宅は、遮音効果のある壁にしてるみたいですし」

何となく、結のために弁解しているような後ろめたさを感じる。

「そうですかね。僕は知っていながら知らない素振りだと思います。だいたいの人は、そういう揉め事には関わりたくないものですからね。とにかくどういう人物なのか、どこかで訊いてみましょう」

浅見に促され、彩は車に乗った。

浅見は表通りに出て、近くの酒屋の前で車を停めた。「ちょっと待っていてください」と彩を残して、酒屋の店内に入って、しばらくして戻ってきた。

「分かりましたよ。あの家の名前は結というのだそうです。結ぶという字、一文字です。珍しい名前ですね」

車を走らせながら、浅見は喋る。そのひと言ひと言に、彩は身の縮む思いがした。

「酒屋は、男の人の独り暮らしではないかと言ってます。たまにビールや調味料なんかを買いに来る程度で、何をしている人なのか、あまりよく知らないみたいです。まあ、近所付き合いもなさそうですね」

「そんなことを調べて、何か役に立つのですか？」

彩はオズオズと訊いた。

「役に立つかどうかは分かりませんが、何もしないよりはましです。もしかすると、表で言い争う声を聞いていた可能性もあるのですからね。もしそうだとすると、山本氏が『恐喝』を口走ったことを知っている、唯一の第三者ということになります」

「ああ、そういうこと……でも、それで何かが分かるんですか？」

「もちろん！」

浅見は当然でしょう――という顔をした。

「これまでは梅原さんだけしかいなかった、犯人側に対する『情報提供者』が、もう一人、存在するわけですから」

「えっ、じゃあ、その人が犯人に情報を提供したんですか？」

「いや、あくまでも可能性の問題です。しかし、梅原さんの場合と同様、確かめてみるだけの価値はあるでしょうね。もちろん、僕が行ったって、さっきのように相手にしてくれないでしょうから、警察に教えてやることにしますよ。もっとも、警察が行っても、正直に答えるとはかぎりませんが」

「そうですよね。ふつうは言いませんよね。まして、殺人事件に関係するようなことですもの。ふつうの人は誰だって、関わりたくないものです」

彩はそうであって欲しい——と思った。しかし、そう思う一方では、結に対する疑惑が頭を擡《もた》げてくるのを感じた。浅見の言うとおり、結は彩と山本の言い争いを聞いていた可能性がある。道路とあの建物の距離なら、べつに聞き耳を立てなくても、しぜん、会話が耳に飛び込んできただろう。

もしもその会話を聞いたとして、結は何か行動を起こしたのだろうか。山本が恐喝しようとする「何者か」に、そのことをご注進に及んだのだろうか。もしもそうだとしたら、いったいその「何者か」と結とはどういう関係なのだろう。

さまざまな仮定の状況を考えれば考えるほど、結と例のヤクザとの繋がりが、にわかに重要な意味を持っているようにも思えてきた。しかし、結のことを話さなかった以上、結とヤクザのことを浅見に話すタイミングは、もはや永久にこないかもしれない。

(どうしよう——)

彩は急速に気分が落ち込んだ。フロントガラスの向こうの風景が、ボーッと霞《かす》むような気がしてきた。

「どうしました？　大丈夫ですか？　ちょっと顔色がすぐれないみたいですが」

浅見がチラッとこっちに視線を送って、言った。

「えっ？　いえ、ちょっと疲れただけです。昨日までの宿泊研修がきつかったもので」

「それならいいけど、僕の運転で酔ったのかと思いました。しかし、なるべくゆっくり走らせましょう」

「いいえ、心配しないでください。むしろ早く家に帰って、横になりたい気分です」

「そうですか」

浅見は素直に頷いた。しかし、明らかにこっちの様子に気を遣いながら車を走らせているのを彩は感じた。彼の繊細な神経は、彩の心理状態の深いところまで見透かしているのではないか――と不安になる。

渋川にはほぼ予定どおり、十二時半には到着した。帰宅すると、玄関先で、母の千鶴子が彩の顔を見て、「どうしたの？」と言った。

「青い顔をしてるけど」

「どうもすみません」

彩が何か答える前に、浅見が謝った。

「僕が引っ張り回して、どうやら疲れさせてしまったようです。昨日までの研修が応えていたのでしょう」

「違いますよ」

彩は強く否定した。浅見にそこまで気を遣ってもらっては気の毒だ。

「でも、失礼して、ちょっと横にならせてもらいます」

彩は浅見に頭を下げて、奥へ引っ込んだ。服を着替えるのも億劫《おっくう》で、そのままベッドの上に転がった。「しようのない子で……」と、千鶴子が浅見の手前を繕っている声が聞こえてきた。

その時になって、父の雄一朗がテレビを離れて玄関へ向かった気配だ。「惜しいところだったのに」と言ったところを見ると、地元の学校が敗退したらしい。

「やあ浅見さん、どうも彩がご面倒をおかけします。まあ、とにかく上がってビールでも……いや、車でしたか。それじゃ母さん、素麺《そうめん》でも茹《ゆ》でてくれないか」

「いえ、僕はこれで失礼します」

「何をおっしゃる。上がった、上がった。母さん、彩はどうしたんだ？」

「ちょっと気分が悪いんですって」

「しようがないな。折角、浅見さんが来ているというのに」

両親たちの会話が、ますます彩を憂鬱にする。例の「ヤクザ」の話を、父が浅見に漏らしたりしなければいいが――と、彩の心配のタネは増えるばかりだ。

両親と浅見の足音が応接間の中に遠ざかって、会話が聞き取れないほど小さくなった。

全神経を耳に集中させても、雄一朗の高笑いが聞こえる程度だ。胸の鼓動も脈拍も速くなって、このまま死んでしまうのではないかと思えてきた。

第十一章　対　決

1

梅原家からの帰路、浅見は安中警察署に寄って、小濱部長刑事に会った。小うるさい東京のルポライターを歓迎するはずはないと思うが、小濱は表向きは笑顔を見せた。

「どうも、ご精勤ですなあ。われわれ捜査員よりも頑張ってるみたいです」

なんとなく厭味とも受け取れる言い方をしている。

「それで、今日はどういう？」

「じつはですね、唐突かもしれませんが、春日中学の向かいの、結さんというお宅のことを、少し調べてみたらいかがかという、提案をしたいのですが」

「中学の向かいの家、ですか？　調べるというと、どういったことを？」

「住んでいる人の、いわば身元調査みたいなことです」

「身元調査ですか」

小濱は難色を示した。

「さしたる理由もなく個人情報の調査を行うのは、警察といえども、かなり難しいですよ。目的は何でしょうか？」

「もちろん、今回の山本氏殺害事件に絡むことですが」

「はあ、その結さんという人が、関係しているというのですか？」

「かどうかは分かりません」

「そんなんじゃ、調べの対象にするわけにいきませんけどねえ」

（どうしようかな——）と浅見は迷った。梅原彩が警察に言わなかったことを、自分の判断で告げ口するようなことは許されないだろう。しかし、この際はそのことを言わないと説明がつかないのだ。

「じつは、梅原彩さんが小濱さんに、はっきり話していない事実があるのです」

「えっ、警察に内緒にしているんですか。それは困りますね。どういう理由なんだろう。話さなかった内容によっては、犯人秘匿にだってなりかねませんよ」

「ははは、そんな大げさなことではなく、ちょっとした表現上の行き違いみたいなものだそうですよ」

「ふーん、何にしても隠し事をされては、警察として見過ごすわけにいきませんな。いったいどういうことです？」

「梅原さんが山本氏に、脅しとも取れる迫られ方をされたことは話してますね？」

「ああ、そのことは聞いております」

「その脅し方なのですが、山本氏はかなりしつこかったようです」

「それも言ってましたよ。有力者を動かせば、事態は変わるといったことです。梅原さんで話がつかなければ、直接そういう有力者にねじ込む、というような雰囲気だったようですな」

「そのことなのですが、山本氏がそう言って息巻いているのを知っているのは、梅原さんと、せいぜい校長先生ぐらいなものと思われていますよね」

「そうですな」

「ところがですね。ほかにもその騒ぎを知っている人物がいる可能性があるのです」

「ほうっ……誰ですか？」

「問題は、梅原さんと山本氏の言い争いがあった場所なのです」

「それは、学校内の相談室というところだったと聞いてますよ」

「ええ、それはそれで間違いないのですが、じつを言うと、山本氏はもう一度、梅原さんが帰宅する時を狙って、校門の外で待っていたのです。車の前に立ち塞がって、危うく轢《ひ》くところだったそうです。梅原さんも頭にきて、かなり激しい言い争いになったのですが、たぶんその話は、小濱さんは聞いていないと思いますが」

「聞いてません。ふーん、そんなことがあったのですか。梅原さんは、なぜそのことを黙っていたのかな？」

「必要ないと思ったのでしょうね。脅されていたこと自体には、変わりないですから」

「たとえそうであっても、話してくれなきゃ困りますよ。いや、浅見さんを責めたって始まりませんがね」

「それでですね。相談室のような密室と違って、場所が道路上ですから、誰か通りすがりの人に、話の内容を聞かれている可能性があるのではないかと思って、訊いてみました。そうしたところ、その時は道行く人は一人もいなかったのだそうです。だからこそ、梅原さんは小濱さんに、その話はする必要がないと思ったのでしょう」

「なるほど」

「ところがですね、通行人はいなくても、もしかすると近所の家の中で、誰かが聞いていた可能性はあるわけでして」

「ああ、それはそうですな。その可能性はありますな」

小濱は意気込んで、すぐに気づいた。

「あっ、それで浅見さんは、校門前の家の調査をしろと言うのですね？」

「そのとおりです。ぜひやるべきだと思うのですが、小濱さんはどう思いますか？」

「うーん、そうですな、小当たりに当たってみますか。ただしさっきも言ったように、用心してかからないと、人権侵害だなんてことを言いだされかねません。通常、職業や家族構成程度なら、巡回の警察官が訪ねて聴き取りすることも可能ですが、出自《しゅつじ》や係累《けいるい》、さらに事件との関係まで調べるとなると、先方も神経質になるでしょうからね」

「特定の人物との関係を確かめるのは難しいでしょうか」

「特定の人物とは、誰のことです？」

「たとえば、県議の名越敏秋氏」

「えっ、名越県議ですと？」

小濱は目も口も大きく開けた。

「なんでまた、名越先生の名前が出てきたんです？」

「いや、その理由はいずれご説明しますが、まずはとりあえず、結さんと名越県議に関係がないかどうかだけ、知りたいのです。もっとも、このことは結さんに気づかれないように確認できたほうがいいのですが」

「ふーん、どういうことですかねえ……」

小濱は悩ましげに眉をひそめた。

「しかし、名越先生にまで累を及ぼすような立ち入ったことを訊くのは、ちょっとやばいですなあ」

「ですから、結さんに怪しまれるような訊き方はしないほうがいいと思います」

「そうですなあ……いや、それにしても、その結さんという人と、名越先生とに関係があるんでないかというのは、どこから出てきたのです？　第一、関係があるとすると、どういう関係を想定しているんですか？」

「まあ、親戚とか、仕事上の付き合いとか、金銭の貸借関係があるとか、いろいろ考えられると思いますが」

「金銭の貸借関係？……」

小濱はいよいよ渋い顔になった。

「そういう話だとなおさら厄介でしょうな。そうでなくても、個人的な交友関係のあるなしに手をつけるとなれば、当方もそれなりの態勢で臨まなければならんでしょう。まして相手が名越先生ですか……いったい、名越先生の名前を持ち出したのは、どういう裏付けがあってのことなのです？」

「名越県議は、群馬県教育界を牛耳っている、いわばボス的存在ですから」

「あっ、そういうこと……つまり、山本さんが言ってたという、選手選考結果を動かす力のある人物というのが、名越先生だと言いたいわけですな」

「そうです」

「それはどんなもんですかなあ。名越先生がそんな愚にもつかない申し出を受けるとは考えられんでしょう」

「確かに。しかし山本氏はそうは考えなかったのかもしれません。ひょっとすると、ゴリ押しが通じるような、何か名越県議の弱みを握っているとか」

「弱みねえ……そりゃ、政治家の先生方にはそれなりに、いろいろと弱点はあるかもしれないが。そんな理不尽な要求を受け入れるほどの弱みがあるとは思えませんな。それとも浅見さんは、何か知ってるんですか」

「知らないこともないです」

「ほうっ、どんなことです？」

「沼田市のQ中学で、澤さんという先生が殺された事件がありましたね」

「ああ、ありました。そうそう、浅見さんを紹介した県警の森山警部は、そっちの事件の捜査主任をしておられるんだ。それとこっちの事件と、何か関係があるのですか？」

「捜査が進めばいずれ分かってくることですが、じつは、山本氏が殺された事件の背景に、その事件が関係している可能性があるのです」

「え、ほんとですか？」

「森山警部に聞いていただくといいのですが。その澤さんは生前、大量の写真を撮っていました。しかも、ほとんどが隠し撮りと見られる写真です。その写真に写っている人物の中で、最も多いのが名越県議なのです」

「ほうっ……」

「澤さんは、群馬県の教員採用試験の裏で、名越県議が暗躍していることを確信し、それを裏付ける証拠写真を撮影し続けていたと思われます。おそらく、それを武器にして、長年、教員採用試験に落ちている娘さんの合格に資するつもりだったのでしょう。そのあげく、殺害されました。山本氏はその事件の真相を知っているかのような口ぶりで、梅原さんを脅していた……」

「えっ、ちょ、ちょっと待ってください」

小濱は慌てふためいた。

「それだとまるで、名越先生が、澤さん殺害の犯人みたいに聞こえるじゃないですか」

「そうは言ってませんが」

「いや、とにかく、そういうやばい話はやめてくださいよ。自分はいまの話は聞かなかったことにしますからね」

「はい、承知しました。もともとその事件はこちらの管轄外ですしね」

思いのほか根強い小濱の保身主義に、浅見は苦笑した。

「それはともかくとしてです。通りで起きていた言い争いを聞いていなかったか、名越県議と知り合いでないか、その二点ぐらいは確かめても問題ないと思いますが」

浅見は話を本題に戻した。

「まあ、問題はないでしょうが、しかし、結さんがそれに必ずしも、正直に答えるとはかぎりませんよ。まして、犯罪に関係のあるような疑いをかけられることなど、隠しておきたがるでしょうし」

「確かにおっしゃるとおりでしょう。現に、僕がインターホンで質問したのに対しても、結さんは、表の騒動にはぜんぜん気づかなかったように答えていました」

「えっ、なんだ、すでに浅見さんはその家を訪問してるのですか。まずいですねえ。そういうのは、警察としてはあまり認めるわけにいかないんですがねえ。今後は遠慮してもらわないと、困りますよ」

小濱は苦い顔でクギを刺した。

「しかしまあ、浅見さんがせっかく持って来てくれた話ですからな。一応、できる範囲内で調べを進めてみますよ」

2

そう請け合いながら、

「それにしても、道路で言い争いがあって、たまたま向かいの家にいたからといって、捜査の対象にするというのは、いかがなものでしょうかなあ」

しきりに首をひねっている。

おそらく、それが小濱の本音なのだろう。常識的に考えれば、かなり飛躍し過ぎた着想ではある。しかし、浅見としては、ごく当然のことにしか思えないのだ。あの家の者以外に、山本に「恐喝」の意思があったことを知り得る人間のいる可能性は、ほとんどない――と思っている。

否定的だったわりに、小濱はすぐに動いてはくれた。浅見が夕刻、自宅に帰り着いて間もなく、小濱から電話が入った。

「あれから早速、結さんのところへ行ってきましたよ。あの家は結遼資《りょうすけ》という人物の独り住まいです。遼資は司馬《しば》遼太郎《りょうたろう》の遼に資本の資と書いてリョウスケと読みます。年齢は三十三歳、職業については、本人は物書きと言っておりますが、まあ、われわれの見方としては無職でしょうな。強いて言えば投資家ですか。このところの株安で苦労していると言ってました。それから家族ですが、両親とはすでに死別していて、ほかに兄弟姉妹はいないそうです。問題の、前の道路上で言い争いがあったことに関してですが、やはり浅見さんが言っていたとおり、結さんはまったく気づかなかったということでした。まあ、それが事実であるかどうかは分かりませんがね。あと、山本さんとの関係についてですが、会ったこともないし、名前も知らないということです。だいたいそんなところですな」

電話を切りそうな気配なので、浅見は慌てて「ちょっと待ってください」と言った。

「名越県議との関係については、訊かなかったのですか？」

「そんなもん、まともには訊けませんよ。まあ、とおりいっぺんに、名越先生を知ってるかどうかは訊きましたがね。名前ぐらいは知っているが、もちろん付き合いはないという答えでした。本当のことを言っているのかどうかは分かりません」

「事実かどうか、確かめることはできませんか？」

「そりゃ、絶対にできないってことはないですけどね。しかし、それをやろうとしたら、捜査会議にかけて、上のほうの了解を得なければなりません。会議にかけるったって、理由をどう説明したらいいんですか？　そもそもからして、結という人が、表の騒ぎを聞いていたかもしれないっていうところから始めるわけでしょう。そんなの、説得力がありませんよ」

「つまり、事実上、調べられないというわけですか？」

「まあ、そういうことですなあ。今後、新事実でも出てくればべつですがね」

小濱は「それじゃまた、何かあったら教えてください」と、電話を切った。そんなことを言いながら、「教わる」つもりなど、まったくないにちがいない。

浅見は落胆した。なかば予想はしていたものの、警察の捜査の限界のようなものを感じないわけにはいかない。

確かに、小濱の言うとおり、名越に嫌疑を向ける正当な理由など、ありはしないのだ。結が、山本と梅原彩の言い争いを聞いたかどうかも分からないし、結と名越が知り合いかどうかも分からない。さらに言えば、山本が名越を恐喝するつもりがあったかどうかも分かっているわけではないのだ。何も分からない状態で、たかが素人の思いつきにすぎないことで警察が動かされるのは、業腹《ごうはら》でもあるにちがいない。

（もし、梅原彩が最初の時点で、小濱に事実を話していたら――）

浅見はそうも思った。彩が山本と道路上で言い合ったことを話し、近隣の家にその騒動を聞かれた可能性に警察が気づいていたならば、捜査方針だって、根本的に変わっていたかもしれない。結家に限らず、隣近所に聞き込みを行ったはずだ。

（そうか――）と浅見は思い当たった。彩からその話を聞いた時、ばくぜんと違和感を覚えたのは、それだったのだ。

彩はなぜ小濱の事情聴取を受けた時に、相談室での話にとどめ、道路上で山本と深刻ないさかいがあったことを話さなかったのだろう？

自分にあらぬ疑いを向けられるのを避けたため――という理由はあるかもしれない。浅見はそう善意に解釈していた。しかし、道路での口論があったことを話していれば、その時点で本人も刑事も、通行人はいなかったけれど、近隣の家に聞かれた可能性のあることに、気づいていたはずだし、刑事に聞き込みのきっかけを与えたにちがいない。

彩は、そうなることを恐れたのではないだろうか。

そう思った瞬間、浅見の頭に、結家のインターホンのボタンを押そうとした時の、彩の狼狽《ろうばい》ぶりが思い浮かんだ。ほとんど悲鳴のように上擦《うわず》った声で「やめたほうがいい」と言ったのだ。

(なぜだろう?——)

さらに疑惑が広がった。

(梅原彩は、あの向かいの結という家の人間と顔見知りではないのか?——)

考えてみると、校門を出た真正面にある家である。春日中学に着任して四ヵ月以上、その家の住人と一度も顔を合わせていないというのは、常識的に考えるとおかしい。結遼資なる男は、よほど人付き合いの悪い、夜しか出歩かないような引きこもり体質の人間なのだろうか。

浅見は結家の住人に、猛烈な興味が湧いてきた。小濱の話では、結遼資という人物は三十三歳。自分と同じ歳だ。しかも独身で、浅見のような居候とは異なり、一戸建てに住んでいる。もし顔見知りだとしたら、彩が単に「知っている」にとどまらない、特別な感情を抱いたとしても、それほど不思議なことではあるまい。

人間を「善いほう」「悪いほう」に分けて考えると、浅見はともすると「善いほう」に感情移入して同情的になってしまう。梅原彩はどちらかといえば被害者──つまり「善いほう」の側だ。だから、彼女の言動に、違和感を抱きながらスルーしてしまったというのは、その典型的な例ではないか。

そう思いながら、浅見はそれとは別の例にも連想が流れた。澤吉博のことだ。

澤はまごうかたない殺人事件の被害者ではある。だから、彼には善人としてのイメージが強かった。しかし、彼が追い続けた名越敏秋にとっては、執拗きわまる脅迫の加害者だった。浅見は、澤が殺人事件の被害者であるがゆえに、その事実を軽視してきたうらみがある。

それにしても、賄賂を贈り二度までも名越に裏切られながらも、娘を教師にしようとする澤の執念を思うと、澤の娘にかける一直線の愛情と、名越の背信に対する怒りの強さが、第三者である浅見の胸にも迫ってくる。小心なほど真面目に生きてきた澤が、五十六歳という、教員としての「晩年」に至って、ついに隠忍の壁を乗り越え、常軌を逸脱して踏み迷い、愚かな脅迫行為に及ぶことになったのだ。

「五十六歳か……」

浅見はぼんやりと「彼」の人間像を想像しながら、呟いた。

教員の五十六歳といえば、教頭か、場合によっては校長の椅子に就いていてもおかしくない年齢のはずだ。澤にはそういう野心とか猟官の意思はなかったのだろうか？

急速に高まる疑問に追われるように、浅見は電話に向かった。ダイヤルした先は、沼田の澤家である。「はい、澤でございます」という、三重子夫人の力感のまったくない声が応じた。

「このあいだ、沼田署の井波さんと一緒に伺った、浅見という者です。先日は日奈子さんにご紹介いただいて、ありがとうございました」

「あ、浅見さん、その節はどうも失礼をいたしました」

失礼はこっちのほうだと思うのだが、まことに気持ちのいい応対だ。それに励まされるように、浅見は言った。

「突然、つかぬことを伺いますが、ご主人は教頭先生や校長先生になる気はお持ちではなかったのでしょうか？」

「えっ……」

確かに、意表を衝く質問だったのだろう。三重子は戸惑った様子で、言った。

「それは、なりたかったにちがいありませんけど……」

「教頭の昇格試験は受けたのですか？」

「はい、受けました。三年前ですが」

「それで、結果は？」

「成績はよく、お話もいただいたみたいでしたけど、ほかの方にお譲りしたそうです」

「えっ、どうしてですか？」

「その時は、まだ現場にいて教壇に立ちたいからと申しておりました。それに、ほかにもちょっと事情がございまして」

「事情といいますと？」

「それは、このあいだもお答えしたとおり、申し上げられません」

「あ、名誉にかかわるとおっしゃってましたね。それはもしかして、日奈子さんのことではありませんか？」

「えっ、どうしてそれを……」

「日奈子さんにお聞きしました。なるほど、日奈子さんの教員採用と引き換えに、教頭の椅子を譲られたのですか」

「………」

三重子は無言だが、電話の向こうに漂う沈痛な気配は肯定を意味していた。

三年前、つまり日奈子が二度目の試験に落ちた時、澤が「おれの努力が足りなかった」と言ったのは、このことだったのだ。

「ところで、そのことを依頼した人物とは、誰ですか？」

「それはちょっと……」

「名越県議ではありませんか？」

「えっ……」

三重子は絶句した。浅見が「そうなのですね？」と念を押したのにも、沈黙が返ってくるばかりだった。

澤吉博が、娘の教員採用試験に道を開くために、あえて教頭の椅子を譲ったという事実は、澤の名越に対する執拗なまでの怨念を理解するのに、十分過ぎた。名越は澤の弱点を衝くエサをちらつかせて、教頭の椅子を断念させた上に、約束を履行するどころか、さらに二度金銭を受け取りながら、裏切り続けていたのだ。

しかし澤は、公式的にはどこへも、名越の非道を訴えるわけにはいかなかった。言えば、自分の恥を晒《さら》し、「引かれ者の小唄《こうた》」扱いをされるだけだったろう。僅かに妻にのみ、その苦衷を漏らしたが、それで泣き寝入りするには、あまりにも代償が大き過ぎたにちがいない。名越の「悪行」を追い、カメラに収めて、それを武器に最後の交渉に臨もうとした――。

その結果が悲劇になった。

それにしても名越の「背信」はあまりにも冷酷過ぎる。そこまで澤を打ちのめすのはただごととは思えない。澤が名越を恨む以上に、名越には澤に対して、強い敵意か怨恨のようなものがあったのではないか？

浅見は疑惑と共に、名越に対する激しい憎悪が湧いてきた。（許せない——）と、まるで桃太郎侍のように思った。

3

スーパーユリーで、彩はまた結と出会った。偶然というのではなく、この前と同様、結が待ち構えていて、こういう場面を作った印象があった。

「やあ、また会いましたね」

声のかけ方に意外性がこもっていない。彩のほうは、一週間ほど前に結と「あの男」を見ているのだが、それには触れず、ごくふつうに「どうも」と言った。

「もしよかったら、隣の喫茶店でコーヒーでもいかがですか？」

結は誘った。もの慣れた口ぶりだ。もしかすると、橋本君が言っていたように、名うての女たらしかもしれない——。そう思いながら、彩は「そうですね」と、いともあっさり誘いに乗った。むろん、彩のほうにも、この際に決着をつけておきたいことがあるからだ。

車をスーパーの駐車場に置いたまま、喫茶店に入った。この店は家族連れなども多いところだから、毒牙《どくが》にかかるおそれはない。

二人ともコーヒーを頼んで、運ばれた水を飲むと、結は言った。

「このあいだ刑事が来ましてね」

グラスの氷をカチャカチャ鳴らし、視線をそこに向けている。氷のような透明感をもつ、しなやかな指先が美しく、彩の目もその部分に引きつけられた。

「あなたと、山本という、安中で死体になっていた人物が前の道路で口論しているのを、聞かなかったかと訊かれました」

彩は緊張で、全身がこわばるのを感じながら、辛うじて「そう、ですか」と言った。

「僕はもちろん、知らないと言いましたよ。もしそういう事実があると証言すれば、あなたに山本を殺す動機があることになりますからね」

「じゃあ、本当は結さんはそのこと、知ってらしたんですか？」

「さあ、どうですかねえ。言えることは、警察には知らないと答えたというだけです」

結はニヤリと笑った。

「やっぱり聞いてらしたんですね。だったら遠慮なく、聞いたとおっしゃってくださって結構でしたのに」

コーヒーが運ばれてきて、束の間、会話が途絶えた。

「しかしねえ、僕があの激しいやり合いを、そのまま刑事に伝えたら、あなたは間違いなく疑われますよ」

「疑われても平気です。だって、私は事件とはまったく関係ないんですもの」

「もちろんですよ。ところが、警察ってところは、いくら関係がないと分かっていても、しつっこく事情聴取を繰り返すのです。一度目と二度目の答えが違っていたりしたら、それこそ鬼の首を取ったように犯人扱いを始めますよ」

「そんなことはありません」

彩は反論した。彩には現に、その経験があった。刑事は厭味は言ったが、犯人扱いするほどのことはなかった。

「ほほう、なんだか、そういうことがあったみたいですね」

「ええ、初め刑事さんに訊かれた時は、道路で山本さんと口論したことは話しませんでした。ご近所に迷惑をかけたくなかったからです。でも、二度目の時にその話をしました。それできっと、結さんのお宅に行ったのだと思います」

言いながら、彩はその話をした相手は刑事ではなく、浅見だったことを思っていた。あの人はそういう尋問にかけては、刑事より上手なのかもしれない。

「なるほど、そうだったのですか」

結は合点がいった――と頷いたが、刑事が来たことから派生するさまざまな状況に思いを馳せているような遠い目をしている。

「あの、結さんにお訊きしたいと思っていたことがあるのですが」

彩は極度の緊張に耐えながら、言った。

「はあ、何でしょう？」

「結さんは、あの方を以前からご存じだったんですか？」

「えっ……驚いたなあ。刑事も同じことを訊きましたよ」

結は唇をすぼめ、明らかに身構えた。

「そうだったんですか。それじゃ、刑事さんもそのこと、知ってたんですね。それで、結さんは何てお答えになったんですか？」

「いや、もちろん僕は、知らないと答えましたよ」

「それはやはり、あの方が警察に、事件との関わりを疑われるようなことにならないためですか？」

「ふーん、鋭いですねえ。刑事より鋭い」

結は笑顔を見せてはいるが、頬の筋肉が引きつって、本音で警戒している様子が見て取れた。その反応には、むしろ彩のほうが驚いていた。核心を衝く質問だという意識はあったが、いきなりこんなふうに、あからさまな結果が出るとは思ってもいなかった。

「しかし梅原さん、あなたどうしてそのことを知っているんですか？　誰かに聞いたんですか？」

「いいえ、偶然、見てしまったんです」

「見た？……どこで？　いつ？」

「一週間ばかり前だったと思いますけど、スーパーユリーで、お二人が話をしているところを、見かけましたから」

「えっ、スーパーユリー？……」

結はそれまでの虚勢を忘れたように、狼狽した。

「あっ、それって何の話？……あなた、誰のことを言っているんですか？」

「お名前は忘れましたけど、沼田の、何ていうのか、ヤクザ屋さんみたいな方……」

「門脇、か……」

「あ、そうそう、門脇さんでした。以前、沼田のQ中学に勤めていた時、教えていた生徒の父親があの方だったんです」

彩の気持ちは高揚してきたが、対照的に結の表情から笑いが消えた。顔色が青ざめたようにも見えた。

その時になって、彩は自分の、そして結の勘違いに気づいた。結は彩が言っているのとは別の人間のことを思っていたのだ。

「ごめんなさい。私が言った人と、結さんが思ってらした方は別人だったみたいですね」

「そう、みたいですね」

「結さんは、どなたのことを思ってらしたんですか？」

「いや、誰ということもないですよ」

首を振って、明らかにはぐらかそうとしている。

「門脇さんとは、お付き合いがあるんですか？　ちょっと結さんのイメージとは、似つかわしくない方なので、親しそうに話していらっしゃるのが、意外だったんですけど」

「親しいってわけじゃなく、ちょっとした知り合いですよ」

結は時計を見て、コーヒーを啜《すす》って、いかにも何か用事を思い出したように「さて」と腰を浮かせた。

「僕はお先に失礼します。ここは僕に奢《おご》らせてください」

最後にようやく笑顔を見せて、軽く右手を上げると、レジへ向かった。

（逃げるのかよ――）と、彩はヤクザっぽく呼びかけたい心境だった。結との「対決」に勝利したという高揚した気分もあったが、それとは裏腹に、胸の内には言いようのない寂《せき》寥《りょう》感が溢れ返っていた。

第十二章　人脈と血脈

1

浅見が名乗ったとたん、岡野松美は「あらまあ」と頓狂《とんきよう》な声をあげた。

「浅見さんからお電話をいただくなんて、今日はきっといいことがありますね」

どういう理由でそんな期待が生じるのか分からないから、浅見は「ははは」と無意味に笑った。

「じゃあ、もしかして、春日中学の先生のこと、解決したのですか？　あの後、事件のことがニュースで報じられるたびに、どうなったかって、心配してたんですけど」

松美は急《せ》き込むように訊いた。梅原彩の「悩み」の相談に乗るきっかけを作ったのが松美だが、あれ以来、一度も連絡を取っていなかった。どういうことになっているのか、そろそろ経過報告をしなければならない時期でもあった。

「いえ、それはまだ解決に至っていません。しかし少しずつ進展してはいます。今日はその件で岡野さんのお知恵をお借りしようと思って、電話しました」

「あら、私の知恵なんて、浅見さんからそんなふうにおっしゃられたら、変ですよ。それは逆でしょう」

「それがそうではないのです。地元のいろいろなしがらみに関係することですので、これはぜひとも岡野さんと、ひょっとすると池永さんのお力が必要かもしれません」

「うちの先生ですか？　それだったら分かりますけど。どんなことでしょう？」

「ちょっと厄介なので、もしよければ、このあいだの中華レストランかどこかでお会いしたいのですが」

「ええ、それは構いません。そしたら、一記ちゃんにも声をかけましょうか？」

「いえ、今回は彼はいないほうがいいでしょう。あまりつまらないことに巻き込むと、教育上、よろしくありません」

「ああ、それはそうですよねえ。分かりました」

時間を決めて電話を切った。

松美が身の回りの世話をしている池永は、群馬県議会の重鎮だった人物だ。引退した以降も、依然として群馬政界に隠然たる影響力を保持していて、国会議員も一目おく存在だそうだ。名越議員に関係する諸事情を訊くには、うってつけの存在ではあった。

松美が指定したのは午後二時の日盛り。この日も上天気で、高崎市内の暑さは東京のそれを上回った。「バーミヤン」という中華風ファミレスだが、二人ともドリンクバイキングだけを注文し、飲み物を取りに行った。

「先生には、買い物に行ってくるってことにしてますけど、あとで浅見さんが会いたいっておっしゃるなら、お連れします」

のっけからそう言ってくれた。

「じつは今日は二つ、知りたいことがあるのです。一つは県会議員の名越氏のこと」

「へえーっ、名越さんのことですか」

松美は驚いた。

「やっぱり浅見さんはすごいですねえ。もうそんなところまで調べたんですか」

「えっ？　どういう意味ですか？」

反対に浅見のほうが面食らった。

「だって、梅原先生の事件のことで名越さんの名前が出てくるなんて、私には考えつきませんもの。でも、名越さんなら、何かあるかもしれません」

「ほうっ、日頃から、とかくの噂のある人物なのですか？」

「詳しいことは知りませんけど、評判はよくないみたいです。うちの先生なんか、毛嫌いしてます。ほら、よく権力を笠に着てって言うでしょう。そういう人ですよ」

松美は声をひそめて言った。

「選挙の時の得票数なんか、下から数えたほうが早いくらいなんだけど、どういうわけか政治力はあるんです。これまでに、建設やら厚生やら、いろんな委員会に属してましたけど、やっぱり教育関係が合ってるんじゃないかしら。名越さんは、もともと先生あがりですからね」

「えっ、教師だったんですか」

「お若い頃はね。でも、お父さんの跡を継いで、県議選に出たんです。その頃は、お金や利権と縁のないきれいな人だというので、PTA関係の支持が強くて、ダントツで当選してたみたいですよ。人のアラ探しをするのが得意で、うちの先生なんか、土建業者と癒《ゆ》着《ちゃく》しているんじゃないかって、議会で突っつかれて、頭にきてました」

「名越氏が池永さんを攻撃したんですか」

「そうなんですよ。そりゃ、政治をやっていれば、まったくきれいってことはないですからね。無理やりアラを探せば、どこかに何かしらありますよ」

「逆に言えば、名越氏にも何かあるということですよね」

「当たり前です。浅見さんは知らないかもしれないけど、学校の先生の世界も大変なんですよ。教員に採用されるには、大分の事件みたいにコネが物を言うこともあるし、コネをつけるにはお金がかかります。そのいちばんてっぺんにいる人が名越さんですからね。でもね、いろいろ後ろ暗いことや、小さな寄付金みたいなのがあっても、おたがい、そういうことは言わないのが政治家でしょう。むやみに攻撃し合えば、県民の皆さんの議会に対する不信感を招くばかりじゃないですか。だから、うちの先生なんか、何でも知ってらっしゃるけど、じっと黙って見てるだけなんですよ。必要な時にズバッと切ればいいことですものね」

「なるほど……」

浅見は感心した。こういう、一見、ただのおばさんのような女性でも、日頃から政治の世界を垣間見る生活をしていると、それなりに一家言《いっかげん》を持つようになるのだ。

「じつは、まだ警察が公式に発表していないことで、例の写真にも関係するような奇妙な事実がありましてね」

浅見は言った。

「亡くなった澤さんは、生前、名越氏の写真を撮りまくっていたのです」

「へえーっ、名越さんのですか？　じゃあ、澤さんていう人は、名越さんと親しかったんですかねえ？」

岡野は不思議そうに首を捻った。

「いえ、そうでなく、恨みを抱いて、執拗に追い続けたということです」

少し長い話になったが、これまでの経緯の中から、必要な部分を解説した。

澤が教頭の椅子を他人に譲ってまで、娘の日奈子の採用を願ったのが裏切られ、その後も、金品を贈って懇願したにもかかわらず、ついに報われることがなかったという話をすると、岡野は「そうでしょう、そういう人ですよ。名越さんというのは」と、あからさまに嫌悪の表情を浮かべた。

「だけど、名越さんの写真を撮って、どうしようとしたんですかね？」

「写真はほとんどすべて、名越氏が教育関係の特定の何人かと会っている場面を撮ったものです。要するに、澤さんは名越氏の不正の事実を立証しようとしていたのでしょう。賄賂を贈る代わりに、その写真を突きつけて脅そうとしたと考えられます」

「じゃあ、犯人は名越さん？……」

松美は目を丸くして絶句した。

「そこまでは断言できません。そのことと事件が繋がっているのかどうかも、まだ明らかではありませんしね。警察の一部には、澤さんのほうが、逆恨みで恐喝を働こうとしていたのではないかという見方をするむきもあるようなのです。かりに、名越氏と事件とに関係があるとしても、少なくとも、名越氏自ら手を下すことはなかったでしょう」

「でも、誰か、殺し屋みたいな人に頼めばいいじゃないですか」

「まあそうですが、事件の場所が中学校の教室ですよ。殺し屋みたいな怪しげな人物の言うまま、澤さんがそんなところまでノコノコ行くとも思えません。また、力ずくで拉致されたような形跡もないのです。となると、犯人は澤さんの知っている人物か、気を許せる相手だったと考えられます」

「はあ、誰ですかねえ？」

「まあ、それはともかくとして、名越氏の人脈がどのようなものか、池永さんにお知恵を拝借したいものです」

「そしたら、これから先生のところへ行きましょう。浅見さんだったら、いつでも会ってくれますよ……そうそう、浅見さんさっき、二つのことを訊きたいっておっしゃってましたよね。もう一つのほうは？」

「結という人物について、ご存じかどうかお訊きしたかったのです。結ぶと書いてユイと読みます」

「結さんですか……どこかで聞いたことがあるみたいですけど……」

岡野松美は首を傾げたが、結局、思い出すところまではいかなかった。

「その件も、もしかしたら池永さんにお心当たりがあるかもしれませんね。とにかくお目にかかることにしましょう」

浅見はソアラに松美を乗せてから、ついでに結家の前を通って行くことにした。表通りを曲がり、春日中学にさしかかって、スピードを緩め、「ここです。ここが結家ですよ」と、白い鎧窓のある家を指さして松美に教えた。

「へえーっ、かわいらしいお屋敷ですね」

松美はそう言ったが、それ以外に特別な関心を抱くことはなかった。

2

松美が言ったとおり、池永恵一郎は浅見を見て、「おお、あんたか。その節はお世話になったな」と歓迎してくれた。もう八十歳はとっくに越えている上に、十年前に脳梗塞で倒れた時の後遺症が体の右半分に残っている。しかし、あの頃よりは回復して、最近は歩くのに多少、不自由する以外は、いたって元気だということだ。

池永にも、松美に伝えたのと同じ「解説」を、かいつまんで話した。殺された澤が名越の写真を撮りまくっていたというのは、池永にも大いに興味があるらしい。

「というと、名越が澤さんの事件に関与しているというわけですかな」

「はい、その疑いが濃厚だと思っています。ただし、現在までのところ、疑惑を裏付ける確証はありません」

「確証など、どうでもよろしい。あんたの勘のとおりじゃよ」

ずいぶん乱暴な断定だが、余計な斟酌《しんしゃく》を加えなければ、浅見だってその結論を出したいと思っている。

「かりに名越氏が関与した事件だとしても、問題は、その方法です。名越氏本人の犯行とは考えられません」

「そんなもん、名越の代わりに誰かがやれば簡単に片付くことだろう」

「しかし、その誰かが問題なのです。澤さんが何の警戒もしないで、その人物の言いなりに、深夜、無人の教室へ出掛けるとは考えにくいのですが」

「なるほどな。しかし、その点は浅見さん、あんたが方法を考えればいいじゃろ」

これまた、いともあっさりと片付けられた。暴論のようだが、案外、これが正論なのかもしれない。推理と憶測で、澤が深夜の教室に誘い出される筋書きを考えればいい。犯人ならこうしたであろう——というシナリオだ。あとは実行犯は誰かという、キャスティングだけである。とはいうものの、そこが難しい。名越の指示に従って、殺人という大罪を犯すような人物が、名越周辺に存在するのだろうか。

「名越氏の人脈について、池永さんがご存じのことを聞かせていただけますか」

「そうですな。最近のことは知らんが、しかし、いまさら名越に若い連中がくっつくとも思えん。まあ相変わらず、わしが知っている範囲内のやつらが取り巻いておるにちがいない。とくに、各市町村の教育関係者や、校長や教頭などが多い」

浅見は沼田市のホテルで見た光景を思い出した。確かに、池永が言ったような人種が、名越の周囲に群れていた。

「名越氏の取り巻きや、息のかかった連中の中に、ヤクザ、暴力団関係の人間はいますか」

「いや、それはないだろうね」

池永は言下に否定した。岡野松美の意見とは食い違うので、浅見は意外だった。

「曲がりなりにも、名越は教育畑から出ている男だ。ヤクザとの接触がバレたりすれば、それだけで政治生命は失われる。名越はそれほどの馬鹿ではないな」

「じつは、山本という、ヤクザがかった人物が、秋間川で死体となって発見されたのですが、この事件のことはご存じですか」

「ああ、ニュースで知っておる」

「その被害者もまた、名越氏と接触したか、あるいは接触しようとした可能性があるのです。何か名越氏のスキャンダルを追っていたと考えられます」

浅見は山本浩司が女性教師に脅しをかけ、さらには、県の「有力者」に接触し、恐喝しかねない勢いだった経緯を話した。

「有力者とは、名越氏を指していたことは、ほぼ間違いなさそうです。したがって、犯行は山本の動きを阻止する目的であり、荒っぽい手口から見て、明らかに暴力団関係者の仕業と思われます」

「そうだな、間違いなくヤクザの仕業だな。相手の山本とかいうのもヤクザがかっているとなれば、むざむざ素人に殺《や》られてしまったということはないだろう」

「となると、やはり名越氏とは無関係の事件と見るべきなのでしょうか」

「無関係ではない」

池永はまた断定した。

「ただし、背後に名越がいるとして、直接に手を出していないのはもちろん、ヤクザに指示して殺《や》らせることはありえない。さっきも言ったとおり、名越とヤクザの付き合いは金輪際、ないのだ」

「しかし、事件とは関係があって、しかもヤクザの犯行だとおっしゃる意味は、どういうことでしょうか？」

「名越があえて指示しなくても、暗黙の了解のもとで、名越の意を体《たい》した人間が動いたのだろうな」

「つまり、その人物が名越氏とはツーカーの関係というわけですか。となると、名越氏の側近とか、ですか」

「さあ、それはどうかな。名越に近いやつが動けば、名越本人が動いたのと、あまり変わりはないだろう」

「確かに……」

だとすると、表舞台に顔は出さないが、裏の世界で名越の思いのままに動く人間を想定しなければならない。まるで時代劇の「お庭番」か忍者もどきである。

「話は違いますが、池永さんは結という人物をご存じありませんか。結ぶ一文字でユイと読むのですが」

「結か……聞いたことがあるな。どういう人間かね？」

「三十代前半の男です」

「だったら知らんな。わしが知ってる人間は、みんな五十は過ぎておる」

池永はそう言って苦笑した。しかし、浅見がそろそろ辞去しようという段になって、ふと思いつくことがあったらしい。

「結という名前だが、ずいぶん昔に、そういう名前の男がいたな。かれこれ、三十年、四十年も前の話じゃが」

「どういう人ですか？」

「県庁の役人だった。最後は県の教育長をしていたと思うが、それから間もなく死んだのじゃなかったかな」

結というのは珍しい名前だ。もし、あの結遼資が、その人物の血筋だとしたら、孫に相当する年代ではある。

「調べてみます」

「調べると言って、あてはあるのかね」

「いえ、ありませんが」

「いまどき、個人情報を調べるのは、相当、難しいよ。警察でもなかなか手が出せないところもあるしな。一人、いい人間を紹介してやろう。県の総務にいたことがあって、人事に詳しい男がいる。まだぼける歳じゃないと思うが、ぼけてなければ生き字引みたいな重宝な男じゃよ」

池永は自ら電話をして、笹嶋一洋《ささじまかずひろ》という人物を紹介してくれた。三十分後、国道沿いの喫茶店で落ち合うことまで、勝手に手配して先方を了承させている。池永の力の程を、まざまざと示すような場面だった。

笹嶋はまさに、十年ほど前に役所を定年退職した――という印象の、律儀でおとなしそうな、ごく目立たない男だった。目印にショッピングバッグを持っていると言っていたが、喫茶店の片隅で、しょんぼりコーヒーを啜っている男を見ただけで、それが目指す笹嶋であることがすぐに分かった。

「在職中ばかりでなく、役所を辞めてからも、池永先生にはずいぶんお世話になったものです」

笹嶋は浅見が何も訊かないのに、自己紹介の一端のように言った。

「笹嶋さんは、こと人事に関しては生き字引のような方だと、池永さんはおっしゃってました」

浅見が言うと、否定も謙遜《けんそん》もなしに、「はい」と頷いた。

「それだけが私の取り柄でしてね。というよりも、それが唯一の趣味と申したほうがいいかもしれません。日がな一日、県や市町村の職員名簿を眺めてばかりおりました。あまり大きな声では言えませんが、役所の人事などというものは、情実そのものと言ってもいいようなものでして、どこかで誰かと繋がっているとと思ってよろしい。Aという人物が、Zという人物と、どこでどう結びつくか、これを推理するだけでも、けっこう面白いものなのですよ」

その話になると、いきいきとしてくる。

「県庁内だけではないのですか」

「県庁内だけだったら、作業はすぐに終わってしまうじゃありませんか。村の末端の職員まで、人脈を尋ねてこそ、やり甲斐があるというものです」

「驚きましたねえ……それで、失礼ですが、何か実用的な効果があるものですか」

「それはもちろん、ありますよ。とくに選挙の時にものを言う。まず票読みですね。それから、陣営の切り崩しなんかをやるのに、人脈を知っておけば、役に立ちます」

「ということは、その知識を売ることもできるわけですね」

「ははは、おっしゃるとおりですが、私はそれをしなかった。知識を金に換えるのは、悪魔に魂を売るようなものですからね。ただし、池永先生には多少、お力になれたと思っています。だからといって、お金をもらったというわけではありませんよ」

そこを強調しているが、いずれにしても、何らかの恩恵は受けたのだろう。

「そこで、早速ですが、笹嶋さんは『結』という人物をご存じですか」

「もちろん知ってます。県の教育長を務めた結邦博《くにひろ》さんですね。一九××年に教育長に就任して、八年間にわたって在職された。異例といっていいほどの長期在職です。しかし退職後間もなく、脳出血で倒れ、急逝されました。もう三十年も前になりますかね。亡くなる数日前に、一粒種のお嬢さんが自殺しましてね。確か、二十七、八歳だったと思いますよ。脳出血はそのショックが原因だとも言われてます」

「自殺……原因は何ですか？」

「原因ですか……」

笹嶋は初めて躊躇《ためら》いを見せた。あらためて浅見の名刺を眺めている。池永の紹介があるとはいえ、初対面のルポライターに、これ以上、個人のプライバシーに関わることを話していいものかどうか、思案しているのだろう。

「結さんのご自宅ですが」

浅見は質問を変えることにした。

「春日中学の向かいに結という家があるのですが、そこがそうでしょうか？」

「ほう、そこまで調べられたのですか。おっしゃるとおりです。そのお宅です」

「現在は逵資さんという、僕と同じ歳くらいの男性が独りで住んでいるようですが、その人は邦博さんのお孫さんということになりますかね？」

「そう、いう、ことですね」

躊躇いがちに肯定した。

「邦博さんは、亡くなったお嬢さんが一粒種だったというのですから、その逵資さんがつまり、唯一、邦博さんの血を引く方ですね」

「そのはずです。結家はもともと、邦博さんの父親の代までは県北の村の地主だったのですが、農地改革で没落しましてね。一軒あった親戚も県外に出て、横浜かどこかへ行かれたんじゃなかったですかね。そこまではさすがに知りません。しかし、その結さんがどうかしたのですか？」

「結逵資さんの母親は自殺したとおっしゃいましたが、父親はどうしたのでしょう？」

この質問に、笹嶋は困惑しながら、仕方なさそうに答えた。

「父親は、その、いなかったんですな」

「いなかった、というと、いわゆる未婚の母ということですか？」

「まあ、早く言えば、そういうことです」

「しかし、結邦博さんが教育長だったという、家庭環境からいって、未婚の母が出るのは意外な感じがしますが」

「確かにそうですが、事態の成り行きからそうなったのではないでしょうかなあ」

「どういう成り行きですか？」

「それは、それこそ家庭の事情でしょう。私には推し量れませんな」

またしても、壁を感じて、浅見は質問を変えた。

「山本さんという人が、秋間川に死体となって浮かんだ事件のことは、笹嶋さんもご存じだと思いますが」

「むろん、知ってますが……まさか、その事件と結さんのお孫さんが関係していると言うんじゃないでしょうね」

笹嶋はいっそう、警戒の色を強めた。

3

浅見は笹嶋にこれまでの経緯を、できるだけ詳細に話した。澤が殺された事件のことはともかくとして、山本の事件については、結遼資が鍵を握る人物であることは、笹嶋も認めないわけにいかなかったはずだ。

「結遼資氏と名越氏とのあいだに関係があるかどうかについては、分かりませんか？」

「そうですねえ……」

笹嶋は苦渋の色を浮かべた。

「その前に、結邦博氏と名越氏とは、当然ながら交流はあったのでしょうね」

浅見はまた質問を変えた。

「それはもちろん、ありましたよ。元は同じ教育畑ですからね。名越さんが政界入りするに当たっては、結さんの尽力もあったんではないでしょうか。そうでもなければ、いくらお父さんの地盤を受け継いだといっても、いきなりトップ当選を果たすようなことはできないはずです」

「じゃあ、相当、親しい間柄だったということになりますね」

「いや、それがそうではないのです。二期目の選挙でも当選して以来、名越さんと結さんのあいだはぎくしゃくしてきましてね。最後は喧嘩別れみたいなことになったのです」

「喧嘩の原因が何か、などということは、分かりませんよね」

「いや、まあ、想像はつきますがね」

「どんなことでしょう?」

「教育長という地位は、本来は一種の聖職のように思われがちですが、それはそれなりに利権もあるわけでして。教員採用に絡んだ、まあ、汚職というほどのことではない、慣例のような贈答はつきものなのですよ。その辺りを新進気鋭の名越議員が突っつきだしたんじゃないですかね。いささか勇み足のきらいもないではないが、若い人にはありがちなことです」

「しかし、それは少なくとも、表向きには正義感から出た行為ですよね」

「まあ、それはそのとおりですが。それにしても、お世話になった相手を貶めるようなことは褒められた話ではないでしょう。明らかに恩を仇《あだ》で返すようなものです。惻隠《そくいん》の情などというものがまるでない。しかも、背景には売名の意図も働いているのは歴然としていますからね。これでは結さんも黙っていられなかった。敢然として絶縁状を叩きつけたと思いますよ」

「絶縁状……」

時代錯誤的な表現に浅見は驚いたが、その瞬間、連想が走った。

「もしかして、結さんのお嬢さんを『未婚の母』にした相手というのは、名越氏ではなかったのですか？」

「………」

「どうなんですか。邦博さんとの確執がなければ、結さんのお嬢さんは、名越氏と結婚するはずだったんじゃありませんか」

「さあ、そこまではどうですかなあ。そこら辺りのことは、よく分かりません」

笹嶋は顔を背《そむ》け、言葉を濁したが、否定はしなかった。

その当時、名越敏秋は三十代なかばか。まさに少壮気鋭といっていい。結邦博の娘と恋仲になったとしても不思議ではない。そして——。

「邦博さんが絶縁状を叩きつけた時点で、すでに娘さんは身ごもっていた可能性もあるんじゃないでしょうか」

「さあねえ。仮定のことに関しては、私は答えられませんなあ」

答えられないと言ってはいるが、あえて否定をしないところに、「答え」が見える。

これが事実だとすれば、驚くべきことだ。早い話、名越と結とは血の繋がった父と息子の関係なのだ。「血は水よりも濃い」というから、うわべは無縁に見せていても、じつは地下水脈は繋がっているのかもしれない。さらに、名越のせいで母親が自殺しているという事実を負っているのだから、結には名越を責める理由も権利もあったにちがいない。そういう背景の上で、結遼資の生活が名越によって支えられている可能性だってある。

そう考えると、自宅前の道路で、梅原彩と山本浩司の言い争いを聞いて、結が名越にご注進に及んだとしてもおかしくない。

（まさか——）と、なかば否定しながら、浅見は思った。「お庭番」がじつは結遼資である可能性があるのではないか。

笹嶋の口からは、これ以上の詳細を聞き出すことは難しそうだ。浅見は丁重に礼を述べて、喫茶店の勘定を払って別れた。

その足で安中警察署へ向かった。すでに夕景に入っていて、山の端《は》に近い雲が落日に輝いて美しい。

小濱部長刑事は不在だった。不確実だが夕方には戻る予定というので、浅見は刑事課の入口近くで待つことにした。突き当たりの会議室のドアに「秋間川殺人死体遺棄事件捜査本部」の貼り紙がまだ新しい。

小濱は疲れた足を引きずるようにして戻ってきた。浅見の顔を見たとたん、疲労度がいっぺんに倍加したような顔になった。

「今日はまた、何ですか？」

「名越氏と結氏との関係が分かりました」

「えっ？……」

名越の名前を聞いて、小濱は大げさに、目眩《めまい》がしたような素振りを見せた。

「まだその件を調べてたんですか」

呆れ顔で言って、浅見の腕を取ると、小応接室に押し込んだ。

「間もなく捜査会議が始まりますからね。用件は早いとこ済ませてくださいよ。で、どういうことです？」

「じつはですね、名越敏秋氏と結遼資氏が、実の父親と息子の関係らしいのです」

早くと急かされて、浅見は最初から、最も肝要な部分を切り出した。

「えーっ……」

小濱は予想どおりの反応を示した。

「そんな馬鹿な……このあいだの事情聴取によれば、結さんは幼くして両親と死別したと聞いてますよ」

「いや、意外と思われるかもしれませんが、どうやらこれは事実のようです」

浅見は結の祖父、結邦博と名越との関係から語り起こした。結の娘と名越が恋仲だったと思われること。それと同じ時期に、結と名越が「絶縁状」を叩きつけるほどの不仲になっていること。そして、結の娘が私生児を産むに至ったこと——を話した。

「つまり、現在の結遼資氏が結邦博氏の孫に当たるというわけです」

長話をした浅見ではなく、聞き手の小濱が「ふーっ」とため息をついた。

「浅見さん、いったいあなた、どこの誰からこんな話を聞いてきたんです？」

「いや、情報源は明かせませんが、信頼すべき筋とだけ申し上げておきます」

「だめですなあ、それでは。結遼資さんが名越先生の実子であることを示す、確たる証明みたいなものがあるならべつですがね」

「それは警察のほうで調べてください」

「そんなこと、できませんよ」

小濱は左右に大きく手を振った。疫病神《やくびょうがみ》を追い出したい仕種《しぐさ》であった。

4

安中署を出て、浅見は車を走らせながら、不完全燃焼のような気分を持て余していた。まったく、いつものことながら、警察というところは軟弱というか優柔不断というか、弱い者に対しては容赦がなくて、時には自白を強要して冤罪《えんざい》を引き起こしたりするくせに、強い者には腰が引けている。兄・陽一郎の存在がなければ、警察弾劾《だんがい》のキャンペーンでも張りたくなる。

国道沿いに「うどん」の看板を掲げた店があった。「上州名物」とあるのに惹かれ、急に空腹感を覚えた。

どこが上州名物なのか分からないが、しこしこして、それなりに旨かった。単純なもので、食い物に満足すると、警察に対する不満まで収まってしまう。

店を出ると、すっかり暮れていた。八月もなかばを過ぎると、夕風に秋の気配を感じる。そのまま東京へ向かうつもりだったが、にわかに気が変わって、高崎市内に入り、春日中学の傍の酒屋に立ち寄ることにした。

前回はただ結家のことを訊いただけで、買い物をしたわけではないのだが、店の主人は浅見の顔を憶えていた。あまりいい客ではないという記憶が働くのか、「いらっしゃい」

と言った表情に笑いはなかった。

浅見は缶ビールを一ケース買った。とたんに店主の愛想がよくなった。

「このあいだ、結さんのお宅のことを訊いたんだけど、憶えていますか？」

世間話のように切り出した。

「ええ、憶えてますよ」

「あそこのお宅では、三十年ばかり前、娘さんが自殺したんだそうですね」

浅見が言うと、店主は「ひえっ」というような声で、少し尻込みした。

「お客さん、よくご存じですね、そんな古いことを」

一見した印象では三十歳そこそこのあんたが——と言いたげだ。店主は五十代なかばといったところだろう。

「いや、僕も最近になって知ったんですけど、赤ちゃんが出来たのに、お父さんに結婚を反対されて、それを悲観して自殺したと聞きました。気の毒な話ですねえ」

「そうなんですよ……」

店主は誰もいない店内を見回すような仕種をしてから、声をひそめて言った。

「そのショックが原因だと思うんだけど、お父さんのほうも、娘さんが自殺した直後に亡くなりましてね。ひと頃は大変な噂でした。娘さんの幽霊が出るとか、祟《たた》りだとか……。いまはもう、すっかり忘れられてしまいましたがね。だけどね、お客さん、お父さんに結婚を反対されたっていうのは、ちょっと間違ってますよ」

「あっ、やっぱりそうだったんですか。つまり、相手の男性に捨てられたんですね」

「そう、よく分かりますねえ。真相はそうみたいですよ。いや、まったくひどい話で、この私だって、あんなすてきなお嬢さんを、どうして捨てたりできるのか、信じられませんでしたよ。娘さんはこの辺りでは評判の美人でしてね。私なんかも、ひそかに憧れたもんです。春日中の先生の中にも、その気になった男の先生がいたっていう話です」

浅見はその時、すぐに澤吉博のことを連想した。結家で悲劇があったのと同じ頃、春日中学には新任の澤がいたのだ。ひょっとすると、澤こそが「その気になった男の先生」だったのかもしれない。

（そうだったのか——）

浅見はほとんど確信した。教職を聖職と考える澤にとっては、教育長の父をもち、美しさを備えた女性はまさに、高嶺《たかね》の花を見るような「憧れ」だったにちがいない。まだ、三重子と付き合う前なら、学校への往還、白い鎧窓から垣間見る結家の令嬢に、熱い想いを滾《たぎ》らせていたことだろう。

もしそうだとすると、澤が、憧れる女性を蹂躙《じゅうりん》した相手の男に、義憤以上のものを抱いたとしても不思議はない。ましてや、教育長を務めた父親までも亡くなっているのだ。

そして、今、娘を教員採用試験に合格させない男に対して、その怨念が三十余年を経て蘇った——などというのは、穿《うが》ち過ぎた見方だろうか。

「確かに、ご主人の言うとおり、そんな美人のお嬢さんを、しかも子どもまで生《な》していながら捨てるなんて、気が知れませんね」

「まったくねえ。まあ、それくらいよっぽどおいしい話があったってことですよ」

ひそかな憧れがあっただけに、店主もその男への恨みを忘れていないようだ。

「そうですか、名越議員にも、若い頃にはそんなスキャンダルがあったんですねえ」

浅見はしみじみとした口調で言った。店主も「ほんとですよ」と、何気なく相槌《あいづち》を打ちながら、愕然《がくぜん》とした。

「えっ、どうして……お客さん、娘さんの相手が名越さんだってことを、どうして知ってるんですか？」

「僕の知人に消息通がいましてね、昔話をしてくれたんです」

「ふーん、驚いたなあ。だってお客さん、高崎の人じゃないでしょう？　地元の人間だって、そんな昔のことを憶えているのは、ごく少ないですからね。その話、誰にお聞きになったんですか？」

「その人の名は言えませんが、地元のご老人です」

「地元の……じゃあ、大河原《おおかわら》さんとこのおじいさんかな」

店主は「消息通」の名前を、ポロリと漏らした。もちろん、大河原などという名前の人は知らないが、浅見はその憶測を肯定も否定もしないで、言った。

「ご主人の言うおいしい話というのは、やはり、それ相応のエサに誘惑されたっていう意味でしょうか」

「まあ、そういうこと。要するにお金に目が眩んだんじゃないですかね。時効みたいなことだから話せますけど、国会議員の先生のヒキがあって、先生のお手つきの女性秘書と結婚したとかいう、もっぱらの噂でした。先方は大地主の旧家だったから、財力と権力で押しつけられたってとこですか」

「国会議員というと、太田《おおた》さんですか？」

浅見は現職の長老議員の名を言った。

「いや、宮崎《みやざき》さんのほうです。もっとも、宮崎先生は亡くなって、いまは息子さんが二代目を継いでますけどね」

「結さんのお孫さん、といっても、僕と同じ年齢だそうですが、あの人は、名越さんが父親であるということを、知っているんでしょうか？」

「うーん、どうですかねえ……」

店主は首を傾げた。

「こんなのは噂ですからね。われわれはそう思っているけど、表立ってそんなことを言う人間はいませんよ。大河原のおじいさんだって、はっきりそうだなんて、言わなかったでしょう」

客の情報源が「大河原のおじいさん」だと決めつけてしまったようだ。

「それにしても、名越さんは政界入りする時には、結家の世話になっていたそうじゃないですか。それなのに、いくら国会議員のヒキや金に目が眩んだとしても、恩人を裏切り、愛した女性を捨ててしまうなんて、人間のすることじゃありませんね」

あらためてそのことを思うと、名越の非情さに怒りを覚える。店主も「まったく、まったく」と頷いている。

店主のノリがよかったせいもあって、思いの外、話が弾み、時間の経過を忘れるほどだった。浅見は時計を見て、「長々とお邪魔しました」と挨拶して、酒屋を出た。

手にずっしりと重い缶ビールを助手席に置いて、ハンドルを握った時、ふいに梅原家を訪問することを思いついた。ビールの落ち着き先としては、あの家が最もふさわしい。渋川まで行くと午後八時を過ぎるかもしれないが、今日の「収穫」を、ぜひとも梅原彩に伝えたくなった。

電話を入れて都合を確かめると、彩は「何かあったんですか？」と不安そうだったが、「どうぞ、お待ちしてます」と言った。

あまり愉快でない話ばかりを聞いてきたせいか、梅原家の玄関を入ると、ホワーッとした雰囲気に包まれて、それだけで十分、癒《いや》された気分になった。

缶ビールのお土産は父親に喜ばれた。「やあ、ヱビスですな。私はこれに決めてるんですよ。さっそく頂戴《ちょうだい》します」と、いそいそとキッチンに運んで行った。

「いろいろなことが、クリアになってきましたよ」

応接間で彩と二人きりになると、浅見はこれまでに明らかになったことを一つずつ語った。話は三十何年も昔の、澤の結家の令嬢に対する憧れから始まった。澤の熱い想いは届かず、令嬢は名越と結ばれたが、名越は令嬢を捨てて有力者の娘と結婚。令嬢は名越の子を生した後、自殺し、父親もそのショックから発病して急逝した。ちょっとした悲恋物語である。

「ほんとに、そんなことがあったんですか?」

「あったんではないでしょうか。澤さんは憤慨したことでしょう。私憤というより公憤に駆られたにちがいない。若くて正義感溢れる澤さんとしては、結婚を踏み台にして、教育界にいけしゃあしゃあと歩みだそうとする名越氏が許せず、強く抗議したと思いますよ。しかし名越氏にとって、これは逆に澤さんへの遺恨になったはずです。そのことを踏まえないと、名越氏が澤さんに冷たくした理由が説明できません。教頭の座を他に譲らせ、さらに、何度も賄賂を取りながら、澤さんの娘さんの受験を蹴落とし続けた。その冷たい仕打ちが、澤さんに我慢の限度を越えさせたんです。澤さんは名越氏の裏の顔を執拗に追いかけ、特定の教育関係者との疑惑のシーンをカメラに収め、ついに恐喝もどきに名越氏に迫ったのでしょう」

「つまり、名越氏には、澤さんを殺す動機があったというわけですね」

彩は恐ろしげに肩をすくめた。

「そのとおりです。動機という点ではね。それと、同じ意味で、名越氏には秋間川で死体となって発見された山本浩司さん殺害の動機もあることになる。名越氏は山本さんに恐喝を受ける恐れがあったと思われますから」

「じゃあ、二つの事件とも、名越県議の犯行だったんですか？」

「いや、名越氏自身は直接、手を下したりはしませんよ。もしこれまでの僕の推理が正しいとしても、名越氏はあくまでも教唆《きょうさ》犯ということになるのでしょうね。ただ言えることは、二つの事件とも、実行犯は名越氏の息のかかった人物だということです」

「それ、誰なんですか？」

「山本さん殺害に関しては、荒っぽい手口から見て、おそらく暴力団関係か、それに類する人物の犯行でしょう。ただし、名越氏から直接、その人物に犯行を依頼するのはかえって危険です。後々、そのヤクザに別の弱みを握られることになるので、あいだには第三者が介在したと考えるべきです。それから澤さんの事件は、その犯人とは別の人物の可能性が高い。澤さんを学校の教室に呼び出して殺害するというのは、ヤクザのやり口とは思えません。教室はいわば、澤さんの土俵みたいなものですから、安心感があって、秘密を要する会合の場所として、むしろ澤さんのほうからそこを指定したのかもしれません。それには、相手の人物――つまり犯人が、ヤクザなんかではない、信頼できる人物だという条件もあったでしょう」

「信頼できるって、浅見さんは、その犯人の目星がついているんですか？」

彩は訊いた。

「確定的ではありませんが、ほぼ間違いないと思える人物が浮かんでいます。両方の事件に介在している、もしくは自身が実行犯である人物は、梅原さんもよく知っている、あの白い鎧窓の家――つまり結家の男ですよ」

「えっ……」

とたんに、彩の目が点になった。

5

浅見の口から犯人として「結」の名前が出た瞬間、彩は闇に閉ざされていた視界が、急に開けたような気がした。しかしそれは、あまりにもショッキングな事実だ。

「そうだったのね……だからあの時、門脇さんと……」

無意識にそう呟いた。浅見が言う山本殺害の実行犯とは、あの門脇のことかもしれない。

虚ろになった頭の中で精一杯、思考を巡らせて、その事実を自分に認識させた瞬間、それが口からこぼれ出たような感じだ。

気がつくと、浅見の鳶《とび》色の瞳が、じっとこっちを見つめている。まるでこっちの心の奥底まで見通すような、冷徹で、そのくせ優しさのある視線であった。今が、浅見に結とヤクザとのことを話すタイミングなのかもしれない。

「八月四日のことなんですけど……」と、彩はようやく、言葉を発した。

「学校の近くのユリーっていうスーパーで、結さんがその人――ヤクザ屋さんと会って、親しげに話しているところを見かけたんです。結さんのほうが威張っているように見えました」

「その人というと？」

「門脇さんていう、私が以前、臨時職員を務めていたことのある、沼田のQ中学の生徒の、お父さんです」

彩は、門脇が、自分の息子の非行を叱られたことに逆恨みして、学校に怒鳴り込んできた話をした。

「なるほど。それはかなりの、筋金入りのヤクザみたいですね」

「ええ、それは私だけの印象ではなく、校長先生もほかの人たちも、分かっていたみたいです。というより、ご本人がヤクザだって名乗ったんですから、本物のヤクザ屋さんに間違いないでしょう。だから校長先生は私に、穏便に済ますように、逆らってはいけないとクギを刺して、一方的に私が悪かったみたいに謝っていたんです」

その時のことを思い出すと、いまでもはらわたが煮えくり返るような気分になる。

「でも、あの結さんという人が、そんな事件を起こすようには見えませんけどねえ」

彩は未練たらしく、言った。

「というと、梅原さんは、結という人物と話をしたことでもあるんですか？」

「えっ、いえ、話したことがあるわけじゃないですけど……」

彩はうろたえた。浅見に対しては、結との関係を秘めていたことに気がついた。

「お宅から出てくるところを、チラッと見かけたことがあったんです。それで、あの人が結さんなんだって……」

「事件を起こすように見えないというと、外見は優男タイプということですか」

「えっ、ええ、まあ、どちらかというと、そんな感じでした」

「しかし、人は見かけによらないって言いますからね。じつは本性は、相当したたかなのかもしれません。いや、いまのヤクザとの繋がりがあることを考えると、そう考えたほうがいい。それに、やはり山本さんと梅原さんの言い争いを、結氏は聞いていたのだと思います。そして名越氏にそのことを伝え、逆に、名越氏の意向を、その門脇というヤクザに伝え、山本さんを消させたにちがいない」

「そうなんですか……」

彩はその連環を想像しただけで、空恐ろしくなる。しかも、そのきっかけを作った責任の半分が、自分にもあるのだ。

それにしても、名越が結母子を捨てた父親だったとは——。

「だけど、それじゃ、結さんにとって、名越氏は、母親や祖父の死を招いた、いわば親の仇《かたき》みたいな憎悪の対象じゃありませんか。共犯どころか、むしろ名越氏を殺したい気持ちがあっても不思議はないでしょう?」

彩は反論を試みた。

「確かにそのとおりです。実の父親であると同時に仇敵でもある。しかし、見方を変えれば、この二つは二人の結び付きを、より強力にすることに働いたのでしょうね。名越氏が社会的地位を保つかぎり、生活資金が結氏に支払われ続けるという。結氏にとって名越氏は、金の卵を産むニワトリですよ。その意味で二人は一蓮托生《いちれんたくしょう》の緊密な関係にあったのです」

(この人はどうして、そんなふうに冷淡な言い方ができるのかしら——)

彩はやり切れない気分であった。すでに疑惑と失望の対象でしかなくなっているとはいえ、結はいっときにせよ、彩の心をとらえた人物だったことは確かなのだ。その結に殺人の容疑を向けることに、彩は穏やかな気持ちではいられなかった。

「結氏が共犯の片割れだと仮定すると、事件全体の構図がはっきりしてくるのですよ」

浅見はそういう彩の心境を知ってか知らずか、研究論文を発表するように話す。

「たとえば、澤さんも沼田のQ中学の教室に呼び出した相手が結氏なら抵抗なく受け入れたでしょう。梅原さんも言ったように、結氏にとって名越氏は不倶戴天《ふぐたいてん》の敵――というイメージがありますからね。そのことを澤さんは知っていた。つまり、名越氏を澤さんと結氏の共通の敵と考えて当然でしょう。結氏が澤さんに、名越氏への復讐を画策するから――といった口実で声をかければ、澤さんは疑いもなく乗ったにちがいない。おまけに、密談の場所はいわば、澤さんにとってホームグラウンドのように馴れ親しんだ教室でしたしね。よもやそこで殺されるとは、夢にも思わなかったはずですよ」

（そうかもしれない――）と、彩も思った。教壇に立つ時、教師は魔力を得たような錯覚を覚える。大学を出たばかりの若者が、その瞬間から「先生」と呼ばれ、大勢の生徒たちや保護者たちの視線を浴びることになる。錯覚を起こすなというほうが無理だ。教職は崇高な使命を帯びた「聖職」であると同時に、教室は、世間にあればごくふつうの人間が、魔力を備え、発揮することを許される「場」なのである。

澤という人も、教室にいれば、自分がオールマイティであるかのような錯覚に陥っていたのかもしれない。すでに教職を去ったにもかかわらず、彼の妄執は亡霊のように教室にとどまっていたにちがいない。自分が勤務した学校の写真を撮り歩いていたという行為も、それに、娘さんが教職に就くことに固執し続けたのも、病的なイメージがあって、少しおぞましくさえ思える。学校や教室という、ある種の「聖域」に馴れ過ぎると、そうなる可能性は、この自分にもあり得る——と、彩はわが身に置き換えて、思った。

「だけど、浅見さん」

彩は気を取り直して、言った。

「そこまで分かっているのなら、警察はすぐにでも、名越氏や結氏、それにヤクザの門脇さんたちを逮捕するんでしょうね？」

「いや、警察はまだ、ほとんど何も気づいていませんよ」

「えっ、どうしてですか？　いまの話は警察には言ってないんですか？」

「言ってません。安中署で、名越氏と結氏が親子関係であることだけは話したのですが、まったく無視されました。確かに僕が言っていることは状況証拠もいいところですから、警察を説得するのは容易ではないでしょう。そうは言っても、物的証拠を探すとなると、警察の捜査権を行使してもらわなければ、難しいにちがいない」

浅見は珍しく、悲観的なことを言って、深々とため息をついた。

「それで、浅見さんはこの後、どうするつもりなんですか？」

「まあ、何はともあれ、警察を動かすほかに方法はありません。安中署ではだめでしたから、沼田署の刑事に話を持って行くつもりです」

「ああ、あの、井波さんていう刑事さんですか。すっごくしつこかった」

彩はどこの警察署であれ、刑事に対してはいい印象を持っていない。

「井波刑事は、なかなかのすぐれ者ですよ。しつこいのは、刑事という職業に忠実な証拠と言うべきでしょう」

浅見がそんなふうに警察の肩を持つような言い方をすると、彼は「向こう側」の人間なんだ――と、彩は距離を感じてしまう。とどのつまりは、私のところに来るのも、事件の真相を探る目的のためだけではないかと、妙に僻《ひが》んだ気持ちにもなる。

「差し当たり」と、浅見は彩の想いには関係なく、例によって淡々と話す。

「突破口は門脇というヤクザに求めるのがいいと思ってます。彼は沼田市在住だし、沼田署の管轄ですから、ちょうどいい。明日にでも訪ねて、状況を説明するつもりです」

門脇の名前を聞くと、彩はあの少年の顔を思い出さずにはいられない。反抗的で、たぶんいま頃は非行少年の仲間に入っているのだろう。しかしあの時、「すんませんでした」と謝った、意外なほど純な表情を見て、いじらしさすら感じたものである。彼の父親が殺人犯だなんて、考えたくもなかった。

「浅見さんは、本当に門脇さんが犯人だと思っているんですか？」

彩は訊いた。

「それは分かりませんが、いまのところ、門脇氏以外に、捜査対象にすべき名前が浮かんでいませんからね」

「でも、それって、私がたまたま目にしただけの、あやふやな話ですよ。結さんと門脇さんが挨拶していたっていう、ただそれだけのことにすぎません」

「ええ、それで十分じゃないですか」

浅見はこともなげに言った。(そうかもしれない——)と彩も思った。彩が、門脇と一緒にいたところを目撃した——と話した時の、結のうろたえた様子が、脳裏に蘇った。

第十三章　不器用な求愛

1

翌日、浅見は昼近くになって沼田へ向かった。起きたのが九時過ぎで、朝食と昼食を兼ねた食事を摂《と》ったのが十時頃だった。お手伝いの須美子が「そんな不規則な生活をしてたら、お体をこわします」と忠告していた。

起き抜けに、井波に電話した。沼田署を訪ねることを伝えるのと、着くまでにあらかじめ調べておいてもらいたいことを二つ、頼んだ。

「そのことと、事件と、何か関係があるんですか?」

井波は怪訝《けげん》そうな声で訊き返したが、作業は進めてくれるそうだ。

空はうす雲が流れていた。天気が崩れるのかもしれない。雲のおかげで、かなり気温が低く感じられる。

沼田署まで二時間の道中だった。井波は待機していて、すぐに小会議室に案内された。

「浅見さんが言ったとおり、結という家は、沼田の北のほうの在で大地主だったそうですよ。終戦後間もなく没落して、一家は土地を離れ、本家の長男は高崎へ、次男のほうは横浜かどこかに出たという話です。ところで、この結っていう家がどうかしたんですか？　事件と関係があるんですか？」

「そのことは後で説明しますが、もう一つお願いしておいたほうはどうでしたか？」

「ああ、門脇伸美《のぶよし》のことでしたね。そいつは沼田では有名なヤクザ者ですよ。それも、おそろしく昔風のヤクザでして、ちょっとした国定忠治《くにさだちゅうじ》を気取っているような、義理人情を後生大事にする変わり者です」

相手がヤクザであるにもかかわらず、井波は好感を抱いているような口ぶりだった。

「門脇氏と結家の関係はどうでしたか？」

「ああ、そうそう、それなんですがね、関係はあるみたいでしてね。もともと、門脇も北のほうの農家の出で、結家の小作だった時代があったと考えられます。門脇の父親の代までは、何かと世話になっていたんじゃないかと想像できますな。しかし、そういったことも何か事件と関係するんですか？　そろそろ話してくれてもいいでしょう」

井波はもどかしそうに、身をよじるようにして質問した。

「高崎の結家がどこにあるか、井波さんはご存じですか？」

浅見は訊いた。

「いや、そこまでは調べる時間がなかったですが、どこなんですか？」

「春日中学の校門の真ん前です」

「えっ、ほんとですか？　えーと、確か白い鎧窓がある古い家だったと記憶してますが」

「そのとおりです。じつは二十日ほど前、結家の前の道路で、ちょっとした騒ぎがありましてね、二人の人間が言い争ったのですが、その一人は梅原彩さんです」

井波は「ほうっ」と驚いた。浅見はその時の「騒ぎ」について詳しく説明した。山本という男が、自分の息子が県総体の代表選手に選ばれなかったからと、怒り狂ったことに端を発しているのだから、長い話になった。

「この騒ぎに、結家の人間——遼資という、三十三歳になる男が聞き耳を立てていたと、想像してください」

「はあ、いいでしょう、想像しましたよ」

井波は興味を掻き立てている。

「ところで、この結遼資という人は、県議の名越氏の実子でしてね」

井波が驚くのを尻目に、浅見はその経緯について、さらに長々とした解説を加えた。

「それが事実なら、ひでえ話ですなあ」

井波は半信半疑だが、安中署の小濱とは比較にならないほど、真剣に耳を傾ける。口には出さないが、名越に対して、あまり好意を持っていないのかもしれない。

「ところで、さっきの山本という男が、恐喝を匂わせた相手というのが、どうやら名越県議であると考えられるのです。となれば、結氏が名越氏にそれを密告するのは、当然の流れでしょうね」

これもまた井波を驚かせたが、あの名越ならそういうことがあっても不思議はない――という受け止め方をしているようだ。

「恐喝者の山本がいて、密告者の結がいて、結家に恩義のあるヤクザの門脇がいる――という図式を描けば、何か事件が起きそうな気がしませんか」

「そうですなあ……」

井波はメモに三つの名前を書いて、それを線で結んだ。

「まあ常識的に言えば、結が門脇に命じて、山本なる人物を消すでしょうね。しかし、そいつはミステリー小説の世界の話ですな」

井波は冷笑を浮かべた。日頃からその手の小説を馬鹿にしているにちがいない。

「先日、安中署管内の秋間川に、殺害された死体が浮かんでいた事件がありましたが」

浅見は言った。

「ああ、そういえば、そんな事件がありましたな……あっ、その被害者が山本って言いましたね。えっ、じゃあ、浅見さんが話したのは、そっちの事件ですか？」

「そうです」

「驚いたなあ……だったら、ここではなく、安中署の捜査本部に知らせてやってくれたほうがよかったじゃないですか」

「ええ、そうしました。しかし相手にしてくれなかった。井波さんのように、真摯《しんし》に耳を傾けるような人はいないらしい。それに、安中署に行った後で、またいろいろ確かめたことがあって、それで井波さんにお話ししようと思い立ったのです」

「それは、自分を買ってくれるのはありがたいが、しかし、こっちに来てもらっても、役に立つどころか、困ってしまいますよ。すぐにでも安中署のほうに連絡しましょう」

腰を上げかける井波を、浅見は制した。

「ちょっと待ってください。いずれはそうしますが、話にはまだこの先があるのです。それも、井波さんの事件についてです」

「はあ、どんなことでしょう？」

自分の事件と聞いて、井波は坐り直した。

「じつは、山本氏が恐喝しようとしていたネタなのですが、群馬県の教育界に君臨する名越氏が、教育関係者、とくに教員採用試験を受けようとしている人々の親御さんなどから、賄賂を贈られていたことを暴くものと考えられていました。まあ、そのことだけでも、十分、動機にはなり得るのですが、しかし、殺すところまでいくとは思えません。名越氏は、あるいは結氏は、それとは別の、より重大なことが暴かれるのを恐れたのではないかと気がつきました」

「まさか……」と、井波は唾を呑み込んだ。

「澤さんの事件のことを言っているんじゃないでしょうな」

「いえ、そのまさかです。山本氏がその事件の真相を知っていたかどうかは分かりませんが、おそらく、山本氏が騒ぎ立てることで、捜査の矛先がそっちの事件に向けられることが恐ろしかったのでしょう。過剰反応と言ってしまえばそれまでですが、犯人にしてみれば、過剰なほど警戒して、警戒し過ぎるということはないと思うものです」

「確かに……浅見さんは犯人の心理まで見通してますな。しかし、ということは、澤さん殺害の犯人も門脇ですか？」

「いえ、それは違います」

浅見は断定的に言って、その理由と、犯人が結遼資である可能性について解説した。

「澤さんは名越氏に付きまとい、写真を撮り続け、その何枚かは、名越氏に送りつけられていたはずです。名越氏の側には、澤さんの娘さんの教員採用試験を落とし続けているという事実があるから、なおのこと鬱陶《うっとう》しいものがあったはずです。澤さんの復讐心は狂気に近いところまでボルテージが上がり、ついには脅迫を始めた。切羽《せっぱ》詰まった名越氏は澤さんの処理をある人物に依頼したのです」

「その人物とは？」

「名越氏にとって、皮肉な意味ではあっても、最も信頼できる人物、結遼資氏です。さっきお話ししたように、二人は一蓮托生の関係にあります。しかも結氏は名越氏に対し、母親と祖父の死を招いた元凶として、恨みを抱いている立場にあります。少なくとも澤さんはそう信じていたでしょう。結氏は澤さんに接近して、名越氏への恨みを語り、あるいは一緒になって名越氏を締め上げる方策を講じるふりを装ったと思います。何度か会って、その方法を練り上げたかもしれません。澤さんと落ち合う場所は、澤さんのホームグラウンドというべきQ中学の教室でした。そして最後の夜、結氏は毒入りの缶コーヒーを澤さんに渡したのです」

2

浅見が話し終えてしばらく、井波は言葉も出ない様子だった。立て続けにインプットされた情報量の多さを、どう咀嚼《そしやく》すればいいのか、戸惑っているのかもしれない。

しかし、すべての材料を整理して筋道を立てると、決断は速かった。

「突破口は門脇ですな」

「僕もそう思います。それで井波さんのところに来ました」

言いながら、浅見は打てば響くような爽快感を覚えた。井波も同じ気持ちだったのか、目を輝かせて頷いた。

名越はもちろんだが、結という男も相当、したたかで、一筋縄ではいかないような気がする。その点、門脇というヤクザは、梅原彩の話を聞いただけでも、一本気で単純な、ある意味、お人好《ひとよ》しな面が感じ取れる。攻め方次第では、ポキリと折れそうだ。

「行きますか」

井波は立ち上がった。そのまま玄関へ向かう気配だ。

「森山警部に了解を求めなくてもいいんですか?」

浅見のほうがむしろ心配になって言った。

「いや、警部は外出中です。それに、浅見さんと行動を共にしているなら、誰もイチャモンをつけたりしませんよ」

刑事局長の弟だから――という意味だが、それはそれで、浅見には困ったことだ。

ともあれ、二人は浅見のソアラで門脇家へ向かった。井波の指示に従って、沼田署を出てほぼ真北へ行く川沿いの市道を進む。この辺りの地名は下発知《しもほっち》、中発知《なかほっち》、上発知《かみほっち》と呼ばれる。谷間の細長い平地が、次第に高度を上げながらえんえんと続き、その先は上越国境の山並みに消えていきそうだ。

その中間辺り、比較的、土地が開けた地形の一隅に門脇家はあった。手前には田畑、背後に杉林が迫っていて、古く陰気くさい平屋だが、想像していたのよりはるかに広い。朽ちかけた塀に囲まれた敷地は、ざっと見て千坪以上はあるにちがいない。

人の気配は感じられなかったが、呼び鈴を押すと「はーい」と、間の抜けた応答があって、少年が現れた。年恰好は高校生ぐらい。百八十センチ近い大柄だ。彩に聞いたワルというのは彼のことなのだろう。

ドアを開け、二人の見知らぬ客を一目見て刑事と判断したのか、ほとんど反射的に身を反らせた。

「沼田警察署の者だけど、えーと、きみは門脇さんの息子さん？」

「そうだけど」

「名前は？」

「純司《じゅんじ》」

ぶっきらぼうな返事だ。

「お父さんはお留守かな？」

「留守。市内のパチンコ屋にいると思うけど」

「お母さんは？」

「パート」

「お父さんは何時頃、戻る？」

「さあ……夕方かも」

井波は浅見を振り返った。（どうします？——）と訊いている。

「パチンコ屋は何ていう店？」

浅見は訊いた。

「たぶんタイガー。いつもそこだから」

「じゃあ、そこへ行ってみます。会えなかったら、また来ますね」

門脇家を後にして、坂道を下った。

「でかい家でしたねえ」

井波は感心したように言った。

「かつては結家だったのを、結家がここを出て行く時に譲られたのだと思いますよ。あの屋敷の規模から見て、おそらく昔は大庄屋《おおじょうや》だったのでしょう。門脇家としては、その恩義を感じているのじゃないでしょうか」

「なるほど。となると、浅見さんが言ったとおり、門脇が結という男の命令に従う理由もあり得るってことですな」

市内のパチンコ店「タイガー」は、井波もよく知っていた。真っ昼間だが、店内は六、七割方、客で埋まっていた。世の中、不景気で仕事も金もないというわりに、パチンコ屋だけはどこも流行《はや》っている。こういう現象を見ると、つくづく、日本の社会は病んでいるのではないかと思えてならない。

店員に訊くまでもなく、井波は門脇のことを知っていた。店先に近い台で、銜《くわ》え煙草をして玉を打っている大男がそうだった。

井波が「門脇さん」と声をかけると、煩そうに振り返った。

「あ、だんな……どうも」

どういう理由かはともかく、二人が「旧知」の仲であることは確かだ。門脇はかすかに眉をひそめただけで、すぐに視線をパチンコ台に戻した。機械はオートマチックだから、軽く手を触れているだけで、玉を連続して打ち続けられる。

「ちょっと訊きたいことがあるんだけど、中断してもらえませんかね」

周囲の客や店員たちの目があるから、井波は一応、丁寧な言葉遣いだが、むろん有無を言わせない口ぶりだ。

「いま、調子が出てきたところなんですけどねえ」

門脇は不満そうに言いながら、しばらく打ち続け、根負けしたように、やれやれと首を振って、手を台から離した。

玉受け皿にセブンスターの箱を置き、店員に「ちょっと休憩するから」と合図して、井波に従って外へ出た。

すぐ目の前に喫茶店がある。井波はドアから覗いてみて、ガラガラに空いているのを確かめてから店に入った。カウンターから遠いテーブルを選んだ。ウェートレスに井波が「コーヒー三つ」と言うと、門脇は「おれ、コーヒー飲まねえから、ビール頼んでいいすかね」と言った。

「だめだな。あんた、車で来てるんだろ」

井波に言われ、門脇は頭を掻いた。

「あ、そうだった。じゃあ、紅茶くれ」

相手が刑事でなければ、ビールを飲むつもりだったらしい。

「あんた、結っていう人、知ってるね？　結遼資っていうんだが」

ウェートレスが行くのを待って、井波は言った。途端に門脇の表情が変わった。明らかに警戒感を示している。思ったとおり、ワルのわりには正直な性格なのだ。

「知ってるどころか、結さんのお宅には、先祖代々、おれん家《ち》はお世話になってるんです。いまもちょこちょこお世話になってますよ」

「それじゃ、詳しいんだろうね。遼資さんてのは、どういう人だい？」

「遼資さんは結さんとこの一人っ子で、お母さんは早くに亡くなってしまって、いろいろ複雑なことがあったもんだから、横浜のご親戚の家に預けられて、おとなになるまで、そこにいたみたいですよ。高崎のお宅を守っていたお祖母《ばあ》さんが亡くなって、遼資さんは戻ったけど、近所付き合いはあまりしねえみたいです。気持ちは優しい人なんだけど、人付き合いは苦手みたいだねえ。女の人と親しくなっても、扱い方を知らねえから、すぐ喧嘩別れになっちまうみたいなんだよね。そんなもんで、まだ結婚もしてなくて、このままじゃ、結家は絶えてしまうんじゃねえかって、心配でしようがねえんですけどねえ。いえね、春頃には、いいひとが見つかったみたいなことを言ってたんだけど……」

聞いた瞬間、その「いいひと」が梅原彩のことだ——と、浅見は思った。彩が結家の向かいにある春日中学に勤め始めたのは、まさに「春頃」のことである。

「その女の人とのことも、このあいだ聞いた感じじゃ、なんだかだめみたいだし。遼資さんは頭はずば抜けていいんだけど、そっちのほうじゃほんと、こっちが焦《じ》れったくなるほど不器用だからねえ」

訊きもしないことまで、ペラペラと喋ったのは、逆に腹の中に、話したくないことがある証拠とも受け取れる。

「あんた、このあいだ会ったって、それはいつのことかね？」

井波は訊いた。

「いつって……いつだったかな。忘れちまったな」

「だいたいの見当でいいから、思い出してもらいたいんだけどね」

門脇の表情に（余計なことを言った——）という後悔が浮かんだ。

「そう言われてもねえ……先月の末頃だったんじゃないかな」

ウェートレスが飲み物を運んで来て、会話が途切れた。門脇は紅茶に砂糖とミルクをたっぷり入れて、クルクルかき回している。

「たぶん、最後に会ったのは、八月四日だと思いますよ」

三人がそれぞれの飲み物を一口啜って、カップをテーブルに置いた時、それまでずっと黙っていた浅見が言った。門脇はギョッとして、見知らぬ「刑事」をチラッと見た。

「高崎のスーパーユリーで会っているでしょう。結さんに頼まれた仕事の報告をして、報酬をもらったんじゃないのですか」

「そんなことはねえ。仕事の報酬をもらったってのはあり得ねえ。結さんとこの手間賃は、いつだって銀行振込だもんね。現金で渡すとみんな遣っちまうからって、女房に信用がねえもんで、つまりそういうこと」

門脇は「へへへ」と照れくさそうに笑ったが、浅見はニコリともしないで言った。

「というと、結さんにはいろいろ仕事を依頼されているのですね」

「ああ、仕事させてもらってますよ」

「どういう仕事ですか？」

「そりゃ、まあ、だから、いろいろありますよ。お宅の造作を直したいって時には、大工の手配をしたりもするし、貸した金の取り立てなんかも頼まれますよ。さっき言ったとおり、遼資さんは人付き合いが苦手で、銀行や買い物以外、外へ出ることもあまりしねえ人だからねえ」

「結さんは金融業をしているんですか？」

「金融業なんて、そんな大げさなもんじゃねえけど、曽祖父《ひいじい》さんの代からの縁で、結家から金を借りてるとこがあるんだね。ちゃんとちゃんと利息を払ってくれるとこばかりとは限らねえんです」

「なるほど……ところで、八月四日に結さんと会った時の仕事の内容は何だったんですか？」

「は？　仕事の内容ですか。仕事っていうか、あの時は仕事じゃなく、近くまで来たもんで、ご挨拶しようと思ったら、スーパーの駐車場まで出て来てくれたんですよ」

「仕事の成功報酬を受け取りに行ったのじゃありませんか？」

「成功報酬？……だから、報酬は全部、銀行振込だって言ったでしょうが」

「しかし、中には銀行振込できない性質の仕事もあるんじゃないのですか？」

「そんなもん、ないですよ」

門脇は語気鋭く言い、しつこいな——という目で、浅見を睨んだ。

浅見は目配せで、バトンタッチする意思を井波に伝えた。

「そうそう、もう一つ訊きたいんだが、あんた、七月二十九日はどこで何をしてた？」

井波はのんびりした口調で言った。

「七月二十九日って、そんな前のことは覚えてねえですよ」

「そんな前ったって、まだ二十日しか経ってない。忘れっこないだろう」

「さあねえ。事務所に顔を出していたんでなければ、やっぱりパチンコでもしてたんじゃないのかな。忘れちまいましたよ」

浅見はむろん、この時点では知らないが、事務所というのは、もちろん暴力団の事務所のことである。表向きは「北光興行有限会社」の看板を掲げ、たまに売れない歌手を招いてミニコンサートを開いたりもするが、主たる業務はラーメン屋の経営や祭りの屋台を仕切ったりする仕事だ。

「パチンコをやってたっていうと、タイガーかい？」

井波が訊いた。

「まあ、そうですね」

3

「タイガー以外のパチンコ屋には行かないのかな。たとえば、沼田から出て、どこかへ行ったっていうことはないかな？」

「ないすね。知らねえとこのパチンコ屋は、台の具合が分からねえし、店員も融通がきかねえから、面白くねえすもんね」

「ほうっ、融通がきく店もあるんだ」

「そりゃまあね。いろいろと面倒見てくれる店員もいるし」

「つまり、玉を出してサービスするってことかい」

「へへへ、そこまでは言えねえですよ。それじゃ、こんなところでいいですか」

刑事の返事を待たずに、門脇は立ち上がった。引き止める理由もなかった。

「どうなんですかね？」

門脇の背中を見送って、井波は面白くなさそうに、鼻の頭に皺《しわ》を寄せて言った。

「収穫があったのかなかったのか……」

「あったと思いますよ。彼は根っから嘘のつけない性格で、嘘をついているのが顔に出るタイプです」

「ほんとですか。自分は体よくはぐらかされたような感じしかしなかったけど、何かありましたか」

「たとえば、七月二十九日にどこにいたかというところなんか」

「たぶん、パチンコ屋にいただろうって言ってましたね」

「最近のパチンコ屋には、防犯カメラは設置してあるものでしょうか？」

「ああ、そりゃありますよ。パチンコ屋を狙った事件は多いし、いわゆるゴト師の犯行なんかを防ぐためにも、警察は防犯カメラの設置を奨励しています」

「ビデオの映像は、何日ぐらい保存しておくものですか？」

「一ヵ月は保存するように指導してます。中にはもっと長期間、保存しているところもあるみたいですがね」

「それ、調べてみませんか」

「調べるって、つまり、七月二十九日の門脇のアリバイ調べですか？　しかし、かりにタイガーの防犯カメラに門脇が映ってなかったとしても、それだけでアリバイがない証明にはならんでしょう」

「いや、タイガーではなく、別の店です」

「別の店、というと……」

井波は沼田市内のパチンコ店を三軒、挙げた。

「そうではなく、高崎のパチンコ屋です。つまり、安中の秋間川で死んでいた山本氏が常連だったパチンコ屋です。そこのカメラ映像に、門脇氏が映っていたら、ちょっとしたミステリーじゃないですか」

「なるほど……確かに……」

井波は感心したが、しかし浮かない顔でもあった。

「もしそうだったとしても、そいつは安中署の事件で、うちの事件とは結びつかないんじゃないですかね」

「そんなことはありませんよ。山本氏殺害の動機は、澤さんの事件を隠蔽することが目的なんですから」

浅見は断定的に言って、

「それに、門脇氏は興味深いことを言ってましたよ」

「えっ、何か言ってましたかね？」

「結氏が春頃、いいひとを見つけた――と言ってたでしょう。その『いいひと』とは、間違いなく梅原彩さんのことだと思います。結氏は外出が苦手だそうだから、外で女性と出会うチャンスはまずなかったと考えていいでしょう。それに、あの家の鎧窓からは、真正面に春日中の校門が見下ろせますからね。春先に着任した梅原さんを、毎日のように見ていて、恋心が芽生えたとしても不思議ではありません。しかし結氏には、その思いを打ち明ける方法が思いつけない。門脇氏の言うとおり、不器用でしかも人付き合いが苦手ときてます。もしかすると、女性と真面目な恋愛関係になった経験がないんじゃないでしょうか。そしてついに、彼女と接近するために奇妙な方法を考え出したのです」

「はあ、どんな方法ですか？」

「例の写真ですよ。澤さんと梅原さんが一緒に写っている合成写真です。結氏は梅原さんを盗み撮りして、パソコンで澤さんの写真と合成した。その写真を澤さんの服のポケットに入れておいたのだと思います」

「えっ、それがあの写真ですか？」

「ええ、澤さんの写真も、結氏が撮ったものなのでしょう。あの写真の澤さんは、ちゃんとカメラ目線で写っています。つまり、それくらい親しい付き合いだった証拠でもあります」

「なるほど……しかし、何のためにそんなことをしたんですか？」

「そうしておけば、当然、梅原さんが警察の捜査の対象になるでしょう。苦境に陥った彼女に手を差し伸べ、相談相手になる形で、お付き合いのきっかけにするつもりだったのじゃないでしょうか」

「つまり、弱みに付け込むっていうわけですか。しかしそんな、回りくどい……」

井波は呆れて口を大きく開けた。

「確かに回りくどくて、ひどく不器用ですけどね。しかしそういう求愛方法があったとしても、僕には理解できますね。おそらく結氏は、過去にいろいろな経験があって、そのつど失敗したり、苦汁を嘗《な》めさせられてきたのでしょう。僕が同じ立場だったら、ひょっとすると、似たようなことをしていたかもしれません」

「まさか……浅見さんが女性に苦汁を嘗めさせられるなんてこと、あるわけがない」

井波は笑ったが、浅見はなかば本気だ。まったく、浅見ときた日には、女性に愛を打ち明けるテクニックに関して、自分でも呆れるほどの不器用である。まして、浅見よりはるかに屈折した生き方をしていそうな結という人物が、そういう愚かしいことを発想するのは、それほど不思議とも思えなかった。たとえ見かけがよくても、女性に毛嫌いされるタイプの男は存在する。目指す相手とフィーリングが合わないということもあるだろう。その自覚がないまま、のめり込んだあげく、手ひどく傷つけられた経験が結にはあったのかもしれない。

ともあれ、高崎のパチンコ店に当たってみるという方針には、井波も賛成した。もっとも、所轄を跨《また》いでの作業になるので、今度は正式に捜査会議にかけて、組織だって動かなければならない。ここから先の物理的な作業には浅見の関与する余地はなかった。

警察の動きは浅見が想像していたより、速かった。その日のうちに、山本がよく通っていたという高崎のパチンコ店を特定し、防犯カメラのビデオテープを調べ、山本と門脇が映っているのを確認、テープを証拠物件として押収した。

翌日の夕刻、門脇は酒気帯び運転の現行犯で逮捕された。自宅に帰る途中の市道で行われていた検問に引っ掛かった。門脇は「汚ねえな、こんな所で鼠捕《ねずみと》りかよ！」と、警察官相手に毒づいたが、彼が激昂《げっこう》するとおり、過去に一度たりとも、そんな場所で検問があったためしがない。明らかに門脇を狙い撃ちしたものだ。門脇がパチンコ店を出て、近くの飲み屋で一杯ひっかけたのを確認した上で、網を張っていた。

門脇は車もろとも、沼田署に連行された。調書を取られ、さんざん油を絞られた後、自宅までパトカーで送られた。車のほうは一晩、留め置かれ、鑑識の手で調べ上げられた。

車の中からは凶器に類するような物は発見されなかったが、繊維や毛髪などが多数、採取された。さらに、トランクの敷物に微量の血液反応があった。そしてDNA鑑定の結果、毛髪の幾本かと血液が山本浩司のものと一致することが判明した。

それらの報告は逐次《ちくじ》、井波から浅見の元に伝えられる。捜査は安中署の捜査本部に受け継がれ、間もなく、門脇は山本浩司殺害容疑で逮捕された。

4

当初こそ、門脇は頑強に否認したが、動かぬ証拠を突きつけられると、「おれが殺《や》りました」と言った。

「あの野郎が、ガンをつけやがったんで、殺ってしまった」

そう主張した。高崎のパチンコ店から誘い出し、車に乗せて、野球のバットで殴打、殺害し、その後、秋間川に投げ込んだのだという。

しかし、さらに動機や殺害方法など、細かい質問をぶつけると次第に無口になり、やがて沈黙することが多くなった。

そもそも、殺された山本もそれなりにしたたかな男である。それが、抵抗することもなく殺害されたというのがおかしい。

「パチンコ屋から連れ出したと言うが、山本がどうしておとなしく言うことを聞いて、おめおめとついて来たのか、その点が納得できないがね」

刑事の疑問に対しては、「そんなことは山本に訊いてくれ」ととぼけた。もちろん「依頼人」がいたなどとは、口が裂けても言わないつもりだろう。尋問がそこに及ぶと必ず、門脇は口を閉ざした。

問題はむしろそこから先であった。山本殺害の動機はもちろんだが、門脇を突破口にして、澤吉博の事件を解明するために、とりあえず門脇の口を開かせる——という、井波たち沼田署の目的から言えば、門脇の沈黙は望ましくない。

だが、門脇の銀行口座を調べた結果、結遼資名義からの振込みがしばしばあった。門脇が「報酬は全部、銀行振込」と言っていたのは事実だったのだ。その中で、最後の支払い金額が百万円と突出して大きかった。日付は山本殺害からちょうど一週間後。通常は二、三万から、多くてもせいぜい十万円止まりであるのに対して、比べようもないほど、明らかに異常だ。その点について追及すると、門脇は「遼資さんからお借りしたんです」と嘯《うそぶ》いた。その事実関係を確かめるため、参考人として結遼資を出頭させ、事情聴取が始まった。

結は「報酬です」と言ったが、「どういう仕事に対する報酬なのか」という刑事の質問には、満足に答えられなかった。門脇の「借りた」という供述とも食い違う。さらにその時期、結自身の銀行口座に、名越敏秋からの振込みが二百万円あることの理由についても説明できない。その結果、芋づる式に名越もまた取り調べの対象となり、事情聴取が行われることになった。

「恥を申すようですが、結遼資は私の実の子であります。生まれるまで、私はそのことを知らなかったのですが、遼資の母親が亡くなり、彼女の父親も亡くなった時に、初めて知って、以来、慰謝料の意味をこめて、折りに触れ送金しております」

名越は結への銀行振込について、そう説明した。確かに、過去にも数えきれないほどの回数、振込みを行っているが、二百万という金額の多さはやはり異常としか言いようがない。また、それとは別に百万円がおよそ一ヵ月前に振込まれていた。澤吉博殺害の直前と言っていいタイミングである。

それについて質問すると、名越は「金額はその時その時の遼資の要望に応える形で決めております」と答えた。結が何を目的として金を要求したのかについては、まったく関知していないというのである。しかし警察はその金は「殺害依頼」に対する報酬であると見なした。

世間一般の「常識」から言えば、殺害依頼が百万や二百万というのは少な過ぎるが、結と名越、それに門脇との特別な関係を考えると、そういう結託もあり得るということだ。八月二十九日、沼田警察署の捜査本部は結遼資の逮捕に踏み切った。この時点での逮捕は一種の賭けに近いが、証拠隠滅の恐れあり――とする浅見の進言に、井波や森山が動かされた恰好だ。

容疑はもちろん「澤吉博殺害」である。逮捕された時、結は当初、澤吉博なる人物のことはまったく知らないと主張した。しかし警察は、結の身柄を勾留《こうりゅう》すると共に結家の家宅捜索に入り、パソコンと周辺機器を押収した。浅見が予測したとおり、結のパソコンには澤の写真に梅原彩の姿を合成したものが、そのまま残っていて、結局、これが決め手になった。

この事実を突きつけられては、結もついに自供せざるを得なかった。

事実関係はほぼ、浅見が推測したとおりであった。まず山本浩司殺害については、路上での梅原彩と山本のやり取りを聞いて、山本が名越への恐喝を始める危険があることを察知、先手を打って山本を消すことにしたのだという。殺害は山本とは一切、接点のない門脇に依頼した。門脇は躊躇なく行動して、翌日には依頼主の要望に応えている。

門脇は山本に「名越さんが会いたいと言っている」と言い、車で安中榛名駅近くにある名越の別邸まで運び、車を降りたところを、背後から金属バットで殴打、殺害した。死体はその後、秋間川に遺棄している。死体を隠すつもりは、まったくなかったそうだ。そのことといい、成功報酬についていて、いままでと同じ銀行振込を用いたことといい、警察の捜査に対して、完全に高をくくっていたとしか思えない。

山本は群馬県教育界に不正があることを、以前から察知して、名越にも執拗に「取材」を申し入れていた。そのことを、結は名越から聞かされていた。もっとも、教員採用試験に情実が罷《まか》り通っているのは、群馬県に限ったことではなく、多かれ少なかれ、どこでも慣例的に行われている。いまさらそれを突っついたところで、大分県のように大きなネタになるかどうか分からないという気持ちが、山本にはあったにちがいない。

しかし、その山本を駆り立てたのは、息子の県大会出場の道が閉ざされたことである。山本にしてみれば、教員採用にだって情実が通じるものを、選手起用に融通がきかない道理はないという、単純な思い込みだったようだ。とりあえず直接の交渉相手として梅原彩を選んだのだが、むろん埒が明くはずもない。山本の錯誤は、彩もまた情実によって教員に合格したと思っていたことにあったらしい。その弱みに付け込めば、動いてくれるものと思ったのかもしれない。ところが彩は正規のルートで受験し、合格している。山本の邪《よこしま》な希望など、通るはずもなかった。

そしてあの路上での騒ぎになった。

山本に本当に「有力者」――たとえば名越県議を恐喝する意図があったかどうかは、いまとなっては分からないが、騒ぎを耳にした結遼賓には、そう思い込むだけの素地があったということだ。結は山本の脅しの矛先が、梅原彩はもちろん、学校や教育委員会を越えて、直接、名越に向かう危険性のあることを思った。

それればかりか、山本の「騒ぎ」は、単に名越の不正だけでなく、じつは澤の事件についても、何らかの材料に裏打ちされたものではないか――という憶測も、結にはあった。もとより、山本がそんなことを知っていたとは思えないのだが、殺人の実行犯である結は疑心暗鬼を生じ、恐怖を抱いた。禍根は早いうちに断たなければならない。騒ぎ立てる山本の声に煽《あお》られるように、結は躊躇なく、殺害を決断したという。

むろん、山本が、澤の事件を名越や結による犯行であると考えていたのかどうかは、これもまた闇の中である。そのことは結自身、警察での事情聴取に対して認めている。とはいえ、澤を殺した以上、山本を消すことに、さほどの抵抗は感じなかったようだ。

結の供述によると、澤の名越に対する「脅し」が緊迫の度合いを深めていることは、名越にとって文字どおりの脅威であった。思い詰めた澤のことだから、どこでどのように突発的な暴挙に出るか予測がつかない。澤がどの程度の情報を所有しているのか、見当がつかないことも不気味な脅威だった。その脅威は、澤から自分と教育関係者との怪しい関係を連想させるような写真が相次いで送られてくるに至って、決定的なものとなった。そんなものが公表されれば、これまで名越が培ってきた、群馬県内での信望も政治生命も、一挙に崩れ去るにちがいない。

「なんとかしてくれ」という名越の依頼に、結は自分一人の判断で、殺人という形で応えたという。

事情聴取で、結がどのようにして澤に接近したのかという尋問に対して、「名越県議を失脚させたいと申し入れた」と答えた。さらに、「あの男は澤さんから昔、侮辱されたことに復讐するため、お嬢さんをひどい目に遭わせたと自慢してましたよ」と、澤の怨念を煽り立て、自分の父親ではあるけれど、母を裏切り、祖父を失意のうちに死なせた仇敵が、我が世の春を謳歌《おうか》しているのが許せない——と持ちかけた。

むろん、これは嘘で、逆に金づるである名越を守る意思があったことは、間違いない。刑事がその点を追及すると、結は奇妙な薄ら笑いを浮かべながら、「あんたたちは、金づるとしか考えないだろうけど、名越は僕の父親ですよ」と言い放った。そのことに逆に刑事は驚いた。悲劇的な生い立ちにも拘わらず、結が名越に対して父親を感じていたというのは、その部分だけを言えば「美談」に近い。薄ら笑いを浮かべているけれど、結の本心は泣きたいような気持ちだったにちがいない。

ともあれ、結の誘いに対して、澤はすぐに乗ってきた。ひそかに会う段取りを決め、その会談の場所に沼田市立Q中学校の教室を指定したのは澤である。澤は退職前に学校の鍵も教室の鍵も、予備をこっそりと保管していたそうだ。

結はそこで澤と三度会い、澤が完全に心を許した三度目に、持参した缶コーヒーで前途を誓い、乾杯した。澤が飲むコーヒーには毒物が入っていた。毒物は結家にあったものを使用している。太平洋戦争末期に、結の祖父の邦博が、戦場での自決用に渡された毒物を、そのまま保管していた。それがこんな形で役に立つ事態になるとは、結も想像していなかったそうだ。

エピローグ

九月に入って間もなく、マスコミは一斉に〔群馬県教職員採用試験にからむ汚職事件〕を報じた。収賄側として名越敏秋県議会議員が逮捕され、採用試験の不正に関与した疑いのある教育関係者への取り調べが進んでいることが明らかになった。一部には〔殺人事件にも関連か？〕と書いた新聞もある。

その三日後、澤日奈子からの手紙が浅見に届いた。

〔母から、浅見さんにお礼を申し上げるようにと言ってきました。ありがとうございました。浅見さんがおっしゃったとおり、本当に正義が行われたのですね。いろいろ、生意気なことを言ったのが、いまは恥ずかしく、後悔しております。事件が解決したからといって、父が帰ってくるわけではありませんし、どういう理由であれ、父の犯した罪も消えません。しかし、この事実をしっかり受けとめ、母も私も気持ちの整理をつけ、この先も、頑張って生きていこうと思います。父は教師こそが天職と申しておりましたけれど、私はもはや教職には未練がありません。いまの仕事に専心して、いずれは東京に母を呼んで一緒に暮らすつもりです。これから先、浅見さんとお会いする機会はないかもしれませんけれど、いつかお目に掛かって、お礼を言える日が来ればいいなと願っています。浅見さんのご恩はいつまでも忘れません。本当にありがとうございました。」

ポキポキしたような文章だが、日奈子の正直な思いが見えて、心楽しくなる。いつものことながら、金銭的な意味ではまったく報われることのない「仕事」だったが、こういう心のこもった労いに接すると、とてつもなく大きな賜物を、天から授かったような喜びがある。

浅見はこの「仕事」のきっかけを創《つく》ってくれた、竹内一記少年と岡野松美のことを思い出した。なるべく早い機会に、彼らにも事件の結末を報告しに行こう——と思った。

名越に対する事情聴取の過程で明らかになったことを、沼田署の井波部長刑事から浅見に、非公式に伝えてきた。

「名越と澤吉博のあいだには、三十数年前、深刻な確執があったことが分かりました。名越はかつて、結家の支援を受け、群馬県教育界をバックに、県議会議員選挙に出馬し当選しているのです。結家の娘さんと結婚の約束もして、二期目の選挙にも当選したのだが、その結家も娘さんも裏切り、大地主の娘と財産目当ての結婚をしたんですな。それに我慢ができなかった澤が、名越事務所に乗り込んで、秘書や後援者の前で名越の不実を罵ったのだそうです。その時の屈辱と怨念を、名越は引きずっていた。三年前、澤が教頭試験を受けた際、合格者のリストに澤の名前を見つけ、怨念を晴らすチャンスだと思った。澤は成績がよく、ポジションの空きもあって、当然、昇格するはずのところを、名越は澤に頼んで、他の受験者に教頭の椅子を譲ってもらった。もちろん澤は拒んだが、その代償として、娘の教員採用試験の合格を約束させることで、名越の頼みを了承した。だが、いざ蓋を開けてみると、名越はその約束は反故《ほご》にして、澤の娘を不合格にしたのです。その後、澤から二度にわたって賄賂が贈られたにもかかわらず、その都度、名越は意図的に娘を不採用に退けた。これでは澤が怒り狂い、復讐を思い立ったのも無理ありませんね。その一途な怒りに便乗したかたちで、結遼資が取り入って、とどのつまりは裏切ったどころか、澤を殺害してしまった。父といい息子といい、冷酷なもんですなあ」

井波は疲れたような声で、慨嘆していた。

新学期が始まって数日が経った夜、梅原彩は浅見光彦の訪問を受けた。チャイムを聞いて玄関に出迎えた彩に、浅見はいつもどおりの笑顔で「やあ」と会釈した。

「すべて、順調にいってるようですよ」

警察の捜査がという意味だが、最初の挨拶がそれなの――と、彩は不満だった。

「もう、あのことは忘れたいと思ってます」

少し素っ気ない口調で言った。夏休み明けの最初の日、春日中学の校門前にある結家には刑事たちが出入りし、報道関係者が右往左往する。その光景に、生徒はもちろん、教師も保護者も怯えていた。一刻も早く、その記憶を消してしまいたい。

「そうですね、忘れてしまうに越したことはありません。僕もこれで、ようやく事件から解放されます。今日はそのご挨拶に伺いました。お世話になりました、というより、お騒がせしましたと言うべきでしょうか」

「えっ、そうなんですか。じゃあ、もう群馬県にはいらっしゃらないんですか？」

「ええ、当分はね。伊香保のツアーに参加するかどうかも分かりませんから」

「そうなんですか……」

急に、浅見の姿が遠ざかるような寂寥感に襲われた。失意に沈む彩の背後から、千鶴子が「そんなところで立ち話してないで、上がっていただきなさい」と声をかけた。

「あっ、すみません、ボーッとしていて」

彩は救われたように身をかがめて、スリッパを揃えた。浅見という男に、何かしてやれる、これが唯一の、そして最後の行為になると思い、また寂しい気持ちになる。

「浅見さんがお見えになるというので、今夜はすき焼きにしたんですよ。彩もそれがいいだろうって言うし」

千鶴子が言い、「それはありがたい」と、浅見は嬉しそうに千鶴子について行く。まったく、何の屈託もない様子が憎らしい。二人が廊下の突き当たりのドアを開けて、リビングに入ってしまうのを、彩は身じろぎもせずに見送った。

梅原家を訪問した翌日、夕食のテーブルで、浅見は甥の雅人に訊いた。

「いつかきみが話していた千田君、ほら、教室に絵が貼り出されなかったっていう、あの子のことだけど、その後、どうしている？」

「ああ、千田君なら元気ですよ」

雅人はトンカツにフォークを突き立てながら、こともなげに言った。

「ほうっ、それはよかったな。僕はまた、不登校でもしているかと心配だったよ」

「そんなの、あり得ませんよ。夏休み中に僕、千田君の家に行って、絵を描いて遊んだんだけど、ほんとは彼、僕なんかより上手いんです」

「ふーん、そうか上手かったのか。だったらどうして貼り出されなかったのかな？」

「あの時は、絵を提出してなかったんです。お母さんに止められたって言ってました」

「なぜだい？」

「もっと上手く描きなさいって、お母さんにそう言われたそうです。それで萎縮して、提出するのをやめたんです」

「そうか、お母さんが厳しい人なんだ」

「お母さんは美術大学を卒《で》た人だから、下手な絵は許せない主義なんですね。でも、僕の絵と見比べて、千田君の才能のほうが上だって認めたみたいです。やっぱり私の子だわって、褒めてました」

「ははは、豹変てやつだな。しかし、きみより上手いってことは、かなり優秀なんじゃないのかな。きみの絵だって、十分、鑑賞に堪えると思うけど」

「どうもありがとう。でも、とにかく、ぼくより上手いことは確かです」

雅人はそれ以上はこの話題を続けたくないらしく、トンカツを頬張った。

浅見は幼いと思っていた雅人が、急に頼もしく見えた。彼が千田君の家に行って、絵を描いたこと。それに、千田君の絵のほうが優れていると、素直に認めたことに、少なからず感動した。おとなが知らない世界で、子どもたちは成長しているのだと思った。

（完）

参考文献

『なぜ学級は崩壊するのか』朝日新聞社会部編　教育史料出版会
『悲鳴をあげる学校』小野田正利　旬報社
『教師の苦悩が癒される本』小島侑　学陽書房
『学校の中の事件と犯罪』1～3　柿沼昌芳／永野恒雄　批評社
『校長・教頭のための困った親への対処法！』尾木直樹編　教育開発研究所
『壁のない密室』石井竜生／井原まなみ　文藝春秋
『先生の集団逃亡が始まった』石井竜生　清流出版
『学校のモンスター』諏訪哲二　中公新書ラクレ

自作解説

一九八〇年の暮れに『死者の木霊』を自費出版してからちょうど三十年目に当たる二〇一〇年の二月から四月にかけ、「作家デビュー三十周年記念」と銘打って、『教室の亡霊』（中央公論新社）『神苦楽島』（文藝春秋）『不等辺三角形』（講談社）と単行本を三ヵ月連続で刊行しました。三社合同で新聞に一ページ広告を出すなど、出版不況の折、奇跡的と言っても過言ではない快挙（？）だったと思います。おそらく前代未聞であるし、この先もこういうことはあり得ないのではないでしょうか。

その際、先陣を切った『教室の亡霊』は、『中央公論』誌上に二〇〇八年四月号から二〇〇九年九月号まで、一年半にわたって連載されたものに加筆して出版されました。連載終了から刊行まで五ヵ月もかかっていることから、加筆・改定がいかに多かったかを物語っています。たとえばプロローグは連載ではなかった部分で、「事件」の状況を前もって補完しておこうという狙いがあったものでした。

『中央公論』という雑誌はかつてもいまも硬派中の硬派として認識しているので、ミステリーのようなエンターテインメントは縁がないと僕は思っていましたから、連載の依頼を受けた時にはいささか驚きました。そもそも『中央公論』の読者が浅見光彦を知っているかどうかが不安だったので、作中では浅見のキャラクターや家族構成の説明が必要だと考えました。浅見が登場する場面を浅見家の食卓風景にしたのは、そういう意図があったからです。しかもその場面を単純な説明のためばかりではなく、事件へのアプローチとしての役割を持たせなければならない。こういう配慮は初期の作品ならともかく、「浅見光彦シリーズ」が定着した現在、あまり書くことはない——というよりむしろ、書けば読者から「分かっているよ」と怒られそうです。

ストーリーはもっぱらヒロインの梅原彩を中心として進められ、浅見光彦とそのファミリーが出てくるのは第三章からですが、これも異例と言っていいでしょう。そこには「浅見光彦依存」ではなく、テーマ主体で語られるストーリーであるという意識があったからだと考えられます。

『教室の亡霊』のテーマはむろん教育問題ですが、勉強嫌いの僕にとってはもっとも苦手とするジャンルでした。当初はモンスターペアレントを題材にして書くつもりで臨み、実際、そういう切り口の部分もあります。浅見家の食卓で、雅人から学校に生徒の母親が怒鳴り込んできた——という話が持ち出されたのは実話に即したもので、これをマクラにして事件ストーリーを展開しようかと目論んでいました。

しかし連載が始まって二ヵ月ほど経った段階で、思いがけなくも、それよりも大きな問題点が浮かび上がってきました。新書版のカバーに「著者のことば」として次のように書いています。

〔最初は漠然と「教育問題」をテーマにした作品を書くつもりだったのだが、連載中、大分県でとある問題が発覚。一気に作品の中核を成していったのは、いつものことながら驚いた。〕

文中の「とある問題」とは、具体的にいうと大分県で起きた教育界を揺るがすような疑惑事件。教職員の採用人事を巡って、関係者のあいだで贈収賄などが常習的に行われていたことが明るみに出たというものです。これは大分県のみならずどこの自治体でも起こりうることだと報じられてもいました。

この報道があって以降、当初予定していたコースとは異なる方向に、ストーリーは展開していくことになったのです。僕はあらかじめプロットを作らずに小説を書く主義（？）ですから、こんなことは珍しくもないのですが、それにしても、難しくとっつきにくいと思っていた教育問題に、こういった生臭い話が浮上してくると、いっぺんに展望が開け、それまでは「聖域」のごとく思っていた教育界に親しみさえ感じてきたものです。

教室が「聖域」であるというのは、かつては誰しもが抱いていた「妄想」だったわけで、その辺りのことを作中では、教師の視点を使って次のように書いています。

〔教壇に立つ時、教師は魔力を得たような錯覚を覚える。大学を出たばかりの若者が、その瞬間から「先生」と呼ばれ、大勢の生徒たちや保護者たちの視線を浴びることになる。(中略) 教職は崇高な使命を帯びた「聖職」であると同時に、教室は、世間にあればごくふつうの人間が、魔力を備え、発揮することを許される「場」なのである。」

その「聖域」や「聖職」がじつは「魔界」のごときものであった──という事実が明るみに出るのは、さながら「堕ちた偶像」を見るようで、一般人にはあまり嬉しくないことです。このところ各地の学校で自殺などの不祥事が起きていて、学校の現場はもちろん、教育委員会の実態が問題視されていますが、そういうことが起こりそうな予感を抱かせる作品になったのは、予想外のことです。

『教室の亡霊』では舞台を群馬県に設定しましたが、同県の名誉のために言及すると、実際にそういう不正があったわけではありません。たまたま作品の舞台に使わせていただいたのであって、もしも読者にそのような体質の県だと誤解されたとすると、まことに申し訳なく、あらためてあくまでも架空の話であることをお断りします。

取材は群馬県高崎市立の中学校を訪ねるところから始めました。この学校の英語教師が「浅見光彦倶楽部」の会員だったことから、ミステリー作家という、いささか面倒臭い人間に対しても、好意的に対応していただけました。同校は住宅街の中にあるごくふつうの学校で、かつては一時期、暴力的な生徒が発生したこともあったそうですが、現在はきわめて平穏な環境で、能率のいい授業が進められていました。とりわけ英語の授業に外国人の補助教員（アシスタント・ランゲージ・ティーチャー）がいたり、授業の後半、生徒同士が席を離れ、無作為に選んだ相手と会話を交わす実践形式を取ったりする手法は、僕らの時代には考えられなかったことです。

渋川市を取材したのは、主として梅原彩の自宅など、街の佇まいや市民生活の様子などを見届けるためであり、その先の沼田市は被害者宅がそこにあることを設定したためですが、沼田市のホテルで興味深いグループを目撃しました。十人ほどの紳士たちの会食風景で、僕の憶測からいうと、どうやら県議会議員や教育関係者の親睦会——といった様子です。いわば通りすがりのようなほんのちょっとした出来事でしたが、これが作中では重要な意味を持ってくることになります。こういう生の体験は頭で考えただけでは、なかなか思いつきません。取材がいかに大切かを実感しました。

『教室の亡霊』は事件の謎もさることながら、学校内の教師や生徒、それに教育委員会や議会との絡みなどに興味を惹かれる作品になったと思います。おそらく、今後二度と教育問題を書くチャンスはないでしょうが、このテーマは常に新しい問題を提起してくるような予感がしています。

二〇一三年春

内田康夫

解説

山前《やままえ》 譲《ゆずる》
（推理小説研究家）

群馬県高崎《たかさき》市の中学校で英語を教えている梅原彩《うめはらあや》は、二十五歳の新米教師である。といっても教員採用試験に受かる前、二校で臨時職員をしたことがあった。うち一校は沼田《ぬまた》市の中学校で、病休する教師の代理を務めたのだが、その教師、澤吉博《さわよしひろ》の死体がその中学の教室で発見される。服のポケットから、澤と彩が一緒に写った写真が発見されたという。まったく身に覚えはないが、そして自殺の疑いが濃厚だというのに、刑事たちは彩に疑惑の視線を向けるのだった。

一方、東京都北区西《きたにし》ヶ原《がはら》の浅見《あさみ》家では、夕食中、浅見光彦《みつひこ》が甥の雅人《まさと》から相談を受けていた。通っている中学校の教室で、同級生のお母さんがおかしな行動を取ったというのである。そして同級生は学校を休んでいるそうだ。先生が落ち込んでいると、学級委員の雅人は責任を感じているらしい。先生に電話して思っていることを話せばいいとアドバイスしたものの……そんな出来事のあと、群馬の知人から電話が入った。若い女の先生が殺人事件で疑われているので、相談に乗ってほしいというのである。

ちょうど『旅と歴史』から伊香保《いかほ》絡みの仕事が飛び込んできた。こうして浅見光彦が学校教育を背景にした事件の謎解きに旅立つのが、二〇一〇年二月に中央公論新社より刊行された本書『教室の亡霊』である。彼ならではの正義感がいつにも増して印象的な長編ミステリーだ。

〈浅見光彦シリーズ〉の最大の魅力は、もちろん探偵役の浅見光彦のキャラクターである。だが、その名探偵が同居している（居候《いそうろう》とよく言われてしまうのだが）浅見一家の雰囲気に惹《ひ》かれる人も多いに違いない。たとえばこの『教室の亡霊』での夕食シーンでは一家がこう紹介されている。

浅見家の食卓の関心がいっせいにメンチカツから雅人の口元に移った。テーブルには浅見光彦と雅人、雅人の母の和子《かずこ》、雅人の姉の智美《さとみ》、そしてこの家の女王ともいうべき浅見の母の雪江《ゆきえ》未亡人まで、大黒柱・陽一郎《よういちろう》を除く浅見家全員が揃っている。キッチンとダイニングルームの仕切りのところでは、お手伝いの須美子《すみこ》も、一瞬、給仕の手を止めて、聞き耳を立てた。

警察庁刑事局長という要職にある長男の陽一郎はいつも帰りが遅く、夕餉《ゆうげ》には間に合わないようだが、名探偵の活躍にこの一家は欠かせない。

そもそも名探偵は家庭的ではないだろう。独身が多いし、父や母のことが詳しく語られることもあまりない。深谷忠記《ふかやただき》作品の黒江壮のように、長い春にピリオドを打って結婚したのは例外的で、恋人もいない名探偵が多いのではないだろうか。おしどり探偵のシリーズもあるけれど、かといって普段の食生活の情報は少ない。逆に言えば、日常的な食事のシーンが目立つのも、〈浅見光彦シリーズ〉の大きな特徴となっているのだ。

そんな食事のシーンを含めて、浅見光彦の日常は名探偵ものとしてはユニークなものとなっている。ただ、浅見家に名探偵がいるというのは日常的なことではない。さまざまな事件と接点を持ってしまうのは必然、と言ってしまっては怒られるだろうか。浅見家の日常が謎解きに関係している作品は少なくないのである。

夕餉の席で雪江が、ふと箸をとめ、うつろな目で「あれはどうなったのかしら?」とつぶやいたのは『沃野《よくや》の伝説』(一九九四)だった。次男坊はあろうことか、ついにボケが始まったのかと思っているが、もちろんそんなことはない。あれとはいつの間にか見かけなくなった米穀通帳のことで、雪江自らが調べはじめるとなんと失踪事件が!

『遺骨』(一九九七)も夕食を食べているときでの出来事だが、話題になったのは一般家庭で食事のときに話すようなことではない。雅人が叔父さんに「死と脳死とどう違うの?」と問いかけているのだ。血筋《ちすじ》は争えないようで、雅人も抱いた疑問は解決しないと気が済まないようである。

〝そういう素朴な庶民的疑問が、浅見家ではしばしば家族間で語られる。そうして、いつの場合でも、雪江未亡人のツルの一声で、その疑問の解決に駆り出されるのが次男坊の光彦――というパターンが、これまた決まっている〟と、『浅見光彦のミステリー紀行　第9集』の『鯨の哭《な》く海』の項で述べられていた。

その『鯨の哭く海』（二〇〇一）では、智美が「叔父さん、クジラを食べるって、ほんと？」と訊いたことから、夕食が家族会議の場になってしまう。クジラを食用にしていいのかどうかがテーマだった。そして『旅と歴史』の仕事で浅見光彦は捕鯨問題の核心に迫っていく。

『贄門島《にえもんじま》』（二〇〇三）では今は亡き父・秀一のことが語られていて興味深い。お盆の入りの日、いつものように「迎え火」をしていると、雪江がふと話し始めるのだった。二十一年前に秀一が巻き込まれた事件――なんと秀一は房総で九死に一生を得たことがあったというのである。やはり『旅と歴史』の取材と絡んで、過去と現在を結んだ壮大な謎解きが展開されていく。

『鐘』（一九九二）では、夜の十一時過ぎ、浅見家のリビングルームで母子が気まずい会話を交わした直後に、無気味な鐘の音が響いている。その音が事件の幕開きだった。こうなると浅見家の人々が事件の被害者にならなかったのは、僥倖《ぎょうこう》としか言いようがない。

いや、『讃岐路《さぬきじ》殺人事件』（一九八九）では、四国霊場巡りのツアーの途中、交通事故に遭《あ》った雪江が記憶喪失になっていたけれど……。

雪江が死体の第一発見者になってしまった『津和野《つわの》殺人事件』（一九八四）のように、直接的に浅見家が犯罪と関わってしまったことがある。そんな時に頼りになるのは、やはり次男坊である。なにかというと探偵行に眉をひそめる雪江にしても、『赤い雲伝説殺人事件』（一九八三）や『隅田川殺人事件』（一九八九）では謎解きを急《せ》かしていたりもしていた。『朝日殺人事件』（一九九二）では雪江自身が謎めいたメッセージを耳にしているが、その謎解きはもちろん浅見光彦の役割だ。

また、次男坊をお供にしての旅となった『城崎《きのさき》殺人事件』（一九八九）や『三州吉良殺人事件』（一九九一）では、当然のように旅先で事件に遭遇している。『天城峠《あまぎとうげ》殺人事件』（一九八五）や『佐用姫《さよひめ》伝説殺人事件』（一九八八）は雪江に託された用事が事件に導いていた。名探偵の母もまた謎を招くらしい。

これが陽一郎を介しての探偵行となると、警察が表立って動けない微妙な事件となる。『長崎殺人事件』（一九八七）、『江田島殺人事件』（一九八八）、『博多殺人事件』（一九九一）、『氷雪の殺人』（一九九九）などだ。もっとも、『不等辺三角形』（二〇一〇）のように、陽一郎の学生時代の友人からの依頼という場合もあったけれど。

『箱庭』（一九九三）はちょっと微妙である。兄嫁の和子から相談を受けているからだ。差出し人の書かれていない手紙の中には、「キジも鳴かずば撃たれまい」とだけ書かれた便箋と色あせた写真が一枚入っていた。その写真は確かに和子の学生時代に撮ったものだったが、何の意味があるか分からない。なんとなくいつも以上に浅見光彦は張り切っていたようだ。また『皇女の霊柩』（一九九七）は通っている高校にまつわる智美の内緒の相談だった。

そして『竹人形殺人事件』（一九八七）では秀一のスキャンダル（？）に巻き込まれたりと、名探偵の家族はなかなか落ち着いた暮らしができないようである。そして須美ちゃんこと吉田須美子も例外ではない。『悪魔の種子』（二〇〇五）では親友を助けるために浅見光彦を頼っていたが、『伊香保殺人事件』（一九九〇）はなんと自らが容疑者となっている。

レンタカーで一年ぶりに郷里の新潟を訪ねた帰り、榛名湖でも見物しようと寄り道したのがいけなかった。脱輪して困っていたところに警察がやってきたのだが、なんと免許不携帯が発覚してしまう。そして須美子の車の前には、ある事件の被害者の車が乗り捨ててあり、須美子は群馬県の警察署に連行されてしまうのだ。もちろん彼女を助けたのは浅見光彦だが、自身も留置所に入れられてしまったりと、なかなかの難事件だった。

そのとき縁ができた人からの電話が、名探偵を再び群馬へと招くのだ。『イーハトーブの幽霊』（一九九五）や『はちまん』（一九九九）でも教育問題は取り上げられていたが、学校は我々の日常に身近な存在である。関連するニュースをよく目にする。教員の不祥事はとりわけ大きな扱いになるようだ。さまざまな問題を抱えていることも誰もが実感しているだろう。そこに向けられた浅見光彦の視線は、時に厳しく、時に優しい。

ちなみに事件の真相とは関係ないので書いてしまっても問題はないだろうが、ラストシーンは浅見家の夕食である。雅人はトンカツを頬張っている。育ち盛りの彼のために、浅見家の夕食は揚げ物がメインになることが多いのだろうか。

二〇一三年五月　中公文庫

光文社文庫

長編推理小説
教《きょう》室《しつ》の亡《ぼう》霊《れい》
著者　内《うち》田《だ》康《やす》夫《お》

2019年1月20日　初版1刷発行
2022年11月25日　6刷発行

発行者　鈴木広和
印刷　萩原印刷
製本　ナショナル製本

発行所　株式会社　光文社
〒112-8011　東京都文京区音羽1-16-6
電話（03）5395-8149　編集部
8116　書籍販売部
8125　業務部

落丁本・乱丁本は業務部にご連絡くだされば、お取替えいたします。
ISBN978-4-334-77789-0　Printed in Japan

組版　萩原印刷